KEITAI
SHOUSETSU
BUNKO
野いちご SINCE 2009

モテすぎ不良男子と、ヒミツの恋人ごっこ♡

～新装版 いつわり彼氏は最強ヤンキー～

香乃子

JN031236

○STARTS
スターツ出版株式会社

地味で平凡に過ごすことを願ってたのに……。
私には、一生縁のない人だと思ってた。
「お前は、俺のだから」
そんなこと言われると、私、
誤解してしまうんですけど……。

☆原田菜都☆
地味な学校生活を切に願うフツー女子。
災難に巻き込まれやすい不幸体質をもつ。

☆久世玲人☆
学校で一番の派手グループに属する
リーダー格の不良男子。

まるでかみ合わないふたりが、
本当の恋人になるまでの物語。

新装版 ✦ いつわり彼氏は最強ヤンキー

モテすぎ不良男子と、ヒミツの恋人ごっこ

登場人物紹介

ヒーロー

久世玲人
（くぜれいと）

不良グループのリーダー的な存在。喧嘩が強くイケメンで、校内一モテる。いつも近づきにくいオーラを放っているが、"恋人"になった菜都には、ふいに優しさを見せてきて…!?

ヒロイン

原田菜都
（はらだなつ）

平穏に過ごしたいフツー女子。「地味で平凡な私」が口グセで頼みごとを断れない性格。ある日突然、モテすぎ不良男子の同級生・玲人のいつわりの"恋人"になることに!?

松田春奈
まつだ はるな

菜都とは高1の時のクラス
メイトで親友。すべてを隠
さずに相談できる仲。

佐山颯太
さやまそうた

学級委員を務める爽や
かな秀才。菜都も密か
に憧れている。

花村サエコ
はなむら

菜都と同じ高校に通う同級
生。玲人のことが大好き
で、強いハートの持ち主。

学校一最強で
イケメンな不良グループのメンバー

松永 陽
まつながよう

スマートでソフトな雰囲
気を放っている、その場
を和ませる貴重な存在。

佐久間健司
さくまけんじ

玲人の良き理解者。菜都に
対する玲人の態度の変化に
気づいている。

橘 泰造
たちばなたいぞう

グループの中でも、腕っぷ
しが強く口が悪いけれど、
根は優しい。

contents

☆

Step 1

平和な学校生活

　学年、いや、学校内で"最強"と噂される不良グループ。

　その集団の先頭を歩く男。

　１年Ｂ組、久世玲人。

　私には、一生関わりない人だと思ってたけれど。

　高校１年の終わり、この男の登場によって、残り２年間の私の学校生活は見事に狂わされてしまった。

「あ、菜都。見て！　久世君たち、今日は学校に来てるみたい」

「ほんとだ」

　親友の松田春奈の声で、２階の教室の窓から外を見下ろした。

　視線の先には、制服を着くずした数人の男子。

　この学校で一番目立つといわれるグループだ。

　彼らが目立つのはいくつか理由があるけど、その一番の理由は"最強"であるという噂があるから。

　入学早々、それまでトップに君臨していた３年生を瞬殺したらしい。

　あくまでも、噂、だけれども。

　そして、彼らが噂されるもうひとつの大きな理由は、その容姿。

　不良のくせに美形ぞろいだと評判で、恐れられながらも女子たちに圧倒的な人気だ。

　なかでも、グループ最強といわれるリーダー格の久世玲人は、誰もが一目置く存在。

　端整（たんせい）な容姿はもちろん、黒髪短髪で硬派な印象。

　180cmはある高い身長に、均整のとれた体つき。

　切れ長の目のせいで、威圧（いあつ）するような鋭（するど）さがあるけれど、その目に見つめられると、心まで射ぬかれるという噂。

　校内だけにとどまらず、その美貌（びぼう）と最強伝説でこの界隈（かいわい）でもその名が通るほど。

　女子だけでなく、男子までが彼の一挙一動に騒いでいる。

　人目をひきつける魅力がありながらも、常に近寄るなオーラが漂っていて、そう簡単には彼に近づけない。

　まず、あまり学校に来ないせいもあるけれど。

　彼に近づくのは、自分に自信満々の華やかな美人女子か、彼を打ち負かそうというチャレンジャーな男子くらいだ。

　ま、私には彼に近づきたいという気なんてこれっぽっちもないから関係ないけど。

「ほんと、いつ見ても迫力あるよねー」

「だねー」

「この前も他の学校の男子とケンカしてたらしいよ」

「へぇー」

　まるで興味のない話題をふる春奈に、生返事を返した。

　彼とはまず、関わることなんてないし。

　同じ学年だけれど、彼と話したこともなければ、至近距離で見たこともない。

　ああいった派手グループに属する人たちとは、違う人種

だと思っている。

　私はとにかく地味に、平穏(へいおん)に人生を過ごすことが最良の幸せだと思うから。

　つまり、あの人たちとは正反対の世界。

「何見てんの？」

　その爽やかな声に、視線を教室に戻した。

「あ、佐山君(さやま)……」

　佐山颯太(そうた)君は、1年間学級委員を務めた秀才男子。

　実は、密(ひそ)かに憧(あこが)れている……。

「外に何か面白(おもしろ)いものでもあった？」

「うぅん！　何も……！」

　佐山君の登場で、あのグループのことなんてすぐさま頭からふっ飛んだ。

　少し照れながら答える私を見て、春奈がニヤリと笑った。

「私、トイレ行ってこよーっと」

「え!?　春奈!?」

　そう言って春奈はわざとらしく私たちから離れ、教室から出て行った。

　もう……春奈ってば……。

　春奈は私が佐山君に憧れているのを知ってる。

　たぶん、気をきかせたんだろう。

　地元の高校に入学し、成績もそこそこ。

　親友もいて、憧れの人もいる。

　特に目立ったこともなく、他の子と同じように、毎日をフツーに過ごしている。

　そんな平凡な日々が、私にとってはとにかく大切で、幸せだ。

「もうそろそろこのクラスともお別れだな」

「そうだね……」

　佐山君がしみじみと話しかけてきた。

　高校に入学してあっという間に1年が過ぎ、1週間後にはもう終業式を迎えてしまう。

　もしかしたら、佐山君とこうして同じ教室で過ごせるのは最後かもしれない……。

　寂しいなぁ……。

　だからといって、私には告白する勇気もないけど。

　佐山君とどうにかなりたいという気持ちもない。

　だって、佐山君はすごく優しくて爽やかで、みんなの憧れだもん。

　少しの間佐山君と話していると、教室に入ってきた担任に声をかけられた。

「原田！　お前今日、日直だったよな？　春休みの課題配るからちょっと手伝え！」

「えぇ……！　春休みって普通宿題ないんじゃないの？」

「ハッ。残念だったな、うちの学校はあるんだよ。職員室に取りに来い！」

「はぁい……」

　ガックリと肩を落としながら、先生のあとをついてトボトボと歩いた。

「原田さん、手伝おうか？」

「あ、いいのいいの！　大丈夫だから！」

　やっぱり優しいなぁ、佐山君。

　だけど、迷惑をかけるわけにいかないから、佐山君のありがたい申し出を断って教室を出た。

　この時の選択が、私の運命を大きく変えることになるとは思いもよらなかった。

　今日が日直じゃなかったら、佐山君に手伝ってもらってたら、と何度思ったことか。

ありえない出会い

「よし、原田！　コレ教室に持って行ってくれ！」

「お、おも……。結構あるね……」

「じゃ、頼んだぞ～！」

　え!?

　先生手伝ってくれないの!?

　てっきり先生と一緒に運ぶのかと思いきや、先生は「じゃ！」と自分の席へと戻って行った。

　なんて薄情なの……。

　文句を言おうかと思ったけど、おとなしく積み重なった課題を持ち、フラフラと職員室を出た。

　重い……。

　クラス全員分の課題を持っているから、腕がパンパンだ。

　休憩時間が終わりそうなせいか誰もいない。

　もちろん、手伝ってくれそうなクラスの子も。

　重いよー！

　こんなことなら、遠慮せず佐山君に手伝ってもらえばよかった!!

　後悔しながらのろのろと廊下を歩いていると、前の方に男女の人影が見えた。

　クラスの子だったらラッキーかも。

　そう思い、目を凝らすと……。

　あ。

　久世玲人だ。

　さっきまで、春奈と一緒に窓から見ていた人物。

　女の子の方は、彼らとよく一緒にいる派手な女子グループのひとりだ。

　私とはまったく無関係の人たちだ。

　もちろん「手伝って」なんて頼めるわけもない。

　そのまま素通りだ。

　彼らの横を通り過ぎようとのろのろ歩いていると、何やらただならぬ会話が聞こえてきた。

「なんで私じゃダメなの!?　ずっと玲人のこと好きだったのに!!」

「だから、タイプじゃねぇし。面倒くせぇな」

　ええぇ!?

　ちょっと……!!

　まさかこんなところで人様の告白を聞くなんて!!

　しかも、よりによって久世玲人!!

　こんな状況で通るなんて……めちゃくちゃ気まずい!!

　でも、ここを通らないと教室には行けないし……。

　引き返すのもなぁ……。

　かなり迷ったけど、勇気を出して横を通り過ぎることにした。

　目立たないように、邪魔しないように……。

　彼らにとって、空気のような存在になることをとにかく心がけて……。

　なるべく足音も立てないように、ソロソロと歩いた。

「だって玲人今フリーなんでしょ!? 健司から聞いたもん!!」

「健司の奴……」

　久世玲人は「チッ……」と舌打ちしながら、顔をしかめていた。

　こんな状況に遭遇するなんて……。

　今日はなんてついてない……。

　チラッと彼らを見て、はぁ、と小さく息を吐いた瞬間、久世玲人とバチッと目が合ってしまった。

　し、しまった……っ!!

　バッと目をそらし、慌てて横を通り過ぎようとしたその時、再び久世玲人の声が聞こえてきた。

「わりぃな、サエコ。もう彼女いるんだわ」

「嘘……!! そんなの初耳よ!! どうせデタラメでしょ!!」

「デタラメじゃねえよ。……コイツ」

　この瞬間、ガシッと肩をつかまれたのは、決して気のせいではなかった。

　え……?

　今、何が起こってんの!!??

　自分の今の状況が理解できず、強い力で肩をつかまれたまま、立ち止まることしかできなかった。

「嘘つかないでよ玲人!! 誰よその子!!」

「誰って……。だから、彼女」

　そう言って、久世玲人はつかんでいる私の肩をグッと引き寄せた。

　もしかして……私、今、巻き込まれてる!?

　そーっと顔を上げると、怒り心頭といった表情のサエコと呼ばれてる女の子と、涼しい顔した久世玲人。

　そして、視線をおろせば私の肩をつかむ彼の手が目に飛び込んできた。

　嘘でしょ……!!

　なんでこんなことに!!

「ちょっと待っ……んっ!!」

　驚きのあまり声を上げようとした私の口を、久世玲人はすかさず手でふさいだ。

「そういうことだから。じゃ」

「ちょっと玲人!?」

　そして、久世玲人は私が持っていた課題を半分ひょいと持ち、有無を言わせないまま私の右手を引っぱってこの場を去ろうとした。

「待ってよ玲人!!」

　後ろからサエコという子の呼び止める声が響き渡っていたけど、久世玲人は一度も振り返らなかった。

「あの……!!」

　少し離れた所でいい加減離してもらおうと手を引っぱって抵抗した。

　そんな私の様子に久世玲人も気付いたようで、「……あぁ」とパッと手を離した。

「ちょっと……!!　さっきの、一体なんなんですか!?」

　さすがに黙ってられない!!

　サエコが見えなくなったのを確認して、すかさず久世玲人に詰め寄った。

「わりぃな」

　しかし、久世玲人は怒っている私とは対照的に、冷静に、まるで何事もなかったかのように一言謝るだけ。

　そして、「はい」と半分持っていた課題を私に返し、「じゃあ」とその場からスタスタと去っていった。

　……ええぇっ!?

　なんなのあの人!!

　久世玲人の行動に、かなり動揺させられていた。

　私のこと、彼女とか言ったよね……!?

　でも、こんなこと考えなくても完全に嘘だとわかる。

　だって、久世玲人とは同じクラスでもないし、これまで一度も話したことがない。

　向こうは地味で平凡な私のことなんて、知るはずもない。

「な、なかったことにしよう……」

　これ以上騒いでコトを大きくさせたくない……。

　自分が黙っていればいいことだ。

　幸い、あの場には私たちしかいなかった。

　よし……誰にも言わないで、黙っていよう……。

　運が悪かっただけだ……。

　そう自分に言い聞かせて、なかったことにしようとしたけど、その数週間後、大変な事態へと発展することになった……。

新学年スタート

　あの日から終業式まで、久世玲人は学校に来ていなかったようで、何事もなく春休みを迎えた。

　無事、今日から高校2年生。

　春休みの期間、久世玲人のことは無理やり記憶から消そうと頑張った。

　それなのに……それなのに……。

　神様っていじわるだ。

　廊下に貼りだされた新しいクラス表を見て、愕然（がくぜん）としてしまった。

　まさか……久世玲人と同じクラスになるとは……。

　絶望感に打ちひしがれながら、新しい教室にトボトボ入っていくと、後ろからポンと肩を叩かれた。

　ビクゥッ!!

　久世玲人のことで頭がいっぱいだったので、過剰に驚いてしまった。

　恐る恐る振り返ると……。

「よ！　また同じクラスだな！」

「佐山君……!!」

　もしかして、佐山君と同じクラスになれたの!?

　久世玲人の衝撃（しょうげき）で、他のメンバーなんて全然目に入らなかった。

　神様もまだ少しは情けがあったのね……。

　佐山君と同じクラスで少し安堵していると、ポケットに入れているスマホがブルル……と震えた。

　春奈からメッセージだ。

【クラス別れちゃったね。でも、佐山とまた同じクラスになれて良かったじゃん!!】

「春奈ぁ〜!!」

　やっぱり春奈は違うクラスなんだ……。

　スマホを握りしめながら悲しんでいると、佐山君が話しかけてきた。

「松田と同じクラスになれなくて残念だったな。お前ら、いつも一緒で仲良かったのに」

「うん、残念だよ……」

　だけど……、佐山君がいるんだもん……!!

　このクラスでも頑張れそうな気がする!!

「佐山君！　また１年、よろしくね！」

「ああ、こちらこそ」

　そうお互い笑い合ったあと、始業のチャイムが鳴り、「おーい席につけー」と新しい担任の先生が入ってきた。

　良かった……。

　久世玲人は来ていないみたいだ……。

　出席を確認する担任も「久世はいないのか……」とつぶやいていた。

　そうだよね……。

　不良が始業式から律儀<ruby>律儀<rt>りちぎ</rt></ruby>に学校なんて来ないよね！

　１年の時もあんまり学校来てなかったらしいし。

　今日は安心して過ごせる……。

　しかし、そう安堵したのも束の間、ガラガラッと乱暴に教室の扉が開かれ、私を悩ませている張本人、久世玲人が教室に入ってきた。

　な、なんで来るの!?

　不良は学校に来ないんじゃないの!?

　そんな偏見を持ちながら久世玲人を凝視していると、運悪く、バチッと目が合ってしまった。

　しまった……!!

　何か言われたらどうしよう……!!

　ビクッと体を構えたけど、久世玲人は何の反応も見せず、その視線はスッと外された。

「おーい、久世!　初日から遅刻するな」

「はいはい」

　担任の注意を適当に流し、久世玲人はみんなの視線を浴びながら自分の席に着いていた。

　よ、良かった……。

　ここで何も言われなくて……。

　とりあえずホッとし、今後はとにかく目を合わせないように終始うつむくよう心がけた。

事件です

　それから、私の心配なんて無用なほど久世玲人とはなんの接触もなく、無事お昼休憩を迎えた。
「原田さん！　一緒にお昼食べようよ！」
「うん！」
　新しいクラスでの友達作りも順調だ。
　親しくなった数人の女の子に声をかけられ、お弁当を持っていそいそと輪の中に加わろうとした、その時。
　事件は起こった。
「玲人!!　なんで電話もメッセージもシカトするの!?」
　かん高い声を上げてズカズカと教室に入ってきた女子が、寝ていた久世玲人の所に近づいていた。
　あの人!!
　あの時、久世玲人に告白してた子だ!!
　確か……花村サエコ!!
「うるせえな……」
　サエコの声で起き上がった久世玲人が、面倒くさそうに顔をしかめていた。
「ねぇ、あの人久世君の彼女かな？」
「でも久世君、機嫌悪そうだよ」
　一緒にいた友人たちがヒソヒソと小声で話していた。
「久世君って恐いけど、見るだけなら目の保養になるよね！ねえ？　原田さん」

「え!?　う、うん……!!　そ、そうだね!!」

　私にふらないで!!

「あぁー!!　あんたあの時の!!」

　し、しまった……!!

　思いっきり、サエコに顔を見られてしまった!!

　今さらだけど、バッとうつむいた。

　ひいいいっ!!

　どうしよう!!

　チラリと久世玲人を見てみたけど、やはり反応はなく、無関心といった感じで私たちの様子を見ていた。

　どう答えることもできず固まっていると、サエコが私の前に立った。

「ちょっとあんた!!　横から玲人を奪うなんてどういうつもりよ!!」

　ええぇーっ!!!!

　なんで私が奪ったことになってんの!?

　どう見ても、私は巻き込まれてただけじゃない!!

　しかし、臆病(おくびょう)な私はそんなことを言い返すこともできず、ビクビクしたまま。

　何も言えないでいる私に、サエコがイラつき始めた。

「なんであんたなんかが玲人の彼女なのよ!!」

　やめてぇーっ!!

　それを言わないでよっ!!

　サエコが言い放った言葉に、クラス中がどよめいた。

「え……原田さんが久世君の彼女!?」

「マジ……!?」

　そんな声があちらこちらで上がり、ますますどうすればいいのかわからなくなる。

　言い訳しようにも、みんなの突き刺すような視線が恐くて、声がうまく出てこない。

　顔を青くしながら突っ立っていると、サエコが再び久世玲人を見て言った。

「玲人！　嘘でしょ!?　あんな子が彼女なんて!!」

「さっきからお前、何言ってんの？」

　わめきながら詰め寄るサエコに、久世玲人は眉を寄せながら怪訝そうに返していた。

　あれ……。

　も、もしかして……。

　久世玲人の様子を見て、私は勘付いてしまった。

　あの男、私のこと忘れてる!?

　絶対そうだ!!

　久世玲人は私を彼女に仕立てて逃げたこと、完全に忘れてる!!

　訳がわからないといった感じで、久世玲人が私に視線を向けた。

　目を合わせたのは本日2度目だ。

　数秒の沈黙が続いたあと、久世玲人は難しそうな顔をしながら首をかしげ……

「あ。……あぁ」

　と、ひとり納得した様子だった。

どうやら、思い出したようだ。

なんて失礼な男……。

久世玲人は立ち上がり、孤立している私に近づいて来た。

こ、こっち来なくていいから早く否定してよ……!!

お願いだから!!

しかし、そんな私の必死の願いもむなしく、久世玲人は私をかばうかのように前に立ち、サエコに向き合った。

「お前の言う通り、俺はコイツと付き合ってる。わかったらもう帰れ」

久世玲人のその言葉に、クラス中がシーンと静まりかえった。

な、なんてことを……!!

頭が真っ白になって、否定の言葉も、抗議の言葉も発せられないでいると、再び久世玲人の声が頭上で響いた。

「行くぞ」

そう言って、クラス中が再びどよめくなか、魂 が抜けている私の腕を引き、教室を出た。

出て行く途中、わなわなと怒りに震えるサエコの顔と、心配そうな表情をしている佐山君の顔が目に入った。

ああ……もうこれで、私の安泰な高校生活は終わったんだ……。

神様、一体私が何をしたっていうのよーっ!!

"彼女" 誕生

　久世玲人に連れて行かれたのは、学校の屋上。生徒は立ち入り禁止だけど、どこからか手に入れた鍵を取り出し、手馴れた様子で扉を開けていた。

「あの……!!　一体、どういうつもりなんですか!?」

「あ?　あぁ、わりぃな。サエコがうるさくて」

　動揺している私に、久世玲人が「そーいや……」と話しかけてきた。

「お前、付き合ってる奴とかいんの?」

「い、いえ……」

　いませんけども……。

「じゃ、好きな奴は?」

　……一瞬、佐山君の顔が浮かんだけど、久世玲人に正直に言うのもヤなので、「……いません」と答えた。

「じゃ、いーだろ。しばらくの間そーいうことにしといてくんね?」

　……はい?

「お前が、俺の彼女ってこと」

　ええぇっー!!

「ちょっ……!!　待ってくださいっ!!　なんですか!?」

　さすがに黙ってられなくて、久世玲人に詰め寄った。

「見ただろ。サエコとか他にも……。色々うるせえんだよ」

　そんなっ!!

　女よけのために私を利用するなんて!!

　やっぱりサイテーだっ!!

「私じゃなくても……!!」

「だって、あの場にいたのはお前だし。それに、もうみんなの前で言っただろ」

「そんなっ!!」

　私の意思は無視なの!?

「安心しろ。何もしねえからよ」

「そ、そういう問題じゃっ……!!」

　言い返そうとする私を、久世玲人は面倒くさそうに「ああ?」とすごんだ表情で見すえてきた。

　切れ長の目で、余計に迫力がある。

　ここ恐いよ……。

「そーいうことにしといてくれ」

　身の危険を察した私は、恐怖で抵抗することなんてできず、ただ「……は、はい」とか細い声で答えることしかできなかった。

　なんで私がこんな目にあってんの……。

　平凡に過ごすはずだった私の学校生活はどこに……。

　ガックリとうなだれた。

波乱の幕開け

　まさかの彼女宣告から1週間、平穏な学校生活は一転していた。

　あっという間に久世玲人の「彼女」だということが知れ渡り、私を一目見ようと、毎日たくさんの人たちが教室まで来る。

　……私は珍獣か。

　見られるだけならまだしも、あからさまに悪意がこもった言葉をぶつけられたり。

　親友の春奈からも、「どういうことよっ!?」と詰め寄られる始末。

「春奈ぁっ!!」

　私もどういうことになってんのかわかんないよーっ!!

　すべての根源の久世玲人は、あれから学校には来ていないし……。

　でも、春奈にだけは本当のことをすべて話そうと、泣きつきながらこれまでの経緯を話した。

「そういうことね……」

　私の話を聞き終えた春奈が、納得したようにつぶやいた。

「春奈、私これからどうすればいいと思う!?」

「どうもこうも……」

「あの迫力で言われると恐くて何も言えないよっ!!」

「でもさ、『彼女』としてやっていけんの?」

「やあぁっ!!　ムリっ!!」

「じゃあ、ちゃんと久世君に言うしかないでしょ!　ムリだって」

「やっぱり……。そうだよね……」

　それしかないよね……。

　よし……!!

　恐いけど、もう一度久世君に言おう……!

　ちゃんと「彼女」をお断りするんだ!!

　教室に戻り、久世君早く学校に来ないかな……と考えていると、「原田さん、ちょっと……」と遠慮がちな声で話しかけられた。

「佐山君……」

　この事態のせいで、きっと佐山君にも誤解されたままだろう。

「原田さん大丈夫?　あんなことがあって、大変そうっていうか……」

　心配そうな表情で聞いてくる佐山君に、なんだか胸がジーンとなる。

　こんなことになっても心配してくれるなんて!!

　やっぱり佐山君って優しい……。

　佐山君にはこれ以上心配をかけたくなくて、「うん、大丈夫……」と無理やり笑顔を作って返すと、佐山君は少し真剣な顔つきになった。

「あのさ、聞いてもいい?　……久世と付き合ってるって本当なのか?」

　この質問、これまで幾度となく聞かれてきた。

　適当に笑ってごまかしていたけど、佐山君にはちゃんと「違う」と伝えたい……。

　付き合ってない、と誤解を解きたい。

　一瞬、久世玲人の顔が浮かび恐くなったけど……よし、言おう!!

「あのね、佐山君……!!」

　本当のことを言おうとしたその時、かん高い声で「ちょっと原田いる!?」と教室の扉が開き、サエコが入ってきた。

　げげっ!

　またサエコ!!

　この1週間、責められっぱなしだ。

　隠れたかったけど、サエコはすぐに私を見つけ、ツカツカと近寄ってきた。

「やっぱり納得いかない!!　あんた一体どうやって玲人に取り入ったのよ!!」

　佐山君との間を割って入り、サエコが詰め寄ってきた。

　全然取り入ってませんけどもっ!!

　と言い返したいけど、恐ろしくてビクビクすることしかできない。

「おい!　やめろよ!」

　佐山君が興奮気味のサエコを止めようと、前に立ちはだかった。

　佐山君……!!

　あなたが救世主に見える!!

　うっとりと感動していると、サエコは私をキッとにらみ
つけ言い放った。
「あんたみたいな子が、玲人の彼女になれるわけないじゃ
ない!!」
　わ、わかってるけど……!!
　そんな風に言われると、さすがに傷付く……。
　でも、その通りなので何も言い返せないでいると、横か
らすごみのある低い声が聞こえてきた。
「お前いい加減にしろよ」
　パッと顔を上げると、そこにはサエコをにらみつけてい
る久世玲人の姿があった。
　いつの間に……。
　久世玲人の姿を目にした途端、サエコは必死な様子です
がっていた。
「だって玲人……!!　やっぱり納得いかないんだもん!!
なんで私よりあの子なの!?」
「ちょっと仲良くしてやったからって、勘違いすんなよ。
誰がお前なんか選ぶかよ」
　キッパリと言い放つ久世玲人の言葉に、サエコは泣きそ
うな顔になっている。
　そ、そこまで言わなくても……。
　ちょっとかわいそうになってきた……。
「でも、やっぱり納得できない!!　だって、全然付き合っ
てるように見えない!!　仲良さそうに見えない!!」
　お、おっしゃる通り……!!

　久世玲人も、何も言わずサエコを見ているだけ。

　おそらく、ズバリ言われて返す言葉がないんだろう。

　サエコの口はまだまだ止まらない。

「ふたりが一緒のとこ全然見たことないし、話もしてないじゃない!!　それに、名前で呼んでるの聞いたことない!!」

「いちいちうるせえ……」

　久世玲人がイラつきながら答えているが、サエコの言う通りだ。

　それに、おそらく……というか絶対……久世玲人は私の名前を知らない……!!

　どうやって切り抜けるんだろうと、自分のことを言われているにもかかわらずじっと観察していると、久世玲人は面倒くさそうにため息をついた。

「てめぇの相手するだけ時間のムダだ」

　そう言って私の手をつかみ、この教室から出て行こうとしている。

　……逃げることにしたんだ。

　間違いない!!

　久世玲人に、なすがままといった感じで連れ出されていると、「おい待て!」と佐山君が立ちはだかった。

　佐山君……!!

「久世!　原田さんが困ってるようにしか見えない!　ほんとに付き合ってんのか!?」

　佐山君、この状況で言うなんて……!!

　なんて正義感!!

　もっと言ってもっと言って、と尊敬の眼差しで見つめて
いると、久世玲人は「どいつもコイツも……」と面倒くさ
そうにつぶやき……「お前、邪魔」と、一言乱暴に言い放っ
ただけで佐山君をスルーし、教室を出てしまった。

　な、なんてことをっ!!

　佐山君、ゴメン!!　と心の中で必死に謝りながら、久世
玲人に引きずられ教室をあとにした。

抜けられない檻

「あー、……面倒くせ」

　この前と同じく屋上に行き、久世玲人はしかめっ面をしながらつぶやいていた。

　それ、私のせりふだよ……。

　面倒なら、こんな茶番劇なんて早く終わらせればいいのに……。

「お前さ、名前は？」

　……へ？

　名前？

　彼女を辞退（じたい）したいと勇気をふりしぼって言おうとしたところで、突然話をそらされた。

　名前すら呼ばない、とさっきサエコが言ったことを気にしてるんだろうか。

　無視するわけにいかず、「原田菜都です……」とマジメに答えてしまった。

「菜都ね……」

　そうつぶやきながら、久世玲人は視線を鋭くし、私をじっと見つめた。

「菜都、俺は解消する気はない」

　……え？

「どーせ騒がれるのも今だけだ」

　……えぇ!?

「我慢しろ」

　ええぇーっ!!

　なんでそうなるのよ!!

　サラリと呼び捨てされたことより、「解消しない」と言われたことに衝撃を受けて、思わず「なんでですか!!」と詰め寄った。

「なんでって、また他の奴探すのも面倒くせえし」

「そんなっ!!　久世君なら彼女になりたい子、いっぱいいますよ!!」

「そういう奴が面倒なんだよ。お前でいい」

　で、いいって……。

「なんで私!?　ただの通りすがりだったのに……!!」

　初めて反抗する私に、久世玲人は「いちいち、うるせぇな……」と眉を寄せ、だんだん険しい表情になっていった。

「つーかさ、俺の彼女になるのがそんなにイヤなわけ?」

「ああ?」と、とびきりの恐ろしい表情で私をにらみつけてきた。

　ひいいっ!!

　こここ恐い……!!

「そ、そういうわけじゃ……」

　もちろん、このまま反抗し続けることなんて私には恐ろしくてできず、なかば脅されつつではあったが「彼女」でいることを了承するハメになってしまった。

　私ってなんて不幸……。

　ヘナヘナと体の力が抜けていく。

　なけなしの勇気をふりしぼって「彼女」を降りようとしたのに、あえなく撃沈してしまった。

　小心者の私は、この状況を泣く泣く受け入れることしかできなかった。

　シクシクと悲しみに暮れている私の様子なんて久世玲人はまるで気にしていないようだ。

「腹減った」と、もう次の話題へと移っている。

「なぁ、お前もう昼メシ食った？」

「えぇ、食いましたよ……」

　力なく返答していると、久世玲人は私の手をとり、何かを握らせた。

　……何？

　手を開くと……お金だ。

「なんですか？」

「俺まだ食ってねえんだよ。なんか買ってきて」

　これって……!!

　パ、パシリにされてる……!?

　もしかして、私って「彼女」というより、下僕扱い!?

　そんな考えが頭をよぎり、わなわなと怒りがこみ上げてくるが、「お断りっ!!」と言い返す勇気は私にはなかった。

仲間たち

　久世玲人の言いなりになりながら、購買で飲み物とパンをいくつか買った。

　はぁ……。

　この先もこうして下僕生活が続くの……？と、不安になりながらトボトボ屋上に戻ると……。

　ふ、増えてるっ!!

　屋上には久世玲人だけでなく、数人の仲間たちが一緒にたむろしていた。

　勘弁してよっ!!

　久世玲人だけでもいっぱいいっぱいなのに!!

　そのまま回れ右して帰ろうとしたら、「菜都、こっちだ」と残念ながら見つかってしまった。

　久世玲人の仲間にぐるりと囲まれながら、まじまじと見られている。

「へぇ、これが玲人の彼女？」

　これって……。

　そうヘラヘラ笑って言うのは、金髪頭の佐久間健司。

　なんか、とってもチャラい感じで、見るからに苦手なタイプだ。

「玲人、お前趣味変わったな」

　なんでコイツ？　みたいな顔して言うのが、身長が190cmはある図体のデカい 橘 泰造。

　肩幅もがっしりしていて、いかにも強そう。

「ま、でも素材は悪くねえじゃん」

　ふーん、と興味深そうに見ているのが、伊達メガネ男の松永陽。

　他のメンバーとはちょっと雰囲気が違って優しげだ。

　久世玲人の仲間のなかでも、特によく一緒にいる男たちだ。紹介されなくても、彼らも有名なのでそれぞれの名前は知っている。

　完全に世界が違う人たちに囲まれてカチコチになっていると、「お前ら、いいから構うな」と久世玲人が助け出してくれた。

　学校一有名なグループであるこの輪の中に自分がいるなんて……。

　自分の今の状況が不思議で、そして、イヤでたまらない。

　彼らの相手をすることはできないので、久世玲人の隣に小さくなって座っていた。

　早く帰りたい……早く帰りたい……。

　その言葉ばかりが頭の中をかけめぐる。

「でもさー玲人。同じ学校では面倒だから彼女作んねぇって言ってたのに、どういう心境の変化？」

「いない方が面倒だって気付いた」

「へぇー」

　そんな会話が繰り広げられ、私は居心地が悪くてたまらない。

「あの……もう教室に戻ってもいいでしょうか？」

　ほんとに早く帰りたい……。

「えー、なっちゃん帰っちゃうの？」

　もうすでになっちゃん呼ばわりされている。馴れ馴れしいったらありゃしない。

「授業始まるから……」

　と立ち上がり、屋上から出ようとする私に、久世玲人が声をかけた。

「菜都、ひとりで大丈夫か」

　むしろ、あんたがいない方がいいわ！

　と思いつつも、「……うん」とだけ答えて屋上をあとにした。

　久世玲人と別れ教室に戻ると、心配そうな顔をした佐山君が話しかけてきた。

「原田さん！　一体どこに……。いや、それより大丈夫だった？」

　佐山君の顔を見るとホッとする……。

「あ……うん！　大丈夫だよ、ありがとう」

　慌てて笑顔を作って答えると、佐山君は少し言いにくそうな感じで口を開いた。

「あのさ、さっきは久世のせいでちゃんと聞けなかったけど……。久世と、その、付き合ってるのは本当……？」

　じーっと私の目を見ながら、佐山君が聞いてきた。

　その直球な質問に「うっ……」と言葉が詰まる。

　肯定したくないけど、さっき「解消しない」宣言をされて、あきらめたばかりだ。

　もう、終わったな……。

　まっすぐ見つめてくる佐山君の目を直視できず、視線を
そらしながら「そうみたい……」と答えた。

　これで、私の佐山君への想いは封印だな……。

　自分で肯定してしまったことにも、どよーんと沈んでい
ると、佐山君は「……そっか」と一言だけつぶやいて、自
分の席へと戻って行った。

「かなし……」

　その背中を見つめながら、自分の不幸さをなげいた。

Step 2

焼きそばパンの優しさ

　彼女騒動も日がたつにつれてずい分おさまり、だんだんとこの異色（いしょく）カップルを学校のみんなは受け入れ始めたようだった。

　久世玲人の言った通り、騒がれるのは最初のうちだけだった。

　久世玲人も相変わらず毎日学校に来ることはなく、私たちの関係性はなんの変化もない。

　もちろん、カレカノらしさなんて１ミリもない。

　……あっても困るけど。

　こんな私たちだから、さすがに学校では少しの間だけでも……と、お昼ご飯は一緒に食べることになっている。

　逆を言えば、久世玲人がいなければ、私はお昼ご飯をひとりで食べることになる。

　これを言うと、春奈がまた心配して一緒に食べようとしてくれるから、秘密にしている。

　お昼休憩、ゆっくりご飯を食べられる場所を探していると、久世玲人の仲間たち、健司、泰造、陽に遭遇した。

「あ、なっちゃん！」

　相変わらずの馴れ馴れしさだ……。

　素通り決定。

　一応、「どうも……」とペコッとあいさつをして通り過ぎようとしたところで、健司が私の腕をつかんだ。

「待ってなっちゃん！　ちょうどよかった！　玲人が屋上に来いって。さっき学校来たから」

「そうですか……」

　ちっ。

　今日は来てるのか。

　彼らと別れて屋上へ向かう途中、久世玲人のご飯を調達しに購買へ立ち寄った。

　相変わらず、パシリは続いている。

　先に買って行った方が得策だと学んだ。

「今日は何にしようかな……」

　いつも、久世玲人からのリクエストはない。

　聞いても、「なんでもいい」としか返ってこない。

　これまで、パンやおにぎり、サンドイッチなど、定番のものは色々と買ってみている。

　幸いどれも文句を言わず食べてくれるから、「ハズレ」ではないんだろう。

　ただ一度、イチゴオレを買ってみたら、「これはお前にやる」と返されたから、甘いものはダメなのかもしれない。

　久世玲人のお昼ご飯を買い終え、屋上へ向かった。

　いたいた……。

　フェンスに寄りかかり、いつもの定位置でマンガを読んでいる。

「久世君、お昼買ってきたよ」

「サンキュ」

　今日はカレーパンと焼きそばパンにしてみた。

　不良ならきっと好きだろう。

「はい」とパンを渡すと、久世玲人はやはりなんの文句も言わず食べ始めた。

　さてと……。

　私もご飯食べよ。

　久世玲人の近くにちょこんと座り、お弁当を広げて一緒に食べ始めた。

　一緒、といっても、特に会話もない。

　最初こそ一緒に食べることに動揺していたけど、慣れって恐い。

　こんな状況にも緊張しなくなっていた。

　それにしても……。

　焼きそばパンを食べる姿もサマになるとは……。

　男前って得だな……。

　そんなことを考えながら見ていると、久世玲人が突然こちらに顔を向けた。

「……なんだ？」

「え!?　い、いや、なんでもないです……」

　私が見ていたことに気付いたようで、久世玲人が怪訝そうに聞いてきた。

「欲しいのか？」

「え？」

　コレ、と言いながら久世玲人は焼きそばパンをくいっと上げた。

「いやいや！　違うよ！」

　そんなに物欲しそうな目で見てたんだろうか!?
　あせって答えると、久世玲人は仕方ねえな……という表情をしながら焼きそばパンをふたつに割った。
「あ、ありがと……」
　いらない、とは言えず、苦笑いを返しながら受け取った。
　久世玲人なりの優しさだろう……。
　うかつなことはできない。
　……恐いから。
　久世玲人からおすそ分けしてもらった焼きそばパンは、意外にも美味しかった。

穏やかな時

　お昼ご飯を食べ終わり、久世玲人もマンガを読み終えたみたいで、ふわぁ……とアクビをしている。

　することがない……。

　っていうかしゃべる話題もない……。

　全っ然盛り上がらないよ……。

　居心地悪く隣に座っていると、久世玲人は眠そうな声で話しかけてきた。

「お前さ、なんか困ってることあるか？」

「え？　困ってること？」

「俺のことで、色々言われてるみたいだから。特にサエコとか」

　一応、気にしてくれてるんだ……。

「大丈夫……。最近はそんなにひどくないから……」

「そ？　我慢できなくなったら言え。ひとりひとりぶっ潰すから」

「や、やめてください……」

　冗談に聞こえなくて本気でイヤがると、久世玲人は「お前さー」と、グイッと身を乗り出した。

「な、なんでしょうか……？」

「俺になんかして欲しいこととか、ねえの？」

「して欲しいこと……？」

　何かあるだろうかと考えてみたが……、

「別に……」

　むしろ、何もしてもらわない方が平和でいい。

　そんな私の返答に、久世玲人は「……別に？」と眉を寄せながらつぶやいた。

　しまった……。

「彼女」としてふさわしい回答じゃない!!

「ふーん……」と言いながら聞いている久世玲人に続けて言った。

「平凡で平和な人生が私の願いなんです！」

　そう力強く宣言する私を見て、久世玲人は「ぶはっ」と吹き出した。

　何がそんなに面白いの？

　久世玲人はおかしそうに私を見ている。

「平凡で平和な人生が願いって、そんなこと本気で考えてんのか？」

「うん、そうだけど……」

「変わってんなー。それでもJKかよ」

　久世玲人はきっと刺激のある毎日が好きだから、私のそんな願いなんて理解できないんだろう。

「でも、いいと思いませんか？　ほら、今みたいに平和な時間って穏やかでいいと思いません？」

　なんとか伝えてみようとすると、久世玲人は空を見上げ「うーん……」と考える素振りを見せた。

　そして……、「ま……、悪くねえな」と、優しく笑った。

　うわ……。

　久世玲人も、こんな笑顔ができるんだ……。

　不覚にも、一瞬ドキッとしてしまった。

「久世君、いつもそういう感じでいたらいいのに」

「は？」

「疲れない？　だって、ココ、いつも寄ってるから」

　言いながら、自分の眉間を指差した。

　今の久世玲人は全然恐くない。

　うんうんとうなずきながら、ひとりで納得していると、久世玲人はまたもや「ぶはっ」と笑った。

「やっぱお前、面白いこと言うな」

「え？　そうかな？」

「お前といると、なんつーか……力が抜けるな」

「そう？」

　そういえば、こんなにしゃべったのは初めてかもしれない……。

　久世玲人の「彼女」として初めて穏やかに会話をした日だった。

厄介な拾い物

「ね、菜都。久世玲人とは最近どうよ？」

久しぶりに春奈と一緒に下校していると、お決まりの質問が早速ぶつけられた。

「どうもこうもないよ。何もないって」

「え〜でもさ、菜都も最近文句言わなくなったじゃん。散々なげいてたのに」

「ただあきらめただけだよ……」

私のそっけない答えに春奈もつまらなそうにしている。

「でも、お昼は一緒に食べてるんでしょ？　どんな感じ？」

「別に……。これといって特別な会話もないよ」

「もったいない……。いっそのこと仲良くなっちゃえばいいのに」

「ムリムリ」

怒ってなければフツーに話はしてくれるけど、仲良くなるなんてありえないよ。

第一、向こうが私を受け入れないだろう。

「つまんないのー」と最後までブツブツ言っていた春奈と駅の改札で別れ、帰りの電車に乗った。

さっきの春奈の言葉を思い出していた。

ないないない……。

もし、万が一好きになったら、さらに苦労することは目に見えている。

　久世玲人が私に振り向くはずもないし、今のこの関係だって、いつ解消されるかもわからない。

　私を「彼女」にしたのだって、ただの偶然で気まぐれだから……。

　こんなあやふやな関係で好きになってしまったら、ツラすぎる……。

　電車の中でひとりで苦笑いをしながら、そんなことを悶々と考えていた。

　ま、でも久世玲人みたいなキケンな男はタイプじゃない。佐山君のような、優しくて温厚な人が好きだもん。

　うん、やっぱりないな。

　と、確信したところで、電車は駅に着いた。

　自宅まで歩いて帰る途中、いつも近道として通っている公園に入った。

　遊具で遊ぶ子供たちや、井戸端会議をしている主婦たちを横目に見つつ公園内を歩いていると、人気のベンチにぐったりと身を預けて座っている男性が目に入った。

　……ん？

　うちの制服……？

　同じ学校の生徒だ、と思いつつもあまり気にせず前を通り過ぎようとした所で、思わず足がピタリと止まってしまった。

　なんか、すごく見覚えのあるような……。

　久世玲人っ!?

「久世君っ!?」

　思わぬ人物に声を上げると、その男性はピクリと反応し、ゆっくりと顔を上げた。

　やっぱり久世玲人だ……。

「こんな所で何やって…っていうか、どうしたのそれ!?」

　顔を上げた久世玲人にビックリしてしまった。

　目元や口元に青アザが広がっていて、所々切れて出血している。

　シャツをまくり上げている腕も傷だらけだ。

「な、なんなの……!?」

　もしかしてケンカ!?

　バッと周りを見てみるけど、それらしい相手もいない。

　まさか……派手に転んだとか?

　……いやいや、まさかそれはないだろう。

　このアザと傷は、やっぱりケンカだよ……。

　おろおろしている私をよそに、久世玲人はひどく冷静に「いいから帰れ」と言い放ち、ゴロッとベンチにあお向けに寝転がった。

　「では、さようなら」と帰りたいところだけど……。

　さすがに、こんなケガ人をそのままにして帰るなんて私にはできない。

　いくら久世玲人でも。

　この人と関わると、ほんとろくなことがないな……。

　ガックリしつつも、恐る恐る声をかけた。

「ねぇ……久世君……。傷の手当てしなきゃ……。うち、この近くだからさ」

　こんな私の優しい言葉にも、久世玲人はなんの反応も見せない。

「久世君ってば！」

　無視を続ける久世玲人に強く言うと、ようやく目を開き、こちらに顔を向けた。

　最高に機嫌が悪そうだ……。

「うるさい。ほっとけ」

「いくらなんでもほっとけないよ！　手当てだけでも……」

「こんなの慣れてる。どうってことない」

「でも……!!」

　お互いゆずらず攻防（こうぼう）が続き、だんだん私もなぜか腹が立ってきた。

　久世玲人め……。

　「来い」「行かない」の繰り返しをしばらく続けていたが、強行突破だ。

　寝ている久世玲人の手をつかみ、ググググッとその体を無理やり引き起こした。

「何すんだよ!!」

「だってこうでもしなきゃ!!」

　私の行動に、久世玲人が怒りをあらわにした。

「さわんなっ!!」

　手を振り払おうとする久世玲人にカチンときた私は、思わず怒鳴（どな）りつけていた。

「彼女の言うことくらい聞いてよ!!!!」

　言った瞬間、自分でもハッとしてしまったけど、久世玲

人も同じくポカンと私を見ていた。

　な、何を言ったの私!!

　自分の言葉に今さらながら恥ずかしさがこみ上げ、顔が
真っ赤になった。

　今さらあとには引けない……!!

「い、行こう……!!」

　久世玲人の顔を直視することはできなかったけど、その
手を引いて歩いたら、何も言わずおとなしくついて来てく
れた。

不機嫌な客人

「ど、どうぞ……」

　自宅に到着し、さっきの勢いはどこへやら、ビクビクしながら久世玲人を家の中へ招き入れた。

　この状況が気に入らないのか、久世玲人はずっと眉を寄せている。

　……機嫌悪そー……。

　でも、あの久世玲人が私の言うことを聞くなんて、青天のへきれきってやつかもしれない。

　しかも、ちょっと弱っている感じがかわいく感じる。

　ププッと小さく笑うと、横にいた久世玲人がジロリと鋭い視線をこちらに向けた。

「あ、ご、ごめん……。こっちどうぞ！」

　これ以上機嫌を悪くされると恐いので、慌ててリビングに案内した。

「座って待っててね」

　とりあえずソファに座らせ、傷の手当てをするため救急箱を探しに行った。

　消毒液やばんそうこうを取り出しリビングへと戻ると、久世玲人はいかにもといった感じで、居心地悪そうにしている。

「まだ怒ってるの？　すぐにすむから」

　ブスッとしている久世玲人の隣に腰を下ろし、体を彼に

向けた。

　コットンに消毒液を染み込ませ、いざ、と顔に近づけた。

「ちょっと染みると思うけど……」

　言いながら、傷口にそっと当てると、久世玲人の体がピクリと跳ねた。

「痛い？　ごめんね？」

　これだけ傷付いてれば、痛いはずだよね……。

「目元も切れてるから、ちょっと目をつむってて」

　目を閉じてくれているおかげで、遠慮なくまじまじと久世玲人の顔を見てしまう。

　ほんと、男前だな……。

　こんなに傷作っちゃって……。

　顔の傷口は全部消毒をすませた。

「目、開けていいよ」

　私の言葉に、久世玲人の目がゆっくりと開いた。

　いつもの、切れ長で鋭い目が私をとらえている。

　うわ……。

　なんか、吸い込まれそう……。

　すぐ目の前にあるせいで、その力強い瞳にとらわれてしまいそうだ。

「……な、何？」

「いや、別に」

　そう言いながらも、久世玲人はジーッと私の目を見つめてくる。

　……にらまれているわけでもなさそうだ。

　久世玲人の無言の訴えが読み取れない。

　おとなしいうちに、ペタッとばんそうこうを貼った。

　顔の手当ては終わったから、今度は腕だ。

　おとなしいままの久世玲人の手をとり、ペタペタと消毒をしていった。

「大丈夫？　痛くない？」

「……あぁ」

　こうして、されるがままになっている久世玲人を見てると、いつもの恐い雰囲気を忘れてしまう。

「それにしても、派手にやっちゃったね」

　手当てをしている腕をまじまじと見た。

「……ケンカ？」

　一応聞いてみたけど、絶対ケンカだろうな。

　手の甲にも殴ったような傷があり、赤くなっている。

「ケンカじゃねぇよ。一方的にやられただけだ」

「……あんまりムチャしない方がいいよ」

「……」

　そんな微妙な会話をしながら、腕の手当ては素早くすませた。

「久世君、傷の方はもう大丈夫だと思うから。あとは、そのシャツ」

「は？」

「シャツにも血が付いてるから、すぐ洗わないと。早く脱いで？」

　私の言葉に、またもや久世玲人がポカンとなっている。

　……何をそんなに驚いているのだろうか。

「早く早く」とせかす私の言葉に、久世玲人は無言のまま
ボタンに手をかけた。

「代わりの服、持ってくるから」

　お父さんのクローゼットを物色し、久世玲人が着ても
おかしくなさそうなシャツを選んだ。

「おまたせ……」

　リビングに入りながら声をかけた瞬間、足がピタッと止
まり、固まってしまった。

　赤い顔して突っ立ったままでいる私に、久世玲人が近づ
いてきた。

　……上半身ハダカで。

「はい」

「えっ!?」

　思わずビクッとなってしまった私に、久世玲人は脱いだ
シャツを渡してきてニヤリと笑った。

「何照れてんの？　自分で脱がせといて」

「ち、違っ……!!」

　さっきとは違い、一気に形勢が逆転してしまったこの状
況に、反撃することができない。

　カーッと顔を赤くしたまま直視できずにいる私に、「菜
都、どうした？」とニヤニヤ楽しそうに近づいてくる。

「ちょっ……!!　こ、これ着てよ……!!」

　お父さんのシャツを無理やり押しつけ、逃げるように、
慌てて洗濯機がある脱衣所に駆け込んだ。

　心臓がバクバクする……!!

　初めて男の人のハダカを間近で見てしまった。

　家にはお父さんと弟がいるけど、見慣れている家族とは全然違う……。

　……って何思い出してんのよっ!!

　忘れろ……忘れろ……。

　平静（へいせい）さをなんとか取り戻すため、頭の中で何度も念じた。

　顔の赤みが引いた頃、ソーッとリビングに戻ると、久世玲人はお父さんのシャツをちゃんと着ていてくれた。

　良かった……。

　ホッと息を吐くと、してやったり顔の久世玲人と目が合い、少しムカついた。

家族公認!?

「久世君、どうする？　洗い終わるまで時間かかるし……。
帰る？　シャツは明日持って行くから」

　久世玲人にはお父さんのシャツを着せているけど、一応
外に出てもおかしくないものを選んだつもりだ。

　それに、ただ待っていても私と一緒じゃすることなんて
ないし……。

「そうだな……」

　と、久世玲人も帰る雰囲気になっている。

　鞄<rt>かばん</rt>を持って帰ろうとする久世玲人に「気をつけて」と
声をかけていると、「ただいまー!!」と元気な声が玄関<rt>げんかん</rt>か
ら響いてきた。

「あ。智樹<rt>ともき</rt>が帰ってきた」

「智樹？」

「うん、弟なの。まだ小学校5年生」

「ふーん……」

「ただいま!!　姉ちゃん、誰か来てんの？」

　リビングの扉を開きながら、智樹が入ってきた。

「うわ……、えっと、……友達？」

　久世玲人の姿を見た途端<rt>とたん</rt>、弟がギョッと驚いている。

　そりゃそうだろう。

　見た目だけでもかなり迫力あるから。

「智樹。こんにちは、でしょ？」

「あ、……こんにちは」

　ペコッと智樹があいさつすると、久世玲人も「どうも」
と一言返した。

「姉ちゃん、誰？」

「ああ……。お姉ちゃんのクラスメイト。久世玲人君」

　まさか弟にまで「彼氏」だと嘘つかなくていいだろう。

　ただのクラスメイトとしてすませてしまった私の紹介
に、久世玲人は文句を言いたげにこちらを見ていた。

「すげえや!!　姉ちゃんが男連れて来た!!」

「智樹、うるさいわよ」

　興奮気味に騒ぎ出した智樹を適当にあしらい、久世玲人
の手を引いた。

「ごめんね、智樹がうるさくて。さ、帰ろう帰ろう」

　久世玲人には早く帰ってもらわなきゃと、玄関まで連れ
て行こうとした。

「待ってよ！　俺一緒に遊びたい！」

「はあ!?　何言ってんのよ」

「いいだろ！　ちょっとだけ！」

「ダメに決まってんでしょ!!」

　久世玲人が小学生と遊ぶなんてありえないよ!!

　第一、何して遊ぶってのよ!!

　弟のワガママに、困り顔で久世玲人を見上げた。

「ごめんね、本当にうるさくて……」

「別に遊んでもいいけど。どーせヒマだし」

「……ええっ!?」

　何言ってんの!?

　ギョッとしたままでいる私を置いて、久世玲人はスタスタと弟のもとに向かっている。

「智樹、遊んでやる」

「いいのっ!?　ヤッターっ!!　こっちこっち！」

「ちょっ……ちょっと待ってよ!!　智樹!!　久世君!!」

　ひとり声を上げる私を無視し、男ふたりはさっさと２階の部屋へと消えて行った。

　なんでこんなことに……。

　げんなりしながら、智樹の部屋までふたり分のジュースを運んだ。

　扉を開けて中に入ると、テレビの前にふたり仲良く並んでゲームに夢中になっている。

「ちょっ……!!　ずりーぞっ!!」

「バァーカ。隙を見せたお前が悪い」

　……子供か。

　なんのゲームをしているのか知らないが、どうやら精神年齢は一緒みたいだ。

　何も言う気になれず、あきれた視線を送りながらゲームをするふたりの後ろ姿を見ていた。

　弟と同じ、ただの子供にしか見えない。

　不思議だ……。

　久世玲人がうちでゲームをしてるなんて……。

　並んでいるふたりの背中を見ながら、思わずクスッと笑ってしまった。

「菜都、お前もやるか？」

　久世玲人がくるっとこちらに振り返り言った。

「いや、私は……」

「ムリムリ。姉ちゃん機械オンチだから絶対できねえよ」

　その通りだけど、智樹に言われるとカッチーンとくる。

「それくらい、私にだってできるわよ」

　思わず智樹からコントローラを奪い取った。

「久世君、手加減はなしよ！」

「はいはい」

　鼻息を荒くして気合を入れる私に、久世玲人はおかしそうに笑っていた。

「つ、疲れた……」

　あれからどれくらい時間がたったか……。

　グッタリと床に倒れる私に、今度は久世玲人があきれた視線を送ってくる。

「菜都、弱いくせにムキになりすぎだ」

　何度やっても、久世玲人はもちろん、智樹にさえも勝てなかった……。

　私ってバカ……。

　心底自分の行動にあきれていると、１階の玄関から「ただいまー」とお母さんの声が聞こえてきた。

「あ、母ちゃんだ」

　智樹の声と同時に、ガバッと起き上がった。

　嘘っ!?

もうこんな時間!?

時計の針は7時を過ぎている。

仕事から帰ってきたお母さんが「菜都ー？　誰か来てるのー？」と、言いながら2階に上がってきている。

ま、まずい……っ!!

ひとりであせっていると、智樹が「母ちゃーん！」と言いながら部屋を出て行った。

「あら智樹。お姉ちゃんは？」

「母ちゃん！　姉ちゃんが男連れて来たんだぜ！」

「男？」

智樹何言ってんのよー!!

ハラハラしながら部屋でパニックになっていると、ついにお母さんがドアからひょいと顔をのぞかせた。

「……あらまあ」

久世玲人の姿を見た途端、お母さんの顔がニターとゆるんだ。

……絶対誤解してるっ!!

「クラスメイトなの!!　ちょっとケガしてたから、手当てしてただけ!!」

「あらそう」

この様子だと全然信じてない!!

もう〜勘弁してよ!!

お母さんはニヤニヤしながら、今度は久世玲人に話しかけていた。

「お名前は？」

66

「……久世、です」

「久世君、ご飯、食べてく？」

「お母さん!!　何言ってんのよ!!」

　勝手に話を進めるお母さんに、怒りを通り越して恥ずかしさがこみ上げてくる。

　久世玲人もさっさと断ってよっ!!

　そう視線に込めて、キッと力強く目を向けると、ニヤリとあやしい笑みを返された。

「いただきます」

「ええっ!!」

　久世玲人まで何言ってんのよ!!

　もしかして、私が無理やり家まで連れて来た仕返し!?

「久世君、冗談でしょ!?」

「何が？」

　平然と答える久世玲人に驚愕していると、お母さんと智樹は久世玲人を連れて１階に下りようとしている。

　なんなのよこれは……。

　結局、久世玲人と一緒に食卓を囲んでいる。

　もはや久世玲人の復讐としか思えない。

　こんなことなら、本当に傷なんてほっといて帰れば良かった……。

　しかも、最悪なことにいつもは帰りが遅いお父さんも、今日に限って早く帰ってきている。

「いやー、菜都ももうこんな年になったとはなぁ！」

「お父さん、違うから……」

　さっきから、感慨深そうに私たちを見てくるお父さん。

　絶対誤解してるよ……。

　ていうか、家族みんなが誤解してる……。

「ねえ、菜都、久世君。あなたたちやっぱり……」

　いつまでも認めない私に、しびれを切らせたお母さんが
また聞いてきた。

「クラスメイト！」

　キッとにらみつけながら、その先の言葉を潰した。

　さっきからこればっかりだ。

「姉ちゃん！　本当に付き合ってねえの？」

　何度クラスメイトだと説明しても、この家族にはちっと
も通じない。

「だから、違うって言ってんでしょ!!」

　ガックリしながら横にいる久世玲人を見ると、ひとり涼
しい顔でご飯を食べている。

「久世君もなんとか言ってよ!!」

「付き合ってるのは事実だろ。なんで隠す」

「ちょっとーっ!!!!　何言ってんのよっ!!　それは学校だ
けでしょ!?」

「学校だけ？　何だそれ」

　この状況でしれっと言い放った久世玲人の言葉に、驚愕
した。

　ちょっと待って……。

　イヤな予感がする……。

「姉ちゃん、やっぱ付き合ってんじゃん」

「菜都ったら、恥ずかしがっちゃって」

　智樹とお母さんが、「なぁんだ」という顔をしながらニタニタと私を見ていた。

「久世君、菜都をよろしく頼むよ」

「はい」

　なんなの……なんなのよこれは……。

　いつわりの彼女をすればいいのは学校だけでしょ……。

　ここでも私の意思とは無関係に、久世玲人は家族公認の「彼氏」となってしまった。

誤解の仲

　翌日のお昼休憩、まさかの展開を早速春奈に報告した。
「ええっ!?　久世君が家に!?　しかも一緒にゲーム!?」
　まるで信じられないものを見るかのように、春奈はギョッと驚きの表情を見せている。
　ビックリしている春奈に、「ハァー……」とため息をつきながらうなずいた。
「もしかしたら久世君、あんがい菜都のこと気に入ってんじゃない?」
「何言ってんの!?　あるわけない!!」
　「ないない!」を連発して全力で否定していると、春奈が「だって……」と続けてしゃべり始めた。
「久世君って、今まで彼女をとっかえひっかえしてたらしいけど、菜都を彼女にしてからそんな噂も聞かないし」
「たまたまだよ!」
　……ていうか、今までどんな付き合い方してたの?
　サイテーな男……。
　春奈と別れたあと教室に戻り、残りわずかなお昼休憩を利用して、次の数学の宿題を広げた。
　昨日、久世玲人の一件で、まったく勉強ができていない。出されていた宿題にもまったく手をつけていなかった。
　うんうんとうなりながら手を進めていると、隣の席に佐山君が座った。

「原田さん、宿題やってないの？」

「うん、昨日ちょっと忙しくてさ……」

「俺の、写す？」

「え!?　いいの!?」

「ああ、特別に」

　そうイタズラっぽく笑った佐山君に、胸がキューンと締め付けられる。

「佐山君ありがとう！　数学苦手だから助かる」

「苦手だったんだ。原田さん、ソツなくこなしそうなのに」

「いやいや……」

　ノートを必死に写している私に、続けて佐山君が話しかけてきた。

「数学、わからなかったら教えようか？」

「……え？」

「いや、もし、宿題とかでわからないところとかあったら。電話でも、メールでも、聞いてくれたら答えるよ？」

「ええ!?　でも、そんなこと迷惑だから大丈夫だよ!!」

「迷惑じゃない」

　そんなに私の成績を心配してくれてるのだろうか……。

　イイ人すぎやしないか……？

　いや、でも、これはもっと佐山君とお近づきになれるチャンスかもしれない……。

「えっと、じゃあ、もし困ったらお願いしようかな……？」

　それでも遠慮がちに答える私に、佐山君はクスッと笑いながら、「いつでもどうぞ」と穏やかに返してくれ、鞄か

らスマホを取り出した。

「佐山君?」

「ほら、連絡しようにも、連絡先知らないだろ?」

「あ、そっか……そうだよね……」

　佐山君のその自然な流れで、私もスマホを取り出し、お互いの連絡先を交換した。

　すごい……。

　なんか、いろんなチャンスが巡ってきてるのかも……。

　ジーンと感動しながらノートを書き写していると、休憩中で騒がしい教室が一瞬だけ、シンと静かになった。

　何?

　思わず顔を上げて後ろを見ると、珍しく、久世玲人が教室に入ってきている。

　今日はお昼からの登校か……。

　イイご身分だこと……。

　久世玲人はチラッと隣の佐山君を見ながら、こちらに近づいてきた。

「菜都、シャツは?」

「え?」

「昨日、お前んちに置いて帰ったろ」

　久世玲人のその言葉に、クラス中がどよめいた。

　ちょっ……!!

　な、何言ってんのよ久世玲人ーっ!!!!

　ひとりであたふたしていると、目を見開いて驚いている佐山君と目が合った。

「ち、違うの!!　昨日、久世君ケガしてて、シャツが汚れ<rt>よご</rt>
てたから、洗ってあげただけで……っ!!」

　佐山君というより、クラスのみんなに聞こえるように大
きな声で言い訳した。

「はい、久世君!　シャツ洗ってきたからね!　あら!
顔のはれもずい分良くなったね!」

　ペラペラと、不自然なくらい明るく振舞<rt>ふるま</rt>っていると、久
世玲人は無言のままシャツを受け取り、自分の席へと戻っ
て行った。

　久世玲人めっ……!!

　メラメラと怒りを込めながら久世玲人の背中をにらんで
いると、休憩の終わりを知らせるチャイムが鳴り、数学の
先生が教室へ入ってきた。

怪しい雲行き

　その日の放課後。

　またもや目立ってしまった……。

　はぁー……と、トボトボ廊下を歩きながら帰っていると、「原田さん！」と呼び止める声が聞こえてきた。

　その声に振り向くと、そこにはクラスの女子数人が立っている。

　高校2年になりたての時、友達になりかけてた子たちだ。

「何？」

　首をかしげながら問うと、その子たちは控えめな感じで近づいて来た。

「ねぇ、原田さん。あの……久世君のことなんだけど……」

「久世君のこと？」

　なんだろ……？

「原田さん、久世君と別れた方がいいよ……」

「え？」

　思いがけない言葉に、一瞬ポカンとしてしまった。

「原田さん、手を上げられてたりしない？」

「えぇ!?」

「久世君って自分の思い通りにならないと気がすまなそう！女の子でも平気で殴りそう」

「ちょっと機嫌悪くなっちゃう時もあるけど、フツーに話してくれるし、笑ってくれるし……。平気で殴るとか、し

ないよ」

　彼女たちの言葉を否定し、気が付けば、久世玲人をかばって
いた。

「彼女」としての付き合いもかなり浅く、久世玲人のこと
は正直何も知らないけど、彼女たちが言うほど悪人にも思
えない。

　……まぁ、本当にサイテーなところもいっぱいあるだろ
うけどね…。

「ちょっと、言いすぎだと思う……」

　昨日ケンカをしてたのは事実みたいだけど……。

　でも、「一方的にやられた」って言ってたくらいだから、
久世玲人から仕かけたわけでもなさそうだし……。

　……本当のところは知らないけど。

　それに、弟のワガママにも付き合って、一緒に遊んでく
れたし。

「久世君も、優しいところあるよ……」

　おずおずと、自信なさげに言う私を、彼女たちは面白く
なさそうに見てきた。

　おそらく、私が予想外の反応を見せたからかもしれない。

「なんか……原田さん、変わったね」

「久世君の悪い影響受けちゃってんじゃないの?」

「不良の彼女になるくらいだもんね」

　心配そうな顔を見せていた先ほどとは全然違う。

「どうして……」

　どうして、そんなこと言うの……?

　だんだんと鋭くなってくる彼女たちの言葉に、ちゃんと言い返すことができない。

「原田さんも、久世君がカッコいいから付き合ってるだけのくせに」

「え……？」

「だって、久世君の取り柄ってそれしかないじゃん」

「そんなことない……！」

「久世君が彼氏だって、自慢したいだけなんでしょ？」

　なんか……恐い……。

　サエコみたいに真正面からぶつかってくるのとは少し違う感じだ。

　うつむきながら、なす術もなく突っ立っていたその時。

「……るせぇ。丸聞こえ」

　すぐ横にある教室の扉がガラガラッと開き、ひどく冷たくて恐ろしい声が聞こえてきた。

　その声に顔を上げると……。

「久世君!?」

「嘘でしょ!?」

　同じく、彼女たちも驚愕している。

「久世君、なんでここに……!?」

　私も驚きを隠せないまま、不機嫌極まりない表情をしている久世玲人に聞いた。

「ここ、俺のクラス」

　後ろから健司がひょこっと顔をのぞかせ、ニコニコと楽しそうに、久世玲人の代わりに答えてくれた。

「おもしれーのが聞けたな」と、その後ろで泰造と陽の姿
も見える。

「玲人、相変わらずお前評判悪いな」

「るせぇ」

　ケラケラと笑いながら言う健司に、久世玲人は冷たく返
している。

「あ、あの……!!　久世君!!　違うんです……!!」

「私たち、てっきり原田さんが困ってるのかと思って!!」

「ああいう風に言えば、原田さんもあきらめつくかと思っ
て……!!」

　私のせいになってる!?

　彼女たちの言葉に唖然(あぜん)としているが、当の久世玲人は一
切無視しながら健司たちの方を向いた。

「帰るぞ」

　その言葉に健司たち3人も「帰るか〜」と久世玲人のあ
とをついて行った。

　てっきり、彼女たちに何か言うのかと思ったけど……。

　久世玲人がくるっとこちらを振り返った。

「何してんだ菜都、帰るぞ」

「……え？　あ、うん……」

　少しビックリしたけど、ここに彼女たちと一緒に残され
るのもイヤなので、久世玲人のあとを走って追った。

放課後の帰り道

「あの……、なんか……ごめんね」

　校門を出た所で、さっきのことを一応謝っておいた。

　謝る私に、健司が明るく返してくる。

「なっちゃんは悪くないよ」

「そーそー。気にすんなって」

「どうせなっちゃんに嫉妬してるだけだろ」

　続いて泰造や陽たちもフォローしてくれる。

「いや、でも、私なんかが彼女になってるせいで、久世君にまで飛び火が……」

　おそらく、サエコあたりの派手な女子が彼女だったら、久世君もあそこまでは言われてないかもしれない。

　少しだけ気落ちしていると、前を歩いていた久世玲人が振り返った。

「気にするな。菜都は悪くない」

　そう言って、泰造や陽に何やら話しかけながらまた先を歩いて行った。

　久世玲人が気にしてないならいいけど……。

　困り顔で隣にいる健司を見上げると、ニコリと笑い返された。

「ま、玲人もああ言ってるわけだし。それに、昔から玲人は誤解されやすいから、本人ももう慣れてるよ」

「そうなの……？」

　信じられないような視線を向けると、「なっちゃんも少し誤解してるよ」と、健司に笑われた。

「玲人、目つき悪くて顔もあんなだからさ、昔から学校でも町でもよくからまれるんだよ。本人はフツーにしてるだけなのに」

「そうなんだ……」

　でも、わかる気がする……。

　あの鋭い目はにらまれてる気になるし、迫力ある存在感だし……。

「じゃあ、よくケンカしてるって噂は……？」

「向こうから勝手に因縁つけてくるだけ。玲人から手を出すことなんてねぇよ。あの面倒くさがりの奴が」

「そうなんだ……」

　じゃあ、私が手当てしたあの時も、久世玲人が言ってた通り、本当に一方的にやられただけなんだ……。

「まぁ……玲人もいちいち相手するからなー……。売られたケンカは倍返しだから」

「ハハ……」

　健司の話を聞く限り、そういうことの繰り返しで〝最強〟と呼ばれるようになったのだろう。

　そりゃ、良くない噂も飛び交うよ……。

　泰造や陽と話しながら、前を歩く久世玲人の背中を見つめた。

　いわゆる不良なのか、そうじゃないのか、いまいちわかりにくい……。

　でも、私の中でだんだんと久世玲人に対するイメージが
変わってるのは確かだ。
「ま、でもアイツ難しい奴だけど根は優しいからさ。なっ
ちゃん、苦労すると思うけどこれからもよろしく頼むよ」
「よろしく頼むって言われても……」
「ねぇ、なっちゃん。玲人をどう手なずけてんの?」
「手なずける!? 何それ!?」
「いやー、だって最初なっちゃん見たとき、今までの玲人
の彼女とは全然タイプ違うからさ。正直ビックリしたって
いうか……」
「ハハ……」
「でも、玲人、なっちゃんのこと気に入ってるし」
「え? いや、それはないと思うけど……」
　そんな実感全然ない。
　手をヒラヒラさせながら、「ないない」と否定していると、
健司は「そんなことないよ」と反論してきた。
「だって玲人の奴、今までの彼女には超テキトーでヒドかっ
たぜ? 言い寄ってくる女とテキトーに遊ぶくらいの感覚
だし」
「そうなんだ……」
　ほんと、恋愛事情に関してはサイテーな男だな……。
　健司の言葉に、腹が立つどころか、ただただあきれてし
まう。
「玲人はなっちゃんのこと相当気に入ってる。オレの勘は
当たるんだ」

　何を言ってるんだこの人は……。

　ジトーっと怪訝な視線を向けるけど、健司はそれを笑顔でかわしながら「泰造！　陽！」と、久世玲人と前を歩いているふたりを呼んだ。

「俺たち、ここで帰るから」

「え？」

「あとはふたりで帰りな」

「ええ!?」

　そして、健司はいらぬ気を遣いながら、「じゃあね！」と私と久世玲人を残して、泰造と陽と共に去って行った。

　ふたりで帰れって言われても……。

　少し困りながら、隣にいる久世玲人を見上げた。

「あの……、久世君。私もうここでいいから、健司君たちと帰っていいよ」

　久世玲人と一緒に帰るより、ひとりで帰った方が気が楽だし。

　「じゃあね」と、別れようと向きを変えたところで、なぜか久世玲人も向きを変え私のあとをついて来る。

「……久世君？」

「送る」

「え!?　い、いや……!!　いいよ!!」

　うちまで結構距離あるし、久世玲人の家がどこにあるのか知らないけれど、逆方向だったら申し訳ない。

「いいから、行くぞ」

　そして、

「いいよいいよ!!」

　と遠慮している私を無視し、久世玲人はスタスタと先を歩いて行った。

　……なんかもう反対できる雰囲気でもない。

　これ以上言っても、強引な久世玲人には通用しないだろうと、おとなしくついて歩いた。

　気まずい……。

　こんなことになるなら、わざわざ送ってくれなくていいのに……。

　気を遣って何か話しかけるべきだろうか……。

　ぐるぐるとこの状況を切り抜ける術を考えていると、「菜都」と、久世玲人の方から話しかけてきた。

「え?　あ、何?」

「……さっきの、悪かった」

「え?」

「俺のせいで、色々言われて」

「え……、いや、まぁ……」

　不意打ちで少しビックリしてしまった。

　まさか久世玲人が謝ってくるとは。

「もう慣れたし……うん、大丈夫だよ」

「他にも言ってくる奴いるのか?」

「ううん、特に……」

　陰では色々言われてるんだろうけど、直接言ってくる子はほとんどいなくなった。

　サエコも最近はおとなしいし。

　でも……、

「私じゃなくて、久世君の方でしょ？」

「は？」

「色々言われてるのは……。さっきも……」

　久世君のこと、ケンカばかりしてる不良としか思ってない人は多いはず。

　もっとひどく噂されてそうだ。

「俺は別にいい。慣れてるし、……否定できないからな」

　少し苦笑しながら久世玲人は答えた。

「もう……。私より、自分の心配しなよ」

「菜都の方が心配だ。さっきも言われっぱなしで全っ然反撃しねえし」

　……こういうところが、本当にわからない。

　不良のくせに、こういうふいに見せる優しさに、心がくすぐったくなってしまう。

「ありがとね、久世君」

「は？　何が？」

「私、小心者だから色々言われても言い返せないけど……。でも、わかってるから。久世君は優しいところもあるって」

「優しくはねえよ」

　鼻で笑いながら久世玲人は否定してくる。

「優しいよ。噂のような悪い人なら、こうして心配なんてしてくれないでしょ？　こうして送ってくれたりも。ましてや、弟と一緒に遊んでくれたり」

「……」

「ありがとね」

　久世玲人を見上げ、微笑みかけながらもう一度お礼を言うと、その顔はジッと私を見つめたまま固まっている。

「……久世君？」

　呼びかけた瞬間、バッと視線をそらされた。

　……何？

　なんなの？

　せっかく素直にお礼を言ったのに、失礼な……。

　それとも照れくさかったのだろうか。

　あまり突っ込むと怒られそうなので、そっとしておいた。

Step 3

変化

　最近、久世玲人の様子がおかしい。

　一緒に帰ったあの日以来、久世玲人は毎日学校に来るし、授業に出席する回数もぐんと増えた。

　クラスのみんなも、一体どうしたんだ……と密かに噂している。

「彼女のおかげか？」なんて冷やかしてくる奴もいたけど、それは絶対に違う。

　だって、私は何もしてないし。

「菜都、行くぞ」

「え？　あ、うん……」

　さらに変化したのは、お昼休憩だ。

　今までは、私がご飯調達のパシリ付きで屋上に呼びつけられていたのに、こうして迎えに来るかのように、教室で声をかけてくるようになった。

　お昼ご飯も、屋上に一緒に行く途中、久世玲人が自分で買っている。

　本当に、一体どうしたんだろうか……。

　そんな久世玲人の小さな変化のせいで、一緒にいる時間がおのずと増えてくる。

「ねぇ、久世君。最近どうしたの？」

　お昼ご飯を一緒に食べながら、ここ最近の変化について思い切って聞いてみた。

「……何が？」

「毎日学校に来るから、何かあったのかなーと思って」

「……」

　聞いてみたところで久世玲人からはなんの返答もなく、ただジッと私を見てくるだけだ。

　……なんで黙る。

　言いづらいことでもあるのか？

「……毎日来ない方がいいのか？」

「え!?　いや、そんなことないけど！」

　一緒にいる時間が増えてしまうとガッカリしたことが、バレたんだろうか!?

　少しあせりながら否定する私を、久世玲人はさぐるようにジッと見てくる。

　……ったく、不良の勘って鋭いから恐い。

「菜都は、毎日来た方がいいと思うか？」

「え？　……まぁ、そりゃあねぇ……」

　久世玲人だって本業は学生だ。私の都合を除けば、毎日学校に来た方がいいに決まってる。ていうか、来るのが当然だ。

「毎日来た方がいいでしょ」

　一般的な意見として久世玲人に答えると、その体が少しだけピクリと反応した。

「じゃあ来る」

「……あ、そう」

　……なんなんだ、この会話は。

　久世玲人の様子を不思議に思いながら、居心地が悪いので黙々とお昼ご飯を食べた。

　そして、運良く健司、泰造、陽のいつもの３人が現れたので、フェードアウトするかのように屋上を去り、教室に戻った。

　自分の席につき、腕を組みながら首をかしげた。

　……やはり、おかしい。

　妙に丸くなったな……。

　まぁでも、にらまれないのはいいことなのかもしれない。

　うんうんとうなずきながらひとりで考えていると、いつの間にか隣の席に座っていた佐山君が話しかけてきた。

「原田さん、数学はどう？　順調？」

「……え？」

　……ああ。

　そういえば、わからないところがあったら教えてもらうって言ってたっけ。

　すっかり忘れてたのに、わざわざ気にしてくれてたんだ。

　やっぱりイイ人……。

「うん、まあまあかな」

　そんな私の適当な返答を、佐山君はニコリと笑顔で聞いてくれる。

「実は、ちょっと期待してた」

「うん？　何を？」

「原田さんから連絡くれるの」

　えっ……と、どういう意味だろう……？

「……原田さん？」

　と少し照れ笑いを浮かべる佐山君をポカンと見つめたままでいると、頭上から低く硬い声が響いてきた。

「菜都」

　その冷たい響きにハッと声がした方を見上げると、そこには、眉を寄せてひどく不機嫌な顔をした久世玲人が立っている。

「え!?　久世君!?」

　いつの間に教室に戻ってきてたの!?

　ビックリしている私を、久世玲人は眉を寄せたまま見下ろしてくる。

　……あ。

　佐山君を見て眉間のシワが深くなった。

　一層鋭くなった視線に少しビビッてしまうけど、当の佐山君はそれを笑顔でかわしている。

「何？」

　佐山君は穏やかに声をかけているけど、さっきとは少し様子が違う。

　久世玲人も、もちろん笑顔なんてなく、ただにらみ返しているだけだ。

　お互いタイプが違うから、気が合わないのだろうか。

　なんか……ここだけ、すごくピリピリとした空気が漂っている……。

　平和主義の私には耐え難い。

「あ、あの……」

　この空気を破ろうと弱々しく声を発したところで、久世
玲人が突然私の腕をつかみ、無理やり立ち上がらせた。

「えっ!?　何っ!?」

「菜都、ちょっと来い」

　腕をつかんだまま、久世玲人は私を教室から連れ出そう
とする。

「久世、原田さん困ってるだろ。離せよ」

　佐山君の言葉にも久世玲人は一瞥しただけで、シカトを
決め込んでいる。

　相当嫌いみたいだ。

「さ、佐山君!!　いいのいいの!!　大丈夫!!」

　もうこれ以上もめ事はイヤだ!

　あせりながら、大丈夫だとアピールする私を佐山君は心
配そうに見つめてくる。

　……ありがとう、佐山君!!

　その気持ちだけで私は充分だよ!!

　そして、クラスのみんなに若干注目されながら教室を連
れ出された私は、久世玲人の隣をおとなしくついて歩いた。

「ねえ久世君。なんなの?　どこに行くの?」

「別に。どこにも」

　……は!?

　じゃあ一体私はなんのために連れ出されたというの!?

「何それ!?　意味わかんないよ!!」

「俺にもわからない」

　はあっ!?

　イライラしながら隣の久世玲人を見上げると、久世玲人も私をにらむように見下してくる。

　うっ……。

　こ、恐くないもんね……。

「なんか、妙にイラついた。菜都は勝手に屋上から消えるし、教室戻ってみればあの爽やか野郎と仲良くしてるし」

　え、何そのすねた感じは。

「何？　勝手に帰ったから怒ってたの？」

「それは……怒ってない。むしろ……」

「むしろ？」

　いつものキャラじゃない久世玲人に怪訝に聞き返すと、今度は久世玲人が視線を外した。

「……いや、いい」

　そして、大きなため息とともに歩いていた足を止め、向きを変えた。

「教室、戻る？」

「は？」

　何っ!?

　私の目を覗き込むように、まっすぐに見つめてくる。

　そんな切ない表情をされても……。

　やっぱり最近の久世玲人はおかしいっ!!

不可解な男心

　そんな久世玲人の変化に慣れるどころか、日に日に困った状況におちいっている。

「菜都、行くぞ」

「菜都、どこに行くんだ？」

「菜都、帰るぞ」

　気が付けば、菜都、菜都、菜都……と、ことあるごとに私を呼びつけ、用もないのに一緒に行動させられている。

　何これ。

　……見張り？

　休憩時間も、お昼ご飯も、放課後も……。

　常に一緒にいるなんて、はたから見たらまるでものすごくラブラブのカップルじゃないか。

　そんな要素は１ミクロンもないのに。

　ほんとに勘弁してほしい……。

　この困り果ててる状況を春奈に相談してみたけど、「いよいよ面白くなってきた！」とキラキラと輝いた目で見られただけだ。

　味方が誰もいない……。

　こんな状況なので、唯一安らげる時間が授業中となっている。

　皮肉なもんだ。

　穏やかに授業を受け、午後の授業の終わりを知らせる

チャイムが鳴ったと同時に、「はあ……」と小さくため息を吐いた。

　また今日も久世玲人と一緒に帰るんだろうな……。

　それでも拒否できない自分にあきれながら授業道具を片付けていたとき、隣の佐山君が話かけてきた。

「原田さん、今日これからヒマ？」

「え？」

「いや、あのさ、図書館でクラスの連中とテストに向けて一緒に勉強しようって話になっててさ。原田さんもよかったらどうかな」

　爽やかな笑顔で誘ってくれる佐山君に、思わず身を乗り出した。

　こういう、学生らしいごく普通の学校生活が送りたいのよ……!!

「い、行きたい！」

　即答した瞬間、ハッと久世玲人の顔が浮かんだ。

　チラッと後ろの久世玲人の席に目をやった。

　授業は終わっているというのに、机に突っ伏したまま爆睡している。

　……このまま、何も言わずに帰っちゃえばいいのでは？

　でも、そうしたらあとが恐いかも……。

　どうしようかと考えていると、佐山君の優しい声が聞こえてきた。

「……もしかして、久世のこと気にしてる？」

「あ、うん……」

　勝手に帰ると怒られるかな……？

　久世玲人を見ながら佐山君に一言返すと、少しだけ低く
なった声が返ってきた。

「最近、久世とよく一緒にいるよね」

「え!?」

　その言葉に思わず顔を向けると、佐山君は硬い表情で私
を見ていた。

「前から思ってたんだけど、……久世と付き合うのはどう
かと思う」

「え……、佐山君？」

「原田さんのこと、ずっと前から見てきてたけど、久世の
こと好きだったとは思えないし」

　佐山君……。

　今、ずっと前から見てきたってサラリとすごいこと言わ
なかった……？

「今言うつもりなんてなかったけど……、もう我慢、でき
なくて」

「え？」

「俺さ、実は1年の時から、ずっと……」

　少し顔を赤くしながら、言いにくそうにする佐山君に、

「ずっと？　何？」

　と首をかしげた。

　なんだろう……？

　でも、言いづらいことを言おうとしてるのは確かだ。

　あまり、よくないこと……？

　緊張して、黙ったまま佐山君の続きの言葉を待っていると、ふたりの間に、スーッと黒い影が邪魔をしてきた。

　……イヤな予感がする。

　そーっと見上げると案の定、そこには久世玲人が立っている。

　しかも、恐ろしいまでに不機嫌な顔で。

「あ、久世君……」

　いつの間に起きたんだ！

「帰るぞ菜都」

「待って、佐山君が……」

　まだ話の途中だ。

　続きの言葉を聞こうと佐山君に「ずっと？」ともう一度聞き返すと、佐山君は苦笑しながら首を横に振った。

「また、今度話すよ」

「そう……」

　邪魔されたから、さすがに言いにくいのかも。

　チラッと久世玲人に目をやった。

「あのさ、久世君。佐山君たちと一緒に勉強しに行こうかと思って……。今日は別でもいいかな？」

　機嫌が悪い久世玲人に、恐る恐るたずねてみた。

「ダメだ」

「ええ!?　なんで!?」

　考える素振りも見せず、一蹴されてしまった。

「帰るぞ」

　……こりゃダメだ。

　こうも強引になってしまった久世玲人には、何を言って
も聞きやしない。

「……ごめんね、佐山君。せっかく誘ってくれたのに……」

　久世玲人を振り切ってまで佐山君と勉強に行く勇気が、
私にはない。

　申し訳ない気持ちで謝ると、佐山君は真顔のまま私と久
世玲人を見て答えた。

「原田さん、……また連絡するから」

「え？　……あ、うん」

　おそらく、さっき言えなかった続きかもしれない。

　連絡してまで伝えようとするなんて、結構重要なことなん
だろうか……。

　そして、久世玲人の機嫌は直らないまま、学校をあとに
した。

　それにしても、佐山君たちとの勉強すら許してくれない
とは……。

　そんなに私にイヤがらせしたいほど、虫の居所が悪い
のだろうか。

　無言のまま歩いていると、久世玲人の方から口を開いた。

「……アイツと仲いいのか？」

「アイツ？　……佐山君のこと？」

「名前は知らねえけど」

　クラスメイトの名前くらい覚えようよ……。

　でも、きっと「アイツ」とは佐山君のことを言ってるの
だと思う。

「仲いいっていうか……。1年の時も同じクラスだったし、今も隣の席だからよく話すだけで……」

　実は憧れている、なんて言えない。

「よく連絡取り合ってんのか？」

「ううん、なんで？」

「……また、連絡するって」

「ああ、さっき話の途中だったからかな？　連絡先は知ってるけど、一度も連絡したことはないし」

　話の流れで連絡先を交換したけど、私から連絡する勇気なんてない。

　佐山君からくれたこともないし。

　淡々と答える私のことを、久世玲人は面白くなさそうに見てくる。

「なんでアイツには教えて、俺には教えない」

「え？　何を？」

「連絡先」

「だって、聞かれてないし……」

　わざわざ自分から教えようなんて思わないし。

「……じゃあ、交換する？」

　スマホを取り出しながら聞くと、久世玲人の足がピタリと止まった。

「……久世君？」

　ビックリしたような顔で、私を見つめてくる。

　何をそんなに驚いてるの……？

　不思議に思って呼びかけたけど、久世玲人は無言のまま

スマホを取り出していたので、そのまま連絡先を交換した。

　メモリー保存したところで、「久世君もできた？」と声をかけるけど、まだ無言のまま、じーっとスマホを見つめている。

　……なんだ？

　何をそんなに凝視(ぎょうし)してるの？

「久世君？」

　さっきから、機嫌が悪かったり、急におとなしくなったり、様子がおかしい。

「ねぇ、久世君？」

　もう一度呼びかけると、我に返ったのか、ようやくこちらを向いた。

「アイツだけか？　仲がいいのは？」

「え？　どういう……」

「他の男は？　いるのか？」

「いや、いないけど……」

　よく話をするのも、連絡先を交換したのも、佐山君くらいだ。

　なんなんだ……？

　暗に、私がモテないと言いたいのか……？

　でも、事実なので言い返す言葉が見つからないでいると、久世玲人は「……そうか」と一言返しただけだった。

「久世君はいっぱいいそうだね。そのスマホも、女の子の連絡先のメモリーがいっぱい入ってそう」

　私と違って、久世玲人はモテる人種だ。

「菜都、ちょっと待ってろ」

「え？　何？」

　聞き返すけど、久世玲人は立ち止まったまま、スマホを素早くいじりだした。

　そして、待つこと5分。

　スマホをしまいながら、久世玲人は再び歩き出した。

「よし、行くぞ」

「何？　誰かに連絡してたの？」

「いや、消してた」

「消してた？　何を？」

「他の女のメモリー。全部消去した」

　……。

「はああっ!?」

　何やってんのっ!?

　全部消去っ!?

　突然大声を上げた私を、久世玲人は不思議そうに見下ろしてくる。

「なんだよ、うるせえな」

「なんで!?　何してんの!?　なんで消すの!?　もったいない!!」

「なんでって……。菜都、イヤなんだろ？」

「はあ!?　イヤだなんて一言も言ってないじゃない!!」

　なんてことだ!!

　まるで私が嫉妬した彼女みたいじゃないっ!!

「ただ、フツーに思ったことを言っただけなのに……。全

部消去って……」

　メモリーを消去されてしまった女の子たちに、私、殺されちゃう……。

「別にいいだろ。もう用はないし」

　用はないって……。

　つくづくヤな男だな……。

　その言葉にあきれながら隣を歩いていると、いつの間にか機嫌が直っている久世玲人が話題を変えてきた。

「それより、菜都は明日何してんだ？」

「明日？」

　明日は土曜日で学校はお休み。

　一日中家でゴロつくつもりだ。

「別に、何も」

「じゃあ、11時に駅前で」

「は？　何？」

　11時に駅前に来いってこと？

「何？　何かあるの？」

　そう何度も聞き返したけど、久世玲人からは、はっきりとした言葉はなく、「いいから来い」としか言ってくれなかった。

初デート!?

　11時に駅前って……。

　一体なんなんだろうか……。

　休みの日に待ち合わせして会うって、……デ、デートみたいじゃない……。

　いやいやいや、まさか私と久世玲人が。

　ありえない。

　絶対ない。

　久世玲人と別れて家に帰ってきたけど、くつろぐどころか明日のことで頭がいっぱいだ。

　それにしても、久世玲人は一体私になんの用があるんだろうか。

「デート」という選択肢（せんたくし）は、もうすでに頭の中で除外（じょがい）している。

　やっぱり、パシリ……？

　何か手伝わされるのかもしれない……。

　うん、きっとそうだ。

　そう無理やり完結したところで、ちょうどスマホの着信音が鳴った。

『もしもし春奈？』

『あ、菜都？　明日ヒマ？　一緒に買い物行かない？』

『あー……。ごめん、明日はもう予定が……』

『どこか行くの？』

『うん、久世君が用事あるみたい』

『ええっ!?　久世君と一緒!?　……も、もしかして!!
デート!?』

『違う違う』

　興奮気味の春奈に冷静に返した。

　だって具体的なことは、何ひとつ聞かされていない。

　明日何をするのか答えられないでいると、春奈の興奮度
が一層高まった。

『菜都、何言ってんの!?　デートに決まってんじゃない!!』

『あはは。まさかー』

『菜都っ!!』

　ぅわっ!!

　興奮どころか、まるで怒ってるかのような声にビビッて
しまった。

『まさか、そんなことないよ……』

『間違いないわ！　デートよ!!』

　確信するような春奈の言葉に、私もだんだん自信がなく
なってくる。

　ほんとに、デートなの……？

　考え込んで言葉に詰まっている私に、春奈は続けて言う。

『菜都、明日どんな格好で行くつもり？』

『え？　動きやすいように、ジーンズとＴシャツでいいか
なって……』

『ダメよ!!　そんな可愛げのない格好!!』

　春奈の中ではもうすっかり「デート」になってしまって

るので、私の自覚のなさをこんこんと説教してくる。

　そして、それから約2時間、デートののたしなみを延々とレクチャーされて、春奈との電話を切った。

　グッタリしながらベッドに横たわった。

　春奈の言う通り、本当にデートなんだろうか……。

　まだ、信じられない方が大きい。

　第一、デートだからと気合いを入れたところで、実は違った、なんてことだったら自分が情けないだけだ。

　やっぱりパシリってことにしよう。

　結局、デートという選択肢は外し、よいしょ、とベッドから起き上がった。

　……でも、一応服装だけは、春奈の意見を参考にしようかな。

　考えていたジーンズとTシャツはやめ、もう少し女の子らしい服装にしようとクローゼットの中をあさった。

　そして、翌朝。

　……し、しまったぁっ!!

　時計を見ながらガバッと起き上がった。

　寝すぎだよ私っ!!

　まさか、こんな日に寝坊するとはっ!!

　よりによってこんな日に!!

　ベッドから慌てて飛び出し、急いで着替えて、洗面所で必要最低限の身だしなみを整えた。

　やばいっ!!

　今から出たとしても、完全に遅刻だっ!!

髪もボサボサだけど、……もういいや!!

バタバタと準備しながら、とりあえず鞄に財布やハンカチ、スマホなどを突っ込み、「行ってきまーす!!」と玄関を飛び出した。

朝から最悪だっ!!

猛ダッシュで走り、約束の時間から30分ほど遅れて、ようやく待ち合わせ場所の駅に到着。

ゼエゼエと乱れた息を整えながら、キョロキョロと久世玲人の姿を探した。

どこだろ……、駅の構内かな!?

もしかして、帰ったかな!?

キョロキョロ探しながら駅の構内も探してみると、構内の出入り口付近で、壁に寄りかかっている久世玲人を発見した。

いたっ!!

まだ帰ってなかったんだっ!!

まずいっ!!

30分以上も遅刻してるのにずっと待たせてたなんて!!

久世玲人を発見したけど、息切れしているせいですぐに呼びかける声が出てこない。

久世玲人はしかめっ面をしながらスマホを見つめている。

私にはまだ気付いていない様子だ。

絶対怒ってるよっ!!

ヒヤヒヤしながら息を落ち着かせ、急いで久世玲人のもとに向かった。

「く、久世君……っ!!」

　私の声に反応した久世玲人がこちらに顔を向ける。

「ごめんっ!!　寝坊しちゃって……!!　本当にごめん!!」

　顔の前で手を合わせながら必死に謝ると、久世玲人は
「……寝坊?」とつぶやいた。

　お、怒られるっ!?

「ご、ごめんなさい……!!」

　もう一度ガバッと頭を下げながら謝ると、頭上から
「はぁー……」と大きなため息が聞こえてきた。

　……こ、恐いよー……。

　ビクビクしながらお叱りの言葉を待っていると、「お前
さぁ……」と言いながら、久世玲人は私の頭をぐしゃぐしゃ
となでた。

「何かあったのかと思って心配しただろ」

　……んんっ!?

　予想に反し、優しい言葉をかけられ思わず顔を上げた。

　怒ってない……?

　さぐるように見つめると、久世玲人は困ったように笑っ
ていた。

「電話しても出ねえし」

　えっ!?

　……あ!　そうか!

　昨日連絡先を交換したばかりだ!!

　すっかり忘れていて思いつかなかった!!

　慌てて鞄からスマホを取り出して見ると、着信履歴には

久世玲人の名前がズラッと並んでいた。

「うわっ！　ほんとにごめんなさい!!」

　鞄の奥にスマホを突っ込んでいたから、着信音が鳴っていたことさえも気付かなかった。

　もう最悪……。

　自分のダメっぷりをほとほとなげいているけど、久世玲人は怒るどころか安心した表情になっている。

「無事ならいい」

　と、優しく笑い、改札の方へと歩いて行った。

　何コレ。

「菜都、行くぞ」

「う、うん……!!」

　久世玲人が振り返って私を待っている。

　なんなんだこれは……。

　動悸が一段と激しくなった。

　……走ったからか？

　異様にドキドキする心臓を押さえながら、前にいる久世玲人を慌てて追った。

　そして無事、電車にふたり乗り込んだ。

　お休みの日だからか、お昼どきでも意外と人が多く、車内は結構混んでいる。

　電車のゆれにつられて、あれよあれよと人の波に流されそうになっていると、「菜都、こっち」と、久世玲人が手を引いてくれた。

　人に押しつぶされないように、まるで私を守ってくれる

かのようにドア側のすき間に入れてくれる。

「大丈夫か？」

「う、うん……ありがとう……」

　どうしたんだ久世玲人……。

　今日はやけに紳士だ……。

　そして私はさっきから動悸（どうき）がおさまらない。

　どうしよう!!

　これは走ったからじゃない!!

　明らかに久世玲人にドキドキしている!!

　異常事態（いじょうじたい）に、もう心の中はパニックだ。

　しかも、さっきからずっと手はつながれっぱなし。

　なんで……。

　困り顔で久世玲人を見上げるけど、気にしていないのか、そ知らぬ顔で外の景色を見ているだけだ。

　なんで手を離さないんだ久世玲人!!

「あ、あの……久世君……？」

　この状況が恥ずかしくてたまらなくなり、チラリと久世玲人を見上げた。

「ん？」

「あの……手……」

　振りほどくのも失礼な気がするので、さり気なく訴えてみた。

　すると、久世玲人は考えるように私の顔を見たあと、「あぁ」と、ゆっくり手を離してくれた。

　あぁ、って。

　それだけ!?

　ほんとに気にしてなかったの!?

　こっちは恋愛経験がないから、男の子と手をつなぐのだって慣れていない。

　女の子とは違う力強い大きな手に、かなりドキドキしたというのに!!

　きっと久世玲人にとっては、手をつなぐことなんて本当になんでもないんだろうな。

　いつまでも気にしてもしょうがないので、気を取り直して、久世玲人に話しかけた。

「ねぇ、久世君。今日は何するの？」

　一体何を手伝わされるんだろうか。

　遅刻しちゃったお詫びに、パシリをしっかりとつとめあげてみせるよ！

　そう心の中で気合を入れていると、久世玲人は「どうすっかな……」と考えている様子だった。

「まぁ、なんでも言ってよ。頑張って手伝うからさ」

「……手伝う？」

　キョトンとしながら久世玲人が私に聞き返したところで、電車は目的の駅に到着した。

「いい天気だねー！」

　駅から出たところで、うーんと背伸びをした。

　さっきまで緊張していた体をほぐすために。

　「ね？」と久世玲人に笑いかけると、「ああ」と穏やかに返してくれる。

パニックの連続

「ねえ久世君！　これからどこに行くの？」

　いまだに何をするのか聞かされていない。

　せかすように聞くと、久世玲人は「うーん……」と考えている様子だった。

「菜都はどこ行きたい？」

「……はい？」

　何を言ってんだろう……。

「……え。用事があるから呼ばれたんじゃないの？」

「いや、別に」

「ええっ!?　じゃあ今日のこの時間は何!?」

　もしや……もしや……!!

　冷や汗を流しながら聞くと、久世玲人は笑いながらさらりと言った。

「今日は菜都と一緒にいようと思って」

　なっ……!!

　この瞬間、顔がものすごい勢いでボッと赤くなった。

　これは、マ、マジでデートなのっ!?

「えっ!?　ちょっと待って！　……ええっ!?」

「なんだよ、うるせえな」

「確認させてっ！　……こ、これって、……デートなの？」

　こんなことを確認するなんてどうかと思うが、聞かずにはいられない。

　真剣な顔をして聞く私を、久世玲人はジッと見下ろしてくる。
「……なんだと思って来たわけ？」
「えっと……、てっきり、パシリか何かかと……」
「なわけないだろ」
　うわーっ!!
　春奈の言った通りになったっ!!
　どうしようっ!!
　デートだと思うと急に緊張し、カチコチになってしまう。
「急にどうしたんだよ」
「べ、別に……！」
　そんなぎこちない私を、久世玲人は不思議そうに見下ろしている。
「で、菜都。行きたい所は決まったか？」
「行きたい所!?　お、思いつかないよ！」
「思いつかないって……。どっかねえのかよ」
　そんなっ！
　男の子とデートなんてしたことないのに、思いつくはずもないよ！
「久世君の方がこういうの得意でしょ!?　今までの彼女とか、どこに連れて行ってたの!?」
「……」
　勢いよく言い返すと、久世玲人は急に黙り込んだ。
「久世君？」
　なんで黙るの？

「……ない」

「え？　何？」

「だから、連れて行ったことなんて、ない」

「ええっ!?　ないの!?」

　驚きで声を上げる私を、久世玲人はバツが悪そうに見てくる。

「ない。第一、こんな真っ昼間から会いたくねえよ」

　……なんて奴だ……。

　歴代の彼女たちがかわいそうだ……。

　デートもなし、夜しか会わないという、久世玲人のサイテーな付き合い方が、今の言葉でわかってしまう。

　本当に、久世玲人はどういうつもりなんだろうか……。

　頭の中がぐるぐると疑問だらけになっていると、突然久世玲人のスマホが鳴りだした。

「健司からだ……、わり、ちょっと待て」

　そう言いながら、久世玲人は歩道のはしに寄り、電話に出ている。

　私も邪魔にならないように少し距離を置いて待った。

「は？　ムリ、今日はダメだ」

　おそらく、何かの誘いを断っているみたいだ。

　電話が終わるのを待っていると、ふと、前方から、どこかで見たことがある女子グループが見えた。

　あ、……あれは!!

　サエコ!?

　遠目からだけど、あの派手さ加減はサエコたち一派に違

いない!!

まずい!!

久世玲人とふたりでいるなんてバレたら大変だ!!

あいにく、久世玲人はまだ電話中で、しかも全然気付いていない。

どうしよう!!

サエコたちがどんどん近づいてくる……。

に、逃げなきゃっ!!

とにかくこの場から逃げることしか頭に浮かばず、電話をする久世玲人に気付かれないように、ソロリソロリと離れた。

今だ!!

まったく気付いていない久世玲人を置いて、その場から猛ダッシュで逃げた。

ごめんね久世玲人!!

サエコたちがいなくなったら、ちゃんと戻るから!!

猛ダッシュで逃げた先は、道路を挟んで向かいにある本屋さん。

ゼエゼエ息を切らしながら店内に入ると、店員さんがあやしい視線を向けてくる。

ここからならちょうど向かいの様子が見え、久世玲人もサエコも隠れて見ることができる。

ドキドキしながら外の様子を観察していると、「原田さん?」と声をかけられた。

声がした方向に恐る恐る振り返ると、なんとそこには佐

山君。

「さ、佐山君!?」

　なんでここに!?

　過剰に驚く私を見ながら、佐山君は穏やかに表情をゆるめた。

「偶然だね、原田さん。今日はどうしたの?」

「え!?　あ、うん!　ちょっとね……」

「友達と一緒?」

「う、うん……。今、ちょっと別行動してて……」

　まさか久世玲人と一緒だとは言えない。

　色々と突っ込まれる前にあせりながら話しかけた。

「佐山君は!?　ひとり!?」

「いや、俺もクラスの連中と来ててさ」

　他にもいるの!?

　この街、危険すぎる!!

　声は上げないものの、かなり驚いている表情をしているみたいで、佐山君は私を見ながら「ビックリだね」と笑っている。

　早くこの街から出なければ!!

「よかったら、一緒に遊ばない?」

「……え?」

「だって、こんな所で偶然会うってすごいし、……うれしくて」

　ええっ!?

　い、一緒にっ!?

　佐山君の言葉に、またまたギョッとしてしまった。

　驚きすぎて佐山君を凝視していると、照れたような笑顔を返された。

「……どうかな？」

「え、いや……その……」

　久世玲人と一緒じゃなければ、喜んで遊べるのに……!!

「ごめんね……友達も一緒だし、その人がかなりの人見知りだから……」

「……そっか、残念」

　本当に残念そうな顔をする佐山君に、もう一度「ごめんね……」とつぶやいた。

　私だって残念でたまらない。

「……じゃあ、もし気が変わったら連絡して？」

「う、うん……」

　そう言って佐山君は腕時計で時間を確認し、「じゃ、俺そろそろ……」と外をチラッと見た。

「うん、またね」

　そろそろ私も久世玲人の様子が気になる。

　ほったらかしのままだ。

　久世玲人の電話は終わっただろうか……!?

　私がいなくなったこと、さすがにバレてるよね!?

　早く戻らなきゃ!!

　あせりながら、道路の向こう側を見てみたら、その姿が見当たらない。

　いない!?

　ついでに、サエコもとっくにいない。

　久世玲人、もしかして帰っちゃった!?

　急いで本屋を出て、キョロキョロとあたりを見回した。

　いない……。

　どうしよ……勝手に離れたから、怒らせちゃった……?

　周辺をあちこち探してみたけど、久世玲人の姿はやはり見当たらなかった。

　とりあえずもといた場所に戻ってみよう!

　そう思って、再び足を進めようとしたところで、後ろから、ものすごい力でギュッと誰かに腕をつかまれた。

「え!?　何っ!?」

　ビックリして振り返ると、そこには探していた張本人、久世玲人。

「久世君！」

「てめっ……!!」

　久世玲人は私の腕をつかんだまま、すごい眼力（がんりき）でにらんでくる。

「ごごごごめん……!!」

　あせりすぎて言葉にならない謝罪をすると、久世玲人は「はあーっ」と盛大な息を吐いた。

　よく見ると、全力疾走したのかってくらいゼエゼエと肩で息をしており、ひたいには汗が噴き出している。

　……もしかしたら、久世玲人も私を探してたのかもしれない……。

　心配、かけてた……?

「ご、ごめんなさい……勝手に離れちゃって……」

「お前なぁ！　スマホ見るクセをつけろ!!」

「え!?　……あ!!」

　そうだったっ!!

　またもやスマホの存在を忘れてた!!

　慌てて鞄からスマホを取り出し確認すると、着信履歴にはもちろん久世玲人の名前がズラリ。

「ご、ごめん!!」

　弁解する余地もない!!

　久世玲人も「はぁぁー……」と深い息を吐き、私の腕をつかんだままその場に座り込んでいる。

「どんだけ心配かけりゃ気がすむんだよ!!　勝手にいなくなって!!」

「すみません!!」

「ったく……。帰ったかと思ってあせったじゃねーか!!」

「ご、ごめんってば……」

　さっきから何度も何度も謝っているけど、私の腕をつかむその手の力はゆるめてくれない。

「ね、ねぇ……。ちょっと休憩する？」

　ちょうど近くにファストフードやコーヒーショップもあるけど、どうやら混雑しているみたいだ。

　どこかいい場所がないかとあたりを見回していると、向かいの雑居ビルにカフェが見えた。

　あ！

　カフェなら静かに休めるしいいかも！

「ねぇ久世君！　あそこでちょっと休もうよ！」

　指を差しながら久世玲人に向くと、どこでもいい、とでも言いたげな顔が返ってきた。

「よし！　じゃあ行こう！」

　久世玲人を立ち上がらせ、雑居ビル内にあるカフェに急いで向かった。

　早速店内に入った。

　やる気のない若い男性店員が対応してくれる。

「ソファ席でよろしいですか？」

　返答に困り久世玲人を見上げると、

「ああ、そこでいい」

　とあっさり返していた。

　案内されたソファは若干小さめ。

　座るのをためらっている私をよそに、久世玲人は何も気にした様子もなくドカッとソファに座っている。

「何してんだよ。座れば？」

「あ、うん……」

　立ちっぱなしでいるのもおかしいので、久世玲人の言う通り、遠慮がちだけど隣に座った。

　せ、狭い……。

　久世玲人の隣にちょこんと座っているけど、とても気まずい……。

　やはり見た目どおりソファは狭く、肩が触れそうなほど近い。

　この状態がいたたまれず、思わず妙なテンションになっ

てしまう。

「ねぇ久世君！　何注文する!?」

「なんでもいい」

「……あ、そう。じゃあ！　本とか読む!?　持って来ようか!?」

「いい」

　ここにふたりでボケーと座っているだけじゃ、間がもたない!!

「ほら！　美味しそうなケーキとかあるよ!!」

　なんとか会話を盛り上げようと張り切った。

　そんな私を久世玲人は冷静な目で、というか、うっとうしそうな目で見てくる。

「ちょっと黙っててくんね？　寝るから」

「寝る!?」

　今!?

　ここで!?

　休憩ってそんなながっつりするつもりだったの!?

　あきれながら久世玲人を見つめるけど、当の本人はアクビをしながらすでに寝る体勢に入っている。

　おいおい……本当に寝る気だよ……。

　小さくため息を吐いていると、久世玲人が私の方にピタリと寄り添ってきた。

「え!?　ちょっと何!?」

「貸して」

　そう言って、久世玲人は寄りかかりながら私の肩に頭を

預けてくる。

「なーっ!!　何するのっ!?」

「うるせぇな。周りに迷惑だろ」

　パニックになる私の隣で、久世玲人は勝手にひとりで眠ろうとする。

「少し寝たら起きるから」

「で、でも……!!」

「じゃあ、おやすみ」

「え!?　ちょっと久世君!?　ねえってば！」

　まさかこんなことになるとはーっ!!

　もういくら声をかけても、久世玲人は私の声に反応することはない。

　どうしよう……！

　大騒ぎする心臓を押さえながら、目を伏せたまま起きようとしない久世玲人を見つめた。

野次馬たち

「で、どうだったの!?　久世君とのデートは!!」

「春奈……」

　週明けの月曜日。

　学校へ行くと、一目散に春奈が駆け寄って興味深そうにたずねてきた。

　ありのままを報告していいものかどうか……。

　それに、あれをデートと呼んでいいものか……。

　土曜日のことを思い出す。

　あのあと、本当に寝てしまった久世玲人をどうすることもできず、パニック状態だった。

　だけど……。

　なんと、パニックになりすぎてしまった私はいつの間にか意識を飛ばしてしまい、気が付いたら久世玲人の肩を借りて寝てしまっていたのだった。

　なんて失態……。

　久世玲人もとっくに起きていたようで、私が起きるまでおとなしく待っていたよう。

　すっかり逆転状態だ。

　しかも、あろうことか久世玲人は私の腰に腕を回し、がっちりと支えていた。

　身体がめっちゃ密着している！

　その状況に心臓が飛び出るほどビックリして飛び起き、

「何するの!?」と責めてみたものの、「もたれかかってき
たのは菜都だろ」と、あっさり言い負かされてしまった。

確かに、無意識とはいえ、久世玲人の肩を借りて寝てし
まった私の神経の図太さも問題あったけど、こ、腰に手を
回さなくても……。

そう訴えてみたけど、無視したかったのかフイッと目を
そらされたので、それ以上突っ込むことができなかった。

この状況を考えただけで、さらに胸が高鳴ってきた。

顔が火照ってくる……。

このままだとどうにかなりそうなので、冷静を装った。

というわけで、久世玲人とのお出かけは、一緒にご飯を
食べてカフェで寝た、というものでしかない。

これ、デートって言えないでしょ……。

でも、この内容を春奈に言うとなんて言われるか……。

「フツーに街をぶらついただけだよ」

「えぇーそれだけ?」

「う、うん……それだけ……」

いろいろと考えた結果、当たりさわりのないように言う
ことにした。

春奈もつまらなそうだ。

「デートの時の久世君ってどうなの? やっぱり恐い?」

「恐くないよ、フツーフツー」

むしろ、優しかった。

私の数々の失態（しったい）も許してくれ、逆に心配させてたくらい
だ。怒って帰ってもおかしくなかったのに。

「菜都、さっきからフツーばっかりじゃん！　他に何かないの!?」

「な、ないんだもん……」

　つまらなそうな春奈が、何か聞きだそうとしつこく言い寄ってくる。

「じゃあ、ドキドキした？」

「え!?　ドキドキ!?」

　春奈の言葉に、心臓がドキリと鳴る。

　ズバリ言われたからかもしれない。

「あやしい……。久世君カッコいいからドキドキするのもわかるけど……」

「だ、だから、してないってば……」

「気をつけなよ、菜都。このまま本気になっちゃったら、辛い思いをするだけなんだからね！　適度に楽しむだけにしとくのよ！」

「うん、わかってる……」

　そうだ。

　春奈の言うとおりだ。

　私は即席の彼女にすぎない。

　彼女の役目がいつ解消されるかわからないのに、本気になれるもんですか……。

　ドキドキしてる場合じゃないよ……。

　気合、入れなおさなきゃ！

　春奈と別れ、ひとりで教室へ向かった。

　デートがどうだったとか、考えてもしょうがないよ。

　だって私は本当の彼女じゃないし……。

　落ち着きを取り戻さなければ。

　心の中で気合を入れなおしながら廊下を歩いていると、後ろから、「なっちゃーん！」と陽気な声が聞こえてきた。

　この声と呼び方は……。

　イヤな予感がしながら振り向くと、そこには予想通りいつもの３人組、健司、陽、泰造がニヤニヤしながらこちらに歩いてきていた。

「いよっ！　なっちゃん！」

「やるねぇ〜!!」

　何がめでたいのか、３人は私に拍手を送りながら近づいてくる。

　……なんか、面倒くさいことになりそうだ。

「な、なんでしょーか……」

「なっちゃん！　玲人とのデートはどうだったよ！」

　私の肩をバンバン叩きながら、陽が明るく言ってくる。

「いや、別に……」

「俺なんかデート中に電話したら、邪魔すんなってキレられたし！」

　そう楽しそうにしゃべる健司に、そういえば途中で電話かかってきたな、と思い出す。

　ひとり冷静な私に、３人の勢いはまだまだ止まらない。

　今度は泰造が話しかけてきた。

「まさに青天のへきれきだな！　あの玲人が、デートなんて！」

「青天のへきれきって……」

　どこまでも大げさな３人に、困るどころかあきれてくる。

「なっちゃん！　玲人に何してあげたの!?」

「いや、何も」

　するもんですか。

　即答する私に、３人は「またまたぁ〜！」とニヤけた視線を返してくるだけ。

　……コイツら……絶対、面白がってるだけに違いない。

「だって玲人、超機嫌よかったぜ？　さっき会ったけど」

「だよなぁ！」

「それに、最近ずっと菜都、菜都ってうるせえし！」

　……うるさくて悪かったわね。

「だから、何もしてないってば！」

　機嫌がいいなんて、他に何か理由があるに決まってるでしょ!!

　私が関係しているとは思えない。

　声を上げたところで、３人の私イジリは止まらない。

　はぁー、と小さくを息を吐いていると、またもや健司が興味深そうに聞いてきた。

「なぁ、玲人手出してきた？」

「……はぁっ!?　手!?　手を出す!?」

　何を言ってんのこの人は!!

「な、何もないよ!!　あるわけないでしょ!!」

　とんでもない発言に強く言い返すと、３人が「マジっ!?」と驚くような反応を見せた。

「えーっ!? 玲人、何もしてねえの!?」

「マジで何も!?」

　そんな言葉を吐く陽と泰造。

　その横で健司はゲラゲラ笑っている。

「なんなのよっ!! やめてよ!!」

　会話の雲行きがあやしくなってきた!

　逃げなければ!!

　しかし、そんな願いもむなしく、3人は私を囲みながら会話を進めている。

「何もしねえとは玲人らしくない……」

「いや、逆に手が出せないとか。慎重になってんじゃねえか?」

「……それ、間違いねえ」

　どうすることもできず泣きそうになりながら突っ立っていると、後ろから救いの声がかかった。

「おい」

　その低くハッキリとした声にみんな同時に振り向くと、そこには眉を寄せてしかめ顔をしている久世玲人が立っていた。

「……久世君っ!!」

　この時ほど久世玲人の登場がうれしかったことはない!!

　救いを求める目を向けると、久世玲人は3人をにらみつけるように眼光を鋭くした。

「てめえら……何してんだよ」

「お、玲人! なっちゃんここにいるぞー!」

　噂の張本人の登場に、3人はさらに盛り上がっている。

　不機嫌な久世玲人にあせっている様子もまったくない。

　久世玲人は3人に笑顔を返すこともなく、しかめっ面のままこちらに歩み寄ってきた。

　……全っ然機嫌よくないじゃん……。

　さっき、この人たち「玲人が機嫌よかった」って言ってたよね？

　ムスッとしている久世玲人と目が合ったが、その視線はすぐ3人に戻された。

「お前ら、あんまり菜都をいじめんな」

　そう言いながら3人をシッシと払い、私の手を引いてこの輪から救い出してくれる。

「いじめてたわけじゃねえよ！」

「そうそう！　ちょっとお話ししてただけだって！」

　明るい口調のまま色々と言い訳をする3人を、久世玲人はギロリと鋭い目でにらむ。

「行くぞ、菜都」

　久世玲人は私の手を引き、この場からさっさと立ち去ろうとした。

　もちろん私も3人と一緒に残されたくはないので、おとなしくついて行った。

積み重なる心労

「お前もいちいち相手すんなよ。あいつらは適当にあしらっとけ」

「相手してたわけじゃ……」

　チクチクとを言われながら久世玲人と一緒に教室に向かうと、クラスのみんなが一斉（いっせい）に好奇の視線を向けてきた。

　しかも、少しどよめいている気もする。

　……何？

　久世玲人と一緒だから見られてるの……？

　居心地悪い視線を感じながら教室に入ると、ふと、気付いてしまった。

　あ。

　ピタリと足を止め、そーっと視線をおろしてみた。

　……し、しまったあぁぁぁっ!!

　久世玲人に手を引かれていたままだった!!

　ブンブン！　と思いっきり振り払うように手を離すと、久世玲人が眉をしかめながら私を見下ろしてきた。

「……払いすぎだろ」

「だ、だって……!!　ここ、教室っ!!」

　顔を真っ赤にさせながら、慌てて久世玲人から離れた。

「じゃっ!!」

　クラスのみんなを見る勇気がない!!

　そのまますぐ一番前の自分の席に向かった。

　久世玲人も特に何も言わず自分の席について、早速机に突っ伏して寝る体勢に入っている。

　……ハートが強いな。

　若干あきれた視線を向けて私も席につくと、ちょうど登校してきた佐山君がやってきた。

「おはよ、原田さん。……どうしたの？　顔が少し赤いけど……」

「い、いや……!!　なんでもないよ!!」

　今登校してきた佐山君は、先ほどの私たちの様子を知らないので、不思議そうに話しかけてくる。

　あせりながら、なんでもないと否定すると、「そう？」と不思議そうにしながらも爽やかな笑顔が返ってきた。

「原田さん、あれからどうしたの？」

「……あれから？」

　なんだろう、と一瞬考えたけど。

　あ、そうだ……土曜日のことか。

　そういえば本屋で偶然会ったよね。

　その後の久世玲人のおかげですっかり忘れていた。

「うん、すぐ帰ったんだー……」

　ハハハ、と苦笑いしながら返していると、佐山君は少し残念そうに笑った。

「そっか。あのあと、連絡あるかとちょっと期待したのに。いやいや、じゃあまた今度一緒に遊ぼうよ」

「うん、ありがとう」

　やはり佐山君は優しいなぁ。

　私にまで気を遣ってくれて、感心ものだよ。

　社交辞令で誘ってくれる佐山君に笑顔で返していると、後ろの方から、ものすごく不穏な空気を感じた。

　な、なんだろ……。

　すごく恐ろしい視線を感じる……。

　そーっと後ろを振り返ると、視線の先には、思いっきり眉間にシワを寄せ、不機嫌極まりない表情をした久世玲人がこちらをにらんでいる。

　ひいいっ!!

　それは、思わず恐怖の声が上がりそうなほど。

　ね、寝ていたはずじゃ……。

「原田さん?」

　不思議そうに声をかけてくる佐山君に答えることもできず、ひとりビクビクしていると、「玲人ぉ!」と甘えたような、しかし、遠慮のない大きな声が教室中に響いた。

　その声に、私も久世玲人も、ついでに佐山君も注意がそれ、声の方に目を向けると、サエコがちょうど教室に入ってくるところだった。

「ねぇ玲人〜!　なんで土曜日ムシするのぉ!?」

　猫なで声で近寄るサエコに、久世玲人の眉間のシワがより一層深くなる。

　しかし、サエコはそんなことおかまいなしだ。

「せっかく偶然会ったのにー!　ひとりだったんなら一緒に遊んでくれてもよかったじゃん!」

「だから、連れがいるって言っただろ」

　サエコは詰め寄るように、久世玲人はうっとうしそうに、ふたりともとても大きな声でしゃべるので、こちらまで丸聞こえだ。

　しかも、会話の内容ですぐわかったけど、あの時久世玲人とサエコは顔を合わせてたみたいだ……。

　ふたりの様子を傍観していると、佐山君が小さな声で話しかけてきた。

「ふたりの様子が気になる？」

「えっ!?　いや！　そういうわけじゃ……」

　嫉妬してると思われるのもしゃくなので、ふたりから視線を外した。

「だから、連れって誰よー！　もしかして健司たち？」

「違えよ」

「じゃあ誰よ！」

「お前に関係ねえだろ」

　相手をしつこく聞き出そうとするサエコに、だんだん不安になってきた。

　バレたらどうしよう……。

　久世玲人、お願いだから言わないでっ!!

　そう心の中で願っているけど、サエコはまだしつこく「誰ー？　誰ー？」と聞いている。

「……るせぇな」

　いよいよ久世玲人も本気でキレ始めている。

「もしかして新しい女!?　誰よー!!」

「誰って、菜都に決まってんだろ」

　何を言うのよっ!!

　あっさり暴露した久世玲人の言葉に、サエコ、ついでにクラスのみんなも驚愕している。

「ちょっ……!!　ちょっと……!!」

　なんとか否定したいところだけど、事実なので言葉が出てこない。

　みんなの視線をひしひしと感じていると、サエコが憤慨した様子で久世玲人に向かって声を上げた。

「まだ付き合ってるって言い張るの!?」

「言い張るもなにも、事実だ」

　またもサエコと久世玲人の言い合いが始まると、クラスのみんなの注目は私から再びふたりに向いた。

　さ、最悪だ……。

　ひとりでどよーんと落ち込んでいると、佐山君が静かに話しかけてきた。

「原田さん、土曜日って、久世と一緒だったんだ……」

「あ、いや、その……」

　言い訳できずうろたえていると、「おい菜都!!」と、久世玲人がイラついたように声を上げ、私を呼んだ。

「お前からもコイツになんとか言えよ!!」

　らちがあかないといった感じで、サエコを指差している。

「なんとか、って言われましても……」

　私がなんとか言ったところで、さらにサエコに火をつけるだけだ。

　ビクビクとサエコを見ていると、「何ガン飛ばしてんの

よっ!!」とグワッとにらまれた。

　ヒッと身体をのけぞらせると、サエコはツカツカとこちらにやってくる。

「あんた、いつまで玲人にしがみついてる気でいるのよ!!」

「しがみついてるわけじゃ……」

　サエコから理不尽に怒られ、反抗できる隙間も勇気も全然ない。

　おとなしく怒鳴られていると、久世玲人が見かねた様子でこちらにやってきた。

「サエコ、お前いい加減にしろよ……」

　久世玲人がサエコの前に立ち、うんざりしたように吐き捨てた。

「だって……!!」

　それでもあきらめきれない様子のサエコは、すがるように潤んだ目で久世玲人を見つめている。

　サエコ、久世玲人のことが本当に好きなんだろうな。

　すごいな……。

　こんなにも、まっすぐ自分の気持ちをぶつけられるなんて……。まぁ、気性が激しいだけとも言えるけど……。

　そんなサエコの様子に、久世玲人も「はぁ……」とため息を吐いている。

「サエコ、ちょっと来い」

　そう言いながら、おとなしくなっているサエコの手を取り、私に視線を送った。

「菜都、授業サボるから」

「え……。あ、うん……」

　サエコを突き放すのかと思いきや、予期せぬ久世玲人の行動に一瞬驚いてしまった。

　そして、久世玲人はそのままサエコの手を引っぱって、教室の外に出た。

　どこへ行くのか知らないけれど、サエコの手を引く久世玲人の姿に少々複雑な思いを感じながら、私は教室から出て行くふたりを黙って見送った。

狙われた彼女

疲れた……。

ココ最近の私、超疲れてるよ……。

あの騒動の後、授業にも全然身が入らないまま、お昼休憩を迎えた。

結局、久世玲人は教室には戻ってこなかった。

一体、どこで何をしているのやら。

お昼休憩はちょっとひとりになりたいと思い、お弁当を持ってフラフラと校舎裏に向かった。

ジメッとした薄暗い校舎裏、冷たいコンクリートの段にポツンとひとり座る。

はぁー……。

静かで落ち着く。

ひとりでお昼休憩を過ごすのは、久しぶりかもしれない。最近はずっと久世玲人と屋上で一緒に過ごしてたから。

お弁当を広げ、卵焼きをパクリと一口食べた。

こんな場所でひとりで食べてるからか、とても味気ない。

今、久世玲人は何をしてるんだろうか……。

まだサエコと一緒なんだろうか……。

スマホを取り出し、チラッと見てみたけれど何の連絡もない。

……って、まるで久世玲人からの連絡を待ってるみたいじゃん!!

　いかんいかん。

　ブンブンと頭を左右に振り、久世玲人のことを振り払おうとした。

　さっきから、考えるのは久世玲人のことばかりだ。

　はぁ、と無意識にため息が出る。

　あの時……サエコに詰め寄られていた時、てっきり私は久世玲人が勢いに任せて、サエコを叱咤するのだと思っていた。

　しかし、実際は……。

　久世玲人は困ったような顔をしながらも、サエコの手を引き、ふたりで一緒に教室から出て行った。

　まるで、私が取り残されたみたいだ……。

　どうしてこんなに気にかかるのか自分でもわからないけど、あの光景を思い出すと、心の中がモヤモヤする。

　……いや、待てよ。

　なんだかんだ言っても、サエコは目鼻立ちがはっきりとした美人だ。

　スタイルもよくて色気もある。

　実は、久世玲人も内心ゆらいでいるんじゃ……。

　一緒にいてもつまらない私より、まっすぐ愛をぶつけてくるサエコに。

　そうだ……。

　だとすれば、私が彼女の役目から解放されるのは時間の問題じゃ……。

　久世玲人から解放される。

……良かった。

これでまた平穏な日々に戻るんだ。

もう少し大喜びできるかと思いきや、意外と冷静に受け入れている。

久世玲人と出会ってからは激動の毎日だったけど、それもなくなり、望んでいた学校生活が送れる。

……うん、これでいいんだ。

きっと、久世玲人は今ごろサエコとよろしくやってんだろう。

これでもう、久世玲人のことを考えなくてすむ。

頭の中でそんな結末を勝手に描いていたその時、誰も来ないはずの校舎裏にジャリ……と誰かが歩いてくる足音が聞こえてきた。

足音がした方に目を向けると、そこには3人の男子生徒。

……見たことがある。

そう思ったのは、同じ学年だからということと、彼らが少し目立った存在だからだ。

もちろんそれは悪い意味で。

「あれ?? こんなとこに先客?」

ニタニタといやな笑みを浮かべながらこちらに近づく男子生徒たちは、久世玲人と同様、学校では不良グループとして知られている。

しかし、久世玲人たちとは違い、彼らは本当にたちが悪いという噂だ。

何度も暴力沙汰の事件を起こしていて、校内でも平気

でカツアゲしている。

　彼らに関わると必ず何かをされると言われるくらいだ。

　自分からは決して手を出さない久世玲人たちとは、大違いだ。

　もちろん、目の前の彼らを無視するため、急いでお弁当を片付け無言で立ち上がった。

　そのまま立ち去ろうとすると、彼らは私を囲むように近づいてきた。

　まずい……。

「ねぇ、こんな所で何してんのー？」

　相変わらずいやらしい笑みを浮かべたまま、彼らは私に話しかけてくる。

　それに答えず、小走りで横を通り過ぎようとすると、グループの中のひとりがグッと肩をつかんできた。

「どこ行くの？」

「ねぇ、俺らと一緒に遊ぼうよ」

　やばい展開になってきた……。

　うつむいたまま青ざめていると、肩をつかんでいた男子が私の顔をひょいとのぞいてきた。

「……あれ？」

　一瞬だけ目が合うと、その男子が思い出したようにつぶやいた。

「コイツ、久世の女じゃね？」

　その言葉に、仲間の男子たちが「マジっ!?」と一斉に私の顔を確認し始めた。

　どうしよ……。

　本当にどうしよう……。

　原田菜都、久世玲人の彼女になって初めてリアルなピンチを迎えています。

　ここで、「本当の彼女じゃありません」なんて言っても絶対 逆 効果だ。

「久世の彼女がこんなとこで何してんのー？　もしかして待ち合わせ？」

「俺らが代わりに相手してやるよ」

　ニヤニヤとしながら下品な口調で言われ、本当に耐えられない……。

　彼らの言葉を無視したまま、ずっとうつむいていることしかできない。

　そんな私の反応が気に入らないのか、ひとりの男が私のあごをつかみ、「なんとか言えよ」とグイッと持ち上げた。

「やっ……!!」

「やっ、だって！　可愛いー」

「いいねーその反応」

　私のあごを持ち上げたまま、彼らは楽しげにはやし立ててくる。

　どうしよう……。

　彼らがこのまま私を解放してくれるはずがない……。

　どうにか逃げる隙はないかと様子を伺っていると、彼らは顔を上げている私をまじまじと見てくる。

「……結構 上玉じゃん」

「久世もやるねぇ」

　上玉って……私って、不良受けする顔なんだろうか。

　こんな状況で意外な発見だけど、それを喜ぶ気持ちも余裕もない。

　とにかく、今は逃げることだけ考えないと。

　彼らを刺激しないように、おとなしくしていた。

「どうやって久世を落とした？　あいつ、校内の女には絶対手ぇ出さなかったのに」

「久世がハマるなんて、すげぇんだろうな」

　一層ニヤニヤと笑いながら下品に言い放つ彼らに、鳥肌が立ってきた。

　やばい……!!

　おとなしく様子を伺っている場合じゃない!!

　ダッと猛ダッシュで彼らから逃げようと、つかまれている肩とあごを振り払った。

　とにかくここから逃げようと猛ダッシュするけど、「逃がすなっ！」と彼らは追ってくる。

　どうしよ……!!

　誰かっ……!!

　助けてっ!!

　こんな人気のない場所に誰もいるはずがないけど、この鬼気迫る状況で浮かんできたのは、久世玲人の顔。

　さっきまで久世玲人から解放されることを望んでいたのに、なんて自分は調子いいんだろうか。

　でも、もう久世玲人に助けを求めるしかないっ!!

サエコと一緒だろうが、気遣ってる場合じゃない!!

ポケットからスマホを取り出すと、ちょうど久世玲人から着信が入っているところだった。

急いで通話ボタンを押すと、

『やっと出た……。どこにいんだよ!!』

と、なぜかお怒りの声が響いてきた。

こっちは怒られてる場合じゃないんだってばっ!!

電話の向こうでまだ文句を言っている久世玲人の言葉をさえぎり、必死で助けを求めた。

『久世君っ!!　どうしよっ……!!』

『は?』

『どうしよっ……!!』

『……どうした?』

息切れしながら、しかも、あせって尋常じゃない私の声に久世玲人も何かあったと察したようだ。

『……菜都、どこにいる』

低い声で問う久世玲人の言葉を聞いたところで、「待てっ!!」と腕をつかまれ、スマホを取り上げられた。

肝心なことは何も伝えられないまま捕まってしまい、ずるずると無理やり引きずられながら、再び校舎裏へと連れて行かれた。

「コイツ、逃げ足速ぇな」

そう言いながら、取り上げられたスマホは後ろに投げ捨てられた。

ああっ!!

最後の頼みの綱が……!!

しかも、私、場所も伝えず「どうしよ」しか言ってない!!

こんな時にまで自分のダメっぷりを発揮している中、彼らは楽しそうに私を追い込んでくる。

「さぁて、鬼ごっこもやっと終わったことだし、そろそろ楽しもっか」

その笑みに寒気を感じていると、ひとりの男子生徒が私の体を校舎のコンクリート壁にドンッと押し付けた。

「は、離してっ……!!」

「いいねーその抵抗っぷり」

どうにか逃げようともがいてみるけど、両手首を強く押さえ込まれ身動きができない。

「ヤッてみたかったんだよねー、久世の女」

そんなおぞましい言葉を吐かれ、味わったことがない恐怖で震えてしまう。

「ヤダッ……!!　離してっ!!」

危機を感じ、抵抗しながら声を上げるけど、もちろんそんなことは受け入れてもらえない。

「声も可愛いー」

「おとなしくしてたらすぐすむから」

「離してっ……!!」

目の前の彼らの顔をにらみつけるけど、あざ笑うかのようなニヤついた笑みが返ってくるだけ。

「じゃ、そろそろ始めよっか」

まるで、楽しいゲームを始めるかのように言い放ちなが

ら、今度は私の体を引き、ドサッと地面に押し倒した。

　コイツら……腐ってるっ!!

「その顔、そそるね」

　ひとりの男子生徒が私の上に馬乗りになって、手首を押さえつけてくる。

「ィヤッ……!!」

「イヤがるほど燃えてくるねー。久世の悔しそうな顔が浮かんで」

「アイツいつもすかした顔してムカつくんだよね」

「恨むなら、久世を恨んでね」

　そう言いながら、バタバタと暴れて抵抗する私を力強く押さえ込んだ。

　おそらく、彼らの本当の狙いは私ではなく、久世玲人。

　最強という称号を得ている久世玲人が、彼らにとっては気に入らない存在でしかたないんだと思う。

　ただ単に久世玲人をおとしめたいのだろう。

　本当にサイテーな奴らっ……!!

　こんな状況でも、頭の中でいろんなことを考える。

「こんなことでしか久世君に手が出せないなんてサイッテー!!　この腰抜けっ!!」

　こんな卑怯なやり方にカッとなって、私らしくなく思わず言い放つと、ニヤついていた彼らの顔が変わった。

「……さすが久世の女。超生意気」

「あんたたちなんかと久世君は全然……!!」

「ちょっと黙ろうか」

　まだ声を上げて食ってかかる私の口を、手で押さえ込んできた。

「ん……っ!!」

「久世の女だから、特別に可愛がってやるよ」

　そう言いながら、私の上に乗っている男が制服に手をかけ、力任せにボタンを引きちぎった。

　さらに、足を押えている男の手がスカートに手をかけている。

　ヤダヤダっ!

　手も足も押さえ込まれ、完全に逃げられない!!

　……久世君っ!!

　やはり心の中に浮かぶのは久世玲人の顔。

　声にならない叫びで、彼の名前を呼んでいた。

「すげぇ、キレイな肌だねー」

　胸元まで制服のシャツがはだけ、さらけ出している素肌に、男の気持ち悪い顔と手がどんどん近づいてきている。

　やだっ……!!

　もうムリっ……!!

　せめて視界に入らないようにギュウッと目をつむった。溢れた涙がこめかみを伝っているのを感じる。

　突然、ドカッという衝撃音とともに足を押さえている男の気配が消えた。

「なんだっ!?」

　と男たちも私を押さえる手を止めている。

　今度は何が起こったの……?

その様子に恐る恐る目を開けると、そこには、うずくまって倒れている男の姿、そして――。

男達をにらみつけている、久世玲人の姿があった。

久世君っ!!

と、呼びたいところだけど、口を押さえ込まれているので声が出ない。

涙でぐちゃぐちゃになっている目で助けを訴えると、久世玲人は私の状態を目で追っているようだった。

一通り確認すると、久世玲人は今まで見たことがないほどに、冷ややかな恐ろしい目つきで男達を見すえた。

「……久世、お前の女、これからいただくとこだったのによ」

馬乗りになっている男が、ニヤつきながら言い放った。

しかし、動揺しているのかさっきよりも声に余裕が感じられない。

そんな男の様子を、久世玲人は無言のまま冷酷なまでの視線で見下ろしている。

「どけ」

そう一言吐き、久世玲人は男の脇腹を蹴り上げた。

私があんなに抵抗してもビクともしなかった体が、簡単に吹っ飛ぶ。

お、恐ろしい……。

流れていた涙はピタリと止まった。

そして久世玲人は、手首と口を押えている男を一瞥した。

無表情なのが一層恐ろしさを感じさせる。

その視線だけでビビッたのか、男は私をつかむ手をパッ

146

と離した。

「ま、待て久世……、まだ何も……」

　そう言い訳しながら後ずさりする男に、久世玲人は再び足を上げた。

　視界に入れるのが恐くて思わず目をつむると、ドサッと地面に倒れる音だけが聞こえてきた。

　……久世玲人が何をしたのか、容易に想像がつく。

　男たちからの拘束がなくなって体は自由になったのに、さっきの恐怖と、ついでに、久世玲人への恐ろしさで体が動かない……。

　ふるふると震えながら目を開けてあたりを確認すると、久世玲人は自分のシャツを脱ぎながら私の横に腰を下ろしていた。

　Tシャツ姿になり、心配そうな表情で私を抱き起こして、そのシャツをかけてくれる。

　さっきの冷ややかな目で見下ろされてたらどうしようかと思ったけど、私に向ける目はいつもの、いや、それ以上に優しい。

「菜都、……大丈夫か？」

「う、……あ」

　うん、ありがとう、って言いたいけど、声がうまく出てこない。

　思った以上にショックを受けているみたいだ。

　さらに、久世玲人の存在と、腕の中にいるという絶対的な安心感で、気付いたら自然と目に涙が溢れていた。

　涙を流す私を見て、久世玲人は再び怒りの表情に顔をゆがませました。

　私をなだめようと優しい手つきで頭をなでてくれるが、そんな行動とは裏腹に、久世玲人は鋭い視線を彼らに向けている。

「……てめぇら、ぶっ潰してやる……」

　底冷えするような声は、背中に寒気が走るほど。

　そんな物騒なせりふを吐きながら、久世玲人はヨロヨロとまだ力が入らない私を支えながら立ち上がった。

「菜都、保健室に行ってろ」

「で、でも……」

　まだこの3人を相手するっていうの……？

　でも、いくら久世玲人でもひとりじゃ……。

　不安な気持ちで、ギュッと久世玲人の服をつかんだ。

　久世玲人もそんな私の心情を察したようで、もう一度私の頭をなでながら不敵に微笑んだ。

「大丈夫だ」

　いくら私が不安がっても、自信に満ちた顔で一言返されるだけ。

　もう一度、今度は腕をギュッとつかみ、ブンブンと首を横に振ると、久世玲人は困ったように私を見下ろしてきた。

「菜都はよくても、俺が我慢できない」

「でも……」

「菜都に手を出す奴は絶対許さねぇ」

　うっ……。

　サラリと吐かれたその頼（たの）もしい言葉に、ドキンと胸がうずく。

　こんな状況だというのに、ときめいてどうする……。

　腕をつかんだまま離せないでいる私に、久世玲人は優しく微笑みながら顔を寄せ、耳元でささやいた。

「すぐ迎えに行くから」

　その言動（げんどう）に今度はボッと顔が赤くなるが、久世玲人はそんな私の様子に笑いながら頭をひとなでした。

　たまにある久世玲人のこういう甘い行動に、今でも全然慣れない……。

　力が抜けてスルスルと手を離すと、久世玲人は彼らの方向いた。

　もう、いくら私が説得しようが、「やる気」なんだろう。

「……無茶、しないで……」

　そんな言葉しかかけることができず、彼らに向かって歩く久世玲人の後ろ姿を見つめた。

それは、突然

「菜都、そこにいるなら目と耳、ふさいどけ」

　そんな久世玲人の言葉に、さらにいたたまれなくなった私は、重い足をようやく動かし、その場を離れた。

　ほんとに大丈夫だろうか……。

　私のせいでこんなことになってしまって……。

　言われた通り保健室に向かう途中も不安で、誰か呼んだり、先生に言った方がいいんじゃないか……、という考えが頭をよぎったけど、いつの間にか休憩時間なんてとっくに終わってたみたいで、廊下には誰もいない。

　久世玲人なら、間違いなくひとりで問題を解決するだろう……。

　結局、誰にも伝えないまま保健室に向かった。

「失礼します……」

　保健室に入ると、白衣を着た40歳代のおばちゃん先生が驚いたような表情で私を凝視した。

「あらまぁ！　どうしたの!?　それ!?」

　久世玲人のシャツを借りてるものの、下に着ている私の無残な制服が見えていたみたいだ。

「いや、あの、ちょっと引っかけちゃったら、ボタンも全部取れちゃって……」

「予備の制服があるから、とりあえずそれ着て！」

　そう言って先生は引き出しから夏用の制服を取り出し、

私に渡してきた。

「引っかけたとき、ケガはしなかった？」

「はい、大丈夫です……」

「ならよかったわ。じゃあ、今日一日はその制服貸してあげるから、明日また返しに来てね」

「ありがとうございます」

　深々とお辞儀をすると、先生はにっこりと微笑んで机の周りを片付け始めた。

「じゃあ、先生これから出ないといけないから。ゆっくり着替えなさいね」

「え？　鍵とかどうすれば……」

「着替え終わったら、他の先生に声をかけてくれればいいから」

「はぁ……」

「なんなら、サボって寝ちゃってもいいわよ」

「え!?」

　先生らしからぬ発言にビックリしていると、先生は、ふふっといたずらっぽい笑顔を見せながら「じゃあね」と保健室を出て行った。

　すぐに着替え終わった私は、これからどうしようかと悩んでいた。

　久世玲人の様子を見に行った方がいいかな……。

　万が一、彼らに追い込まれていたら……。

　そんな光景を想像してしまい、不安にかられる。

　でも、すぐ迎えに行くって言ってたから、ここでおとな

しく待ってた方がいいのか……。

　……でも、久世玲人の様子が気になるし……。

　……うん、やっぱりあの場所に戻ろうっ！

　そもそも私のせいでああなったんだし、ほっとけない!!

　そう決心したちょうどその時、保健室の扉がガラガラッと勢いよく開き、「菜都っ!?」とあせったように私を呼ぶ久世玲人が保健室に入ってきた。

「久世君っ!!」

　もう終わったのっ!?

　言葉通り、本当にすぐ迎えに来てくれた。

「久世君大丈夫だった!?」

　ケガはないかと心配しながら駆け寄ると、久世玲人は無言のまま私の腕をつかみ、そのままグッと引き寄せた。

　……え!?

　そして、私は抵抗する間もなく、そのまま久世玲人の腕の中に閉じ込められ、ギュッと抱き締められた。

　力強く、頭までしっかりと抱き込まれ、私の思考はストップする。

　え？

　……えぇ!?

　何っ!?

　何も声が出ず、腕の中で固まっていると、ますますギュッ……と腕の力を込められた。

　え、と……今、何が起きてるっ!?

　この状況にパニックになっていると、久世玲人の声が頭

上から響いてきた。

「菜都、……大丈夫か？」

　その声はとても不安げで、心配そうで、私のことを気にかけてくれていることがよくわかる。

　だ、大丈夫だけど……この状況は全然大丈夫じゃない!!

　動揺しすぎて相変わらず何も答えられないでいると、再び「菜都……」と切なげな声が聞こえてきた。

「だだだ大丈夫だからっ、……離してっ！」

　その声で頭も覚醒し、慌てて腕を突っ張りこの拘束から逃れようとすると、久世玲人は少々納得いかなそうな顔になった。

「わ、私のことはいいからさ！　久世君ケガはない!?」

　あせりながら問いかけるけど、久世玲人はそれに答えず不服そうに返してくる。

「俺より、菜都は……」

「久世君!!　ケガしてる!!」

　そんな久世玲人の言葉をさえぎり、顔や手を確認すると、所々に少し傷がある。

「これくらい、どうってことない」

「でも、私のせいで巻き込んじゃって……。ほんとにごめんなさい……」

「菜都のせいじゃない。……俺のせいだから」

　うつむいて謝る私の頭を軽くなでながら、久世玲人も硬い声になっていた。

「……座って？　傷、手当てするから」

　さっきの抱擁を問い詰めるより、久世玲人の傷の方が優
先だ。

　椅子にうながす私に、久世玲人は苦笑しながらもおとな
しく座ってくれた。

「これくらい、ほっとけば治るって」

「いいから」

　棚から消毒液とコットンを拝借し、座っている久世玲人
の前に立った。

　まさか、二度も傷の手当てをすることになるとは……。

　久世玲人を無理やり連れて帰ったいつかの光景を思い出
してしまう。

「じゃあ、ちょっと染みるけど……」

　コットンに消毒液を含ませ、切れている口元にそっと押
し当てた。

「痛い?」

　首をかしげながら問いかけると、久世玲人は無言のまま
小さく首を振った。

　そして、そのままじっと私を見上げてくる。

　何か物言いたげな視線で。

　……ち、近い……。

　私も少しかがんでいるからか、間近で見つめられてかな
り動揺してしまう。

　……妙にドキドキする。

　忙しく刻む鼓動をごまかすため、「じゃ! 次は手出し
て!」と明るく声を出した。

　されるがままの久世玲人の手を取り、同じく腕に消毒を
していると、ふと、硬い声で話しかけられた。

「……菜都、本当に大丈夫か？」

「……え？」

　思わず手を止めると、久世玲人が真剣な眼差しで私をと
らえている。

「大丈夫か？」

「え、と……。うん、……大丈夫……」

　その眼差しから逃げられず、久世玲人の目を見つめなが
ら素直に答えた。

　さっきの光景をふと思い出し、少しだけ体が固くなって
しまう。

　その様子に気付いた久世玲人は、私の手を握り、もう一
度「本当に？」と問いかけた。

「うん……。すごく恐かったけれど……久世君が助けてく
れたし……。ありがとう」

　久世玲人のおかげで、大事にいたらなかったのは事実。

　座ったまま私を見上げてくる久世玲人は、本当に心配で
仕方ないといった感じだ。

「本当よ？　大丈夫だから」

　そうもう一度と微笑みかけると、つかまれている手の力
がグッと強くなった。

「……アイツらに、何かされた？」

「う、ううん……。何も。その前に、久世君が助けてくれ
たから……」

「本当に？　何もされてないか？」

　たぶん、久世玲人が一番気にしてくれているのはそのことだろう。

　でも、あの時は胸元がはだけただけで、幸い、何もされていない。

　安心させるために、「本当に、何もされてないから」と笑って返すと、久世玲人は少し安堵（あんど）したように息を吐き、私の手を引いた。

　その動きはとても自然で、私の体はゆっくりと引き寄せられ……。

　椅子に座っている久世玲人は、立ったままでいる私の腰に腕を回し、またもやギュッと抱き締めてきた。

「やっ……!!　何っ……!?」

　ビックリして声を上げるけど、久世玲人の腕は腰にからまったまま離れない。

　私のお腹あたりにちょうど久世玲人の頭がある状態で、ピタリとくっついている。

　なんで!?

　どうしよっ!!

　なんなのコレ!!

　持っていた消毒液とコットンを床に落とし、そのままフリーズ状態になってしまった。

「良かった……」

「へっ!?」

「菜都が何かされてたら、マジでどうしようかと……」

「な、何もされてないからっ!!」

　だから離してっ!!

　そう願うけど、体は固まったまま思うように動かない。

　きっと、今の私は真っ赤な顔になっている。

　ドッドッドッ……と心臓は激しく高鳴り、全身の血液が沸騰してるんじゃないかってくらい、体内が騒がしい。

「久世君、だ、大丈夫だから!　ねっ!?　……離して?」

　なんとか離れてもらおうと必死に声をかけてみるけど、そんな私の言葉は彼の耳に届いていない。

　抱きついたまま、久世玲人はもう一度私の手を取り、じっと手首を見つめてきた。

「な、何……!?」

　ビクビクと身構えていると、久世玲人は眉を寄せ、手首を見つめたままつぶやいた。

「赤くなってんじゃねえか……」

「え!?　そ、そう!?」

　自分でも気付かなかったけど、きっと、あの連中に強くつかまれていたから跡が残ったんだろう。

「へ、平気だよっ!」

　離してもらおうと手を引っ込めようとするけど、久世玲人はそれを許さない。

　しばらく手首を見つめていたかと思えば、なんと、その赤くなっている部分にチュ……と唇を落としてきた。

　許容範囲を大きく超えたその行動に、抵抗するという考えも浮かばず、ただ見入ってしまった。

　私の脳みそじゃ、対応できるはずがない。

「……痛かったか？」

　久世玲人はそう問いかけながら、反対の手首もとり、同じように口付けている。

　いつくしむかのように優しく触れる唇は、まるで、さっきの痛みを消してくれているように思えた。

「……菜都？」

　なんの反応も見せず、ただボーっと自分の手首を見つめている私に、久世玲人が声をかけてくる。

　しかし、今の私にはそんな声など届いていない。

「おい、菜都？」

「……」

「おい」

　久世玲人が呼びかけているみたいだけど、反応できない。

　そんなふぬけ状態の私に久世玲人もあきらめたのか、呼びかけることもやめ、ゆるゆると手を離して私の体を反転させた。

　そして、今度はお腹に腕をまわしてきたかと思ったら、そのまま後ろに引き寄せられた。

　そのままストンと久世玲人の膝上（ひざうえ）に座らされ、後ろからギュッと抱き締められた。

　ものすごい密着度だけど、幸か不幸か、私の思考能力は強制（きょうせい）終了したまま。

　もう、久世玲人の思うままに動かされている。

　目の前に回された久世玲人の引き締まった腕が、離さな

いと言わんばかりに私の体を閉じ込めている。

　普段の私なら、慌てふためいてパニックにおちいっているだろう。

　でも、今の私はすべての状況がわかっていない。

「砂がついてる」

　そんなことを言いながら、片腕はしっかりと私を抱き締めたまま、髪の毛をサラサラと触れてきた。

　パッと少し払うようなしぐさをしたあと、私の耳に髪をかけている。

　そして、久世玲人は、あらわになったその肌にまたもやチュッ……とキスをし始めた。

　耳元から首筋にかけて、何度も何度も久世玲人の唇が触れる。

　相変わらず思考能力はゼロで、何をされているのか理解できないけれど、触れた場所が熱を帯びているのは感じていた。

「菜都……」

　耳元で優しくささやかれ、首筋にチクリと鋭い痛みが走った。

　思わずピクリと体が反応すると、後ろから抱き締められている腕の力がグッと強まる。

　私は、何をされているんだろうか……。

　止まることない久世玲人のキスを無抵抗に受け入れていると、突然、ガラガラとゆっくり保健室の扉が開いた。

「失礼しま……」

　誰かが入ってきた。

　無意識にドアの方にゆっくりと目をやると、そこには佐山君が立っていて、目を見開いてこちらを見ている。

　そのまま数秒間、お互い目が合っていた。

　……佐山君、だ。

「な、何してっ……!!」

　佐山君が真っ赤な顔で、呆然と立ち尽くして私たちの方を見ている。

　……佐山君が、いる。

　ボーッとしたまま佐山君を見つめていると、久世玲人はまたもやギュウッと力を込めてきた。

　……痛い。

「久世っ!!　何してんだよっ……!!」

　佐山君が私たちを見ながら、久世玲人に声を上げた。

　……佐山君が、私たちを見ている。

　……私たち?

　視線をおろすと、久世玲人の腕が私の胸の前でがっちりと組まれている。

　ゆっくりと後ろを振り返ろうとすると、その前に、久世玲人が私のほおにチュッとキスを落とした。

「久世っ!!!!」

　すかさず佐山君の怒鳴り声が飛ぶが、久世玲人は何も返さずシカトしているようだ。

　わなわなと怒りに震える佐山君が、強い視線でにらみつけてくる。

　……佐山君が、見ている。

　……見ている。

　……見て……。

　ハッとようやく頭が覚醒し、その瞬間、ピキィッと体が固まった。

　私、な、何されてた……!?

　抱き締められて……?

　キ、キス……?

　そしてそれを……佐山君に、見られた……。

　これは、幻じゃなく、現実で……。

「ふ……ふ……」

　恥ずかしいどころの話じゃない。

　小さな声を上げる私に、久世玲人が耳元で「ふ?」と聞き返してきた。

「ふぎゃああぁぁぁあっ!!!!」

　おそらく、今までの人生の中で一番の大絶叫だっただろう。

「もっと色気がある声を出せ」

　そんな久世玲人の声が遠くの方で聞こえたところで、私の意識はプツリと途絶えた。

Step 4

目覚め

「ん……」

　ゆっくり目が覚めると、飛び込んできたのは見慣れたクリーム色の天井。

　あれ……私の部屋だ……。

　なんで寝てるんだっけ……？

　ボーっとする頭で考えようとしたけど、……やめた。

　……いいや、寝よう。

　再び目を閉じて寝ようとしたところで、ガチャと部屋のドアが開き、誰かが入ってきた。

「あ！　姉ちゃん目ぇ覚めた!?」

　智樹か……。

「……ん、もうちょっと寝る……」

「ちょっと待ってて！　呼んでくるから！」

　お母さんかな、と思ったところで、階段を駆け下りる智樹の足音とバカでかい声が聞こえてきた。

「玲くーんっ!!　姉ちゃん目が覚めたよーっ!!」

　……!!

　思わずベッドからガバッと身を起こした。

　玲君っ!!??

　って、久世玲人っ!?

　な、なんで久世玲人がここにっ!?

　ベッドの上でうろたえていると、待つ間もなく智樹と一

緒に久世玲人が入ってきた。

「お、目覚めたか」

　なんて言いながら、部屋にズカズカと入ってくる。

　一応女の子の部屋なんだけど、遠慮（えんりょ）ってものはないんだろうか。

「な、なんで久世君が……こ、ここに……!?」

「覚えてねえの？　保健室でぶっ倒れただろ。起きねえから、家まで連れて帰ってきた」

「ええ!?」

　保健室でぶっ倒れた……!?

　……そうだ、私、保健室にいたんだ。

　悪い連中にからまれて……で、久世玲人が助けに来てくれて……。

　ここで、ようやく保健室での出来事が走馬灯（そうまとう）のように頭の中を駆け巡った。

　抱き締められたことも、キスされたことも、それを佐山君に見られたことも……。

　お、思い出した……!!

　私ってばなんてことを……!!

「ひゃ……ひゃあ……ひゃあぁぁぁあっ!!」

　とんでもない恥ずかしさがこみ上げ、久世玲人の前にいることもいたたまれず、フトンをガバッとかぶって身を隠した。

「なんつー声出してんだよ」

　そんな私の行動がおかしかったのか、久世玲人は笑いな

がらフトンを引きはがそうとする。

「ひぁあっ!!　見ないでーっ!!　来ないでーっ!!」

「オラッ菜都っ!　出てこいっ!!」

「やだぁっ!!」

「姉ちゃん!　玲君さっきまでずっとそばにいてくれたのに、お礼くらい言いなよ!」

「智樹っ……!!」

　小学生に注意されるなんて情けないが、カチンとくる。

　アンタはさっき何が起こったか知らないから、そんなことが言えるのよっ!!

　姉ちゃんがどんな目にあったかっ!!

　フトンの隙間から、智樹にギロッと視線を向けた。

「アンタは余計なことを言うんじゃない!!」という念を込めて。

　そんな思いが伝わったのかどうかはわからないけど、智樹は小さくあきれたような息を吐き、「姉ちゃん元気なら、俺もう遊びに行くから」と部屋を出て行こうとした。

　え!?

　智樹、出かけるの!?

　そうなると、残されるのはふたり……。

　チラリと久世玲人に視線を向けた。

　そ、それはそれで気まずい……!!

「じゃあね玲君!　姉ちゃんわけわかんないけど、よろしくね!」

「ちょっ……!!　ま、待って智樹……!」

　とっさにフトンから顔を出して智樹を引きとめようとしたけど、そんな私の願いもむなしく、部屋のドアはパタンと閉まった。

　智樹、行かないでよーっ!!

　涙目でドアを見つめていたその隙にバサッとフトンを奪われ、姿を現した私に久世玲人がニヤリと不敵に笑った。

「ようやく出てきたな」

「ちょっ……ま、待っ……!!　やっ……!!」

　涙目のまま、真っ赤な顔であわあわとパニックになっていると、久世玲人はベッドのはしに腰かけながら私の顔をのぞき込んできた。

「大丈夫か?　気ィ失ってたけど」

「は……は……は……」

　はい、とただ一言言いたいのに、あせりすぎて言葉が出てこない。

　カーッとさらに顔を赤く染める私を見て、久世玲人はまたもやニヤリと笑った。

「思い出した?」

　と言いながら、私のほおに手を添えてそっとなで始めた。

「キャァ!」

　その行動にビックリして思わずピョンと飛び跳ねながら離れると、久世玲人は口角を上げながら不敵な笑みを見せている。

　か、からかわれてるっ!!

　もうやだっ!!

泣くっ!!

なんとか久世玲人から距離をとろうとするけど、ベッドという狭い空間、それも大して意味がない。

逃げたところで、あっという間につかまってしまうこともわかってる。

まるで、オオカミの前にいる子ウサギのようだ。

プルプルと震えながら涙目で久世玲人を見上げると、久世玲人の動きが一瞬止まった。

「……あおるな」

と、わけのわからないことを言いながら、私から視線を外している。

もう、ほんとにどうすればいいのかわからない。

動けないし、言葉も発せられない。

相変わらず震えが止まらないまま見上げていると、久世玲人は苦笑しながら私に手を伸ばしてきた。

「そんな顔を見せるな。おそうぞ」

そんな物を騒なせりふを吐きながら、座ったまま私を抱き締めてきた。

「ひっ……!!」

驚きで体がピキィッと固まった。

久世玲人の引き締まった腕が背中に回り、首元に顔をうずめられる。

今日、何度目かの抱擁。

保健室の時のような力強さはなく、優しく、包み込むように抱き締められ、体中をゾクゾクとした何かが走る。

　な、なんでまた、抱き締められてるのっ……？

　なんで……なんで……。

「やっ……!!」

　恥ずかしさと危機感から思わず声を上げながら身をよじ
ると、久世玲人が耳元で小さく笑った。

「冗談。おそわねえよ、今は。……あんなことあったばっ
かだし」

　しかし、冗談と言う割には腕を離してくれない。

　どうしてこんなことに……!!

　もうムリっ!!

「あ、あの……あの、く、久世君……」

「ああ？」

「は、離して、く、ください……」

　なんとか離してもらおうと、たどたどしくも必死に訴え
かけると、久世玲人は少しだけ腕をゆるめた。

　そして、私を見つめながら口を開く。

「ムリ」

　……へ？

　あっさりと一言で片付けられ、思わずあっけにとられて
しまった。

　ム、ムリって言われた……？

　え、なんで……。

　やはり、私の思考能力は完全復活していないみたいだ。

　久世玲人が離してくれない理由がわからない。

　頭の中が真っ白のままでいると、久世玲人は少しムッと

した表情をした。

「……イラつく」

「え……？」

　……私？

　なんでイラつかれるのだろうかとハラハラすると、久世玲人は続けて言った。

「あの連中も……あの男も……。菜都に近づく奴……すっげぇイラつく」

　私に近づく奴が……？

　言葉の真意がわからず、久世玲人を見つめながら考えていた。

　久世玲人が言ってるあの連中というのは、きっと私をおそおうとした奴らだ。

　アイツらにイラつくのは、まぁ同感だけど、……あの男とは？

　あ、……もしや、佐山君？

　今日の出来事を思い出すと、あの時他に関わったのは、一緒にいる所を見られた佐山君しかいない。

　あ、そういえば……。

　見られた直後、私は気絶してしまったけど、その後はどうなったんだろう……。

「……佐山君、な、何か言ってた……？」

　ああ……最悪だよもう……。

　よりによってあんな場面を見られるなんて……。

　恐る恐る問いかけると、久世玲人の眉がわずかにピクリ

と上がった。

　そして、どんどん眉間のシワが深まり、不機嫌極まりないすごんだ表情で見下ろされている。

　……私、何か彼の地雷を踏んだ……？

　冷や汗を流しながら何も言えなくなると、久世玲人は抱き締める腕の力をギュウッと少し強くした。

　今までと違って意識はしっかりしているから、その力強い感触や肌の温もりがリアルに伝わる。

　再びカーッと顔が赤くなったのがわかった。

「あ、あの……！　ちょっと……」

　何度か身をよじるけど、久世玲人は鋭い表情のまま口を開いた。

「アイツのこと、気になるのか？」

「えっ……、き、気になるっていうか……」

「菜都からアイツの名前聞くと、すげえ気分わりぃ……」

　そ、そんなに気分を悪くするほど、佐山君が何かしたんだろうか……。

「な、何か、あったの……？」

　恐れながらも勇気を出して聞くと、久世玲人はさらにムッと機嫌を悪くする。

「アイツのことは一切考えるな。頭から排除しろ」

「は……！？」

　排除っ!?

　佐山君のこと嫌いなんだろうとは思ってたけど、そこまででっ!?

「な、なんで……？」

　おずおずと見上げながら言うと、久世玲人は不機嫌なまま「俺がイヤだから」と何気に俺様（おれさま）発言をかまして私を見すえた。

「イヤなんだよ。菜都が他の男のこと考えるのが」

「え……」

「菜都の彼氏は、俺。他の男なんてどうでもいいだろ」

　そう言いながら、腕の中で固まっている私の首筋をゆっくりなでながら、1ヵ所にチュッ……と優しく口付けた。

　今、久世玲人が私に何をしたのか、ハッキリとわかった。

　キスを、された。

　……首にだけど。

　思考はシャットダウンしてないし、ましてや気を失ってもいない。

　私の頭も、この数々の怒涛（どとう）の展開に慣れたのだろうか。

　いっそのこと、また倒れた方がよかったかもしれない。

　必然的にこの場を強制終了できるから。

　今のこの状況に驚愕しながら固まっていると、久世玲人は腕をゆるめて体を離した。

「もう……帰る。このままいると、たぶん抑えらんねえわ」

　そう言いながらベッドから立ち上がり、私の頭をクシャッとなでた。

「じゃあな。今日はもうおとなしく寝てろよ」

「……うん」

「言われなくても」とぼそっと言い返しながら、部屋を出

て行こうとする久世玲人の背中を見つめた。

またもやすごいことが起こったけど……。

なんで、久世玲人はそんなに普通でいられるんだろうか。抱擁やキスなんて、なんでもないことなんだろうか……。

そう思った瞬間、モヤモヤとした何とも言えない感情が胸に広がるのを感じた。

そして、その日の夜。

当然だけど、久世玲人のことが頭から離れない……。

保健室でのことや、さっきのことも……。

お昼休憩におそわれかけたことも薄れるくらい、久世玲人の言動の方が衝撃だった。

抱き締められたりキスをされたり以外に、色々とすごいことも、言われた……。

私に近づく奴はイラつく、とか、他の男のことは考えるな、とか……。

まるで、本当の彼氏かのような言動。

どうして……。

私とはいつわりの関係でしかないじゃない……。

思い出すと、体が小さく震える。

それは、恐怖からではなく、なんだかわからない感情で。

心がうずく。

久世玲人の感触を思い出すと、ゾクゾクとした何かが背中を走る。

私をおそおうとした連中には、触れられるだけで嫌悪感が走ったというのに、久世玲人に抱き締められた時は、イ

ヤじゃなかった。

なんで私、イヤじゃなかったの……？

わからない……。

わからないけれど……これ以上、考えちゃいけない気が
する。

やめた……。

考えるのは、もうやめよう。

さっさとお風呂に入って、今日起きた嫌なことも洗い流
して、寝てしまおう。

久世玲人のことは無理やり考えないようにして、脱衣所
に向かった。

ノロノロとした動作で服を脱ぎ、お風呂場にある鏡をふ
と目にしたとき、気付いた。

首筋が1ヵ所、紅く色付いている。

あれ……何これ……？

虫刺され……？

いつ虫に刺されたっけ？　と少し考えた時、あ、と思い
出した。

保健室で抱き締められてキスされた時、首筋が1ヵ所チ
クッと痛かった……。

てことは……てことは……。

ボボボッと顔が一気に赤くなった。

こ、これって……き、キスマークってやつじゃっ!!

その瞬間、お風呂場に私の大絶叫が響いたのは言うまで
もない。

朝の決め事

　翌朝──。

　久世玲人のおかげで、ほとんど眠れなかった……。

　こんな状態で久世玲人と顔を合わせられない……。

　私の心臓が壊れてしまいそうだ。

　はぁぁ。

　学校、行きたくないなぁ……。

　それでも、仮病を使って休むという度胸は私にはない。

　朝から大きなため息をつきながら学校へ行く準備をして
いると、パタパタとスリッパの音が聞こえ、コンコンと部
屋のドアをノックされた。

「菜都〜？」

「何？」

　入ってきたのはお母さん。

　心なしか、その顔はニヤニヤしているように見える。

「どうしたの……？」と、少し警戒しながら聞くと、お母
さんの顔が一層ニヤついた。

「玲人君。迎えに来てるわよ」

「……えええっ!?　な、なんでっ!?」

「あら？　約束してたんじゃないの？」

　約束っ!?

　なんのっ!?

　頭の中がパニックになりながらも急いで玄関に向かう

と、お母さんの言葉通り、久世玲人が立っている。

「よっ」

「よっ、て……。な、なんで……？」

「迎えに来た」

「な、なんで……？」

「行くぞ」

「な、なんで……？」

　会話がかみ合わない。

　なんで？　という言葉しか出てこない私と、勝手に話を進める久世玲人。

　ボケっと突っ立っていると、後ろからお母さんが「仲良くやってんのねぇ～、ホホホ……」と勝手に盛り上がっている。

「菜都、玲人君待ってるでしょ。早くしなさいよ」

　そう言って鞄を押し付けながら、「いってらっしゃ～い♪」と私を送り出した。

　お母さんに言われるままに玄関を出たけど……。

　な、なんで久世玲人はここに来たの……？

「あ、あの、久世君……。なんで……？」

　疑問をぶつけると、久世玲人は私を見下ろしながら、当然だろ、と言わんばかりの顔を向けてきた。

「また変な奴にからまれるかもしれねえだろ」

「え……？」

「今日から、朝も迎えに来る」

「ええっ……」

　今日から迎えに来るって……。

　じゃあ、これから毎日、久世玲人と一緒に登校するってこと……？

　ひえぇぇぇ……。

　どうしよ……緊張する……。

　隣を歩く久世玲人をチラチラと盗み見た。

　ドキドキして、胸が騒がしい……。

　どうしちゃったの、私……？

　そわそわしている私をよそに、久世玲人は眠そうにアクビをしたり、コキコキと首を鳴らしたり。

　いたって、フツーに見える。

「あの、……いいよ？　毎日、迎えに来なくても……。朝からはからまれないだろうし、たぶん、大丈夫だと思うよ」

　わざわざ早起きして家まで迎えに来てくれるなんて、申し訳ない。

　私の心がもたないってのもあるけど、久世玲人のためを思ってそう提案すると、なぜかその顔は、不機嫌そうにゆがむ。

「迎えに来るって言ってんだろ」

「そ、そうだけど……」

　そんな眠そうにされちゃ誰でも遠慮するって……。

　「でもやっぱり……」と言いかけたところで、久世玲人からギロリと鋭い視線を向けられ、これ以上は反抗すべきじゃないと、すごすご引き下がった。

　それにしても、朝からすごく視線を感じる……。

　ふたりでこうして歩いていると、あちこちから遠慮ない
視線をぶつけられる。

　学校でも、ふたりで街に出かけた時も、それはそれは幾
度となく浴びてきたけど……。

　今日は、その視線がすごく気になる。

　久世玲人は、ひいきなしに見てもかなり整った容姿をし
ている。黙ってれば怒ってるように見えるけど、その顔は
とても端整で人目を引く。

　時折、柄の悪そうな男たちからも、因縁をつけられてい
るような敵意ある視線を向けられるけど……まぁ、それは
別として。

　やっぱり、モテるんだろうな……。

　見た目は恐いけど、意外と優しいし……。

　今だって、久世玲人は何も言わないけど、私の遅い歩
調に合わせて歩いてくれている。

　慣れない優しさにほおを染めながら、隣を歩く久世玲人
を見上げた。

　……相変わらず眠そうだけど、逆にそれが色気があるよ
うにも見える。

　そりゃ、女の子が放っておくわけないよね……。

　恐いから、面と向かって堂々と言うのはサエコくらいだ
けど……。

　……あ。

　そういえば、サエコで昨日のことを思い出した。

　久世玲人がサエコの手を引いて、教室から出て行った光

景がよみがえる。

　あのあと……。

　サエコとふたりで一緒に教室から出て行ったあと、どうなったのだろうか。

「……ねぇ久世君」

　なぜだかどうしても気になって、聞いてみることにした。

　呼びかけると、「なんだ？」と久世玲人の視線がまっすぐ私に向く。

「あの、……昨日サエコ、さんと、どうなったの……？」

「サエコと？」

　私の問いかけに、久世玲人は一瞬怪訝そうな顔をしたものの、「……あぁ」とすぐに思い出したようだった。

　黙って続きの言葉を待っていると、久世玲人は私を見下ろしながら、ニヤリと口のはしを上げて笑った。

「気になる？」

「えっ!?　い、いや、だって、あの時私もその場にいたわけだし……、っていうか、私がサエコさんを怒らせてるようなものだし……」

　気になる、って素直（すなお）に言えなくて、慌てながらもっともらしい言い訳をするけど、久世玲人のニヤニヤとした笑みはおさまらない。

　なんか、からかわれてる気分だっ……!!

　恥ずかしくて真っ赤な顔をしながらうつむくと、笑われながらポンポンと久世玲人に頭をなでられた。

「なんもねえよ。サエコには、きつく言っといたから」

「きつく……？　何を……？」

　思わず顔を上げて久世玲人を見ると、今度は優しい笑み
が浮かんでいる。

「簡単に言うと、もう俺に構うなってことと、菜都をいじ
めるなって」

「いじめるなって……」

　小学生じゃないんだから……。

　ほんとに簡単な説明だけですませた久世玲人に、あまり
納得いかないという目で訴えてみた。

「もうサエコもお前に何も言わねえよ。また何か言ってき
たら、俺に言え」

　ふたりの間でどんなやり取りがあったか、すごく気にな
るけど、……教えてくれないみたいだ。

　結局、サエコの情報はあまりわからないまま、私たちは
学校に到着した。

　ふたりの間に何があったかわからないけど……。

　問い詰めても、詳細を教えてくれそうな雰囲気じゃな
いしな……でも、久世玲人はサエコを受け入れたわけじゃ
なさそうだし……それなら、いいか。

　……って、あれ？

　思わず、歩いていた足がピタリと止まった。

　いいか、って!?

　何っ!?

　なんで私、ちょっと安心しちゃってんの!?

　サエコと久世玲人の仲が進展したら喜ばしいことだった

じゃないっ!!

"彼女"から解放されるって、せいせいしたはずじゃないっ!!

　それなのに……。

　なんで私、ホッとしてんのよ……。

　昇降口でボサッと突っ立ったまま自分の思考に驚愕していると、「菜都?」と久世玲人が怪訝そうに声をかけてきた。

「おい、菜都?」

「……」

「どうした?」

　……わわわっ。

　何も答えず、久世玲人を見つめていると、自分の顔がみるみると赤く染まっていき、どんどん熱を持ち始めた。

　どうしたの私の顔っ!!

　見られるのが恥ずかしくてバッと視線をそらすと、当然のように久世玲人は「……菜都?」と不可解そうに呼び、私へと手を伸ばしてきた。

　……ふ、触れられるっ!!

　グッと身構えていると、「あれ～?　玲人～?」と陽気な声があたりに響いた。

　その声に久世玲人も反応したようで、私への手を止め、声がした方を振り返った。

「玲人、今日早いじゃん」

　そこにいたのは健司で、いつものように明るい調子で言いながら、私たちに近づいてくる。

　よかった……なんだか救われた気がする……。

　とりあえず赤い顔を冷ませるため、さりげなく手でパタ
パタとあおいだ。

「こんな早くから来るなんて何事だよ。ていうか玲人、最
近優等生じゃね?」

「……朝っぱらからうるせぇんだよ」

　からかうような口調で話しかけている健司が、久世玲人
の陰に隠れていた私に気付いた。

「あれ〜? なっちゃんも一緒だったの?」

「あ、おはよう。うん、久世君が迎えに来てくれて……」

　ニコニコと聞いてくる健司の言葉に答えた瞬間、その顔
は突然真顔に変わり、「……え?」と聞き返された。

　あれ!?

　何か変なこと言った……?

　その変わり様に驚いていると、健司が私を凝視してきた。

「玲人が迎えに?」

「え? う、うん……」

「朝からなっちゃんの家に?」

「う、うん……」

　ビクビクしながら健司の言葉に返すと、健司が驚愕して
いるかのように目を見開いた。

「ちょっ……マジっ!? あの玲人が自ら朝のお迎えっ!?
マジっ!? マジっ!? すげえーっ!!」

　健司のテンションが一気に最高潮となった。

　叫びながら私の肩を興奮気味につかみ、ガクガクとゆら

してくる。

　そりゃ、私も驚いたけど、そこまで……。
「女にも非道な扱いしてたあの玲人がっ……!!」
「ちょっ……健司君……」
　健司の興奮はおさまらない。

　されるがままにガクガクゆさぶられていると、隣にいた
久世玲人が不機嫌に眉を寄せながら、健司の手をさっと振
り払った。
「……健司、いい加減にしろ」
「玲人？」
「人のモンに勝手に触るな」
　……なっ!!

　な、何を言ってんの久世玲人っ……!!

　そのせりふに、健司もあんぐりと口を開けたまま固まっ
ている。

　ふたりで一緒になって固まっていると、久世玲人は私を
健司から離すかのように、腰に腕を回して引き寄せてきた。

　ちょっ……人前でなんてことをっ……!!

　真っ赤な顔で口をパクパクさせながら驚愕していると、
健司も「すげぇ……」なんてつぶやきながら、久世玲人の
言動に驚いているようだった。
「なっちゃん、すげえな……。玲人を本気にさせるなんて」
「す、すごいって何がっ!?　本気って何っ!?」
「玲人から愛を感じる」
「あ、あああ愛っ!?」

「朝から見せ付けられちゃった」

　どこをどう見たらっ……!?

　やめてよーっ!!

　健司が面白そうにニヤニヤとからかってくるけど、久世玲人は不機嫌そうに顔をゆがめたまま。

「菜都、行くぞ」

　と、私の腕を引く。

　健司を無視することにしたらしい。

　それは私も大賛成なので、久世玲人におとなしく連れられていると、「あ、そうそう」と健司に呼び止められた。

　からかう口調とは違うその声に、ふたり一緒に振り向く。

「玲人。頼まれてた件、昨日片付けといたから」

「……ああ、どうだった？」

「どうもこうも、雑魚だよ雑魚。ていうか、やる前にすでに玲人がボロボロにしてただろ。なんで、わざわざアイツらを？」

「俺を怒らせたから」

「ふーん……」

　ふたりの間で私のわからない会話が進められていると思っていたけど、その内容を聞いてなんとなく勘付いた。

「あの、久世君、……もしかして」

　久世玲人のシャツをくいくいっと引っぱりながら、恐る恐る問いかけた。

「ああ。アイツら、あのあと健司たちがシメといたから」

「……え？」

「もう菜都に手を出すことはねえだろ」

　……またもや、驚愕。

　シメたって……。

　私の世界にはないフレーズに、あんぐりと口を開けて久世玲人を見てしまう。

　アイツらって、私をおそおうとした連中だよね……？

「あれ？　もしかして、なっちゃんがらみだったの？」

　健司が「なぁんだ、それでか」と、ひとり納得している様子だった。

　そして、私がビビッていることに気付いたのか、「あはは、大丈夫だよ。俺らはそういうの、日常茶飯事だから」と平然と言ってのけた。

　日常茶飯事って……。

　聞かなかったことにしよう……。

　ほおをピクピク引きつらせながら久世玲人と健司に苦笑いを返した。

「菜都、また変な奴らにからまれたら、すぐに言え」

「う、うん……」

　と返事をしたものの、これはうかつに報告できないな、とさとった。

　その後、私をおそった連中が２週間ほど学校に来なかった、いや、来られなかった、と聞き、改めて久世玲人を怒らせると恐ろしいと実感したのはまた別のお話……。

佐山君、始動

　あのあと久世玲人は、「マジで眠い……」と、教室ではなく屋上へ向かった。

　お昼までサボって寝るらしい。

　お昼休憩になったら屋上に来い、と言われた私は、久世玲人と別れてひとりで教室に向かった。

　教室に足を踏み入れると、いつもと変わらない賑やかな風景で、クラスメイトから「おはよう」と声をかけられる。

　そのあいさつをひとつひとつ返しながら自分の席につくと、隣から「……おはよう、原田さん」と声がかけられた。

　その声の主（ぬし）は、佐山君。

　いつもの爽やかなあいさつとは違う、少し硬い声。

　その声の調子に緊張が走る。

　すぐに昨日のことがよみがえり、ふたりの間に気まずい空気が流れている気がした。

　そういえば、まだ大きな問題が残ってたな……。

　あんな場面を佐山君に見られてしまい、ごまかしようがないよ……。

　恥ずかしさやら、情けなさやら、なんとも言えない感情が心を支配し、佐山君の顔をまともに見ることができない。

「お、おはよ……」

　うつむき加減で目を見ぬまま、あいさつだけ返した。

　そんな私の様子を佐山君も察してくれ、そっとしてくれ

るかと思いきや、予想に反し再び声をかけられた。

「……原田さん」

「……」

「原田さん、こっち向いて」

　佐山君とは思えない力強いその口調に、少しだけ驚きながら顔を上げた。

　彼のまとう空気が、いつもと違う。

　鋭く、真剣な表情だ。

「……佐山君?」

「原田さん、今日お昼、時間ある?」

「ええと……お昼はちょっと……」

　久世君と約束してる、と言おうとしたら、佐山君は私の言葉を待たず続けて言った。

「少しだけでいいから。話があるんだ」

「あ、えっと、うん……」

　有無を言わせない佐山君の強い言葉におされ、コクリとうなずいた。

　私の了承を確認すると、「……ありがとう」と佐山君は前に向き直り、どこか一点をずっと見つめていた。

　く、空気が重い……。

　私が予想する限り、佐山君の話とは、きっと昨日の保健室でのことだと思う。

　……それしかないだろう。

　学級委員でマジメな佐山君からしたら、私とついでに久世玲人の行動が許されるべきものじゃないと。

　クラスメイトのあきれた行動に、怒ってるんだと。

　授業が始まっても引き続き重い空気のままで、いつになく声がかけづらい状況だ。

　こうまでだと、なぜそこまで佐山君は機嫌が悪いのか不思議に思えてくるほど。

　確かに、あの時私は意識を飛ばしていたとはいえ、はたから見たらただイチャついているようにしか見えなかっただろう。

　軽率な行動に見えてもおかしくない。

　でも、佐山君がここまで不機嫌になる理由は……？

　使えない脳ミソで、一生懸命考えた。

　……あ、そうか……。

　佐山君は、久世玲人のことが嫌いだったはず。

　学校の風紀を乱す久世玲人、その彼女である私もいよいよ許せなくなってきてるんだ……。

　そうか……。

　これで納得がいく……。

　心の隅に追いやったとはいえ、憧れていた人に嫌われるとは……、なんというか……複雑な心境だ……。

　隣の席に聞こえないように、小さく息を吐きながら、終了のチャイムが鳴るのを待っていた。

　そして、この重苦しい空気はいっこうに改善しないまま、午前の授業を終え、お昼休憩を迎えた。

　いよいよだ……。

　き、緊張する……。

　チラリと隣の佐山君に目を向ければ、静かに授業道具を
片付けている。

　気が重い……。

　佐山君と話をするのは、フツーだったらうれしいはずな
のに、こんなにも気が重いのは、話の内容がわかっている
から。

　はぁぁ。

　いろいろ、注意されるんだろうな……。

　今日何度目かのため息を吐いたところで、片付けを終え
た佐山君が声をかけてきた。

「……原田さん、視聴覚室で。……先、行ってるから」

「あ、……うん」

　そう言って、佐山君は私を待たないで先に教室を出て
行った。

　ノロノロと私も授業道具を片付け、佐山君を追うように
教室から出た。

　そういえば、久世玲人にあとで屋上来いって言われてた
けれど……。

　まぁ、遅れて行けばいいか……。

　佐山君も少しだけって言ってたし、そんなに長引くこと
もないだろう……。

　視聴覚室に入ると、カーテンで締め切られている薄暗い
教室に、佐山君がひとり、後ろの方の席に座っているのが
見えた。

　お昼休憩に視聴覚室に来る生徒なんていないから、もち

ろん他には誰もいない。

　ゆっくりと近づくと、佐山君は顔を上げて「……ごめん
ね、時間とらせて」と少しだけ微笑みながら謝った。

「ううん……。話って……？」

「ま、座って？」

　そう言って、佐山君は隣の席をポンポンと叩いた。

　それにうながされるまま隣の席に座ると、佐山君は、
フーっと息を吐き、私に体を向けた。

「なんか……、こうして原田さんと改めて話すって、初め
てだね」

「あ、うん……。そうだね……」

　高校１年の時から思い返してみると、確かに佐山君とふ
たりきりでこうして改まって話し合うのは初めてだ。

「ねぇ、原田さん。高１で初めて出会った時、俺の印象（いんしょう）っ
てどうだった？」

「……へ？」

　印象？

　グッと身構（みがま）えていたけど、予想外の質問に、思わずすっ
とんきょうな声を上げてしまった。

　佐山君の、印象……？

　質問の真意（しんい）がわからずじっと見つめていると、佐山君は
クスリと笑って、もう一度言った。

「ね、どう思ってた？」

「あ、えーと……。爽やかで……、マジメで、……優しい
人だなぁって思ったよ……？」

　何を言わせるつもりだろうと思ったけど。

　その当時、というか今でも思ってることを素直に話すと、佐山君は照れたように笑った。

「光栄だなぁ。そんな良く思ってくれて」

「あは……。うん、でも実際そうだし」

　さっきの教室とは違う、いつものやわらかい雰囲気に安心し、少し笑って返した。

　良かった……。

　今は、いつもの佐山君だ……。

「俺はね？　……原田さんのこと、とても落ち着いてる子だなぁって思った」

「あ、そうなんだ……」

　まぁ確かに、私は騒ぐタイプじゃないし、できるだけ目立たないようにひっそりと暮らしていた。

　穏やかな日常が何より好きだったし。

　佐山君は直接口にはしないけど、「地味」なんだと思う。

　……でも、それが？

　昨日の保健室の話と、一体どこからどうつながっていくのだろう……？

　ただの世間話……？

「えーと、佐山君？　あの、話って……？」

「ああ、うん。……それでね？　ある時、その印象が少し変わったんだ」

「変わった……？」

　第一印象の話、まだ続くんだ……。

　もう佐山君の言いたいことを聞くしかない、そう思って耳をかたむけると、佐山君は懐かしそうに思い出しながら私に話し始めた。

「高１の秋だったかな……。委員会が長引いて、夕方遅い時間に教室に戻った時があるんだ」

「うん……」

「誰もいないはずの教室には、まだ人が残っててさ、それが原田さんと、えーと……確か松田さん」

「ああ、春奈ね」

　その時の光景を思い出しながら、佐山君の話の続きを聞いた。

「その時は、ああ、まだ人がいたんだ、って思った程度でさして気にせず教室入ったんだけど、俺が入ってもふたりは気付かず、まだしゃべっててさ」

「そ、そう……」

　少し、恥ずかしい……。

　一体、私たちは何をしゃべってたんだろ……。

「その時の原田さんが、すごく印象的だったんだ」

「その時の私……？」

「うん。いつもは落ち着いてるイメージだったけれど、その時は、松田さんにからかわれて顔を赤くして怒ったり、声を上げて笑ってたり、とにかく喜怒哀楽(きどあいらく)がわかりやすかった」

「そ、そうなんだ……あはは」

　性格をいつわっているわけじゃないけど、なんだか「素」

を見られていたような気がして、照れ笑いを返した。

　微妙に恥ずかしい……。

「俺にとって、ちょっとした衝撃で、……目が離せなかったんだ」

「……え?」

「原田さんの笑顔が、魅力的で、……すごく可愛くて」

　……え。

　な、何を言ってんの……?

　聞き間違い……?

　言われたことがすぐに理解できなくて、ポカンと佐山君を見つめた。

「その時にはっきり思ったんだ。この子の笑顔がもっと見たいって、……俺が笑顔にしたいって」

「佐山君……!?」

　このとき、私は本気で佐山君の頭がおかしくなったのだと思った。

　佐山君は、慌て始めた私に真摯な眼差しを向けながら、口を開いた。

「……好きなんだ、原田さんのことが」

　──好き……?

　え……嘘、でしょ……?

　佐山君が、私を……好き?

「あはは。原田さん、顔真っ赤」

　今しがた告白をしてきたとは思えないほど明るい口調で、佐山君はおかしそうに笑いながら指摘してきた。

　私、今、佐山君に「好き」って言われた……!?

　どういうこと……？

　思いもしなかった予想外の展開に、思考が全然ついていかない……。

　赤い顔をしたまま佐山君を凝視していると、佐山君は「そんなに見つめないで」と笑いながら返してきた。

「ほんとは、今言うつもりじゃなかったんだ。高２になって、また同じクラスになれて……。ゆっくり、時間をかけて口説こうって思ってたんだけど」

　そうもいかなくなってね、と言いながら佐山君は自嘲気味に笑った。

「いきなり久世に横からかっさらわれて……。ほんと、想定外。まさか久世がって。ふたりに接点があったことにも驚いたし」

「……」

「付き合ってるって聞いて、一度はあきらめようと思ったんだ。だけど……原田さん、いつも困ってるようにしか見えなくて……」

「……」

「俺の願望かもしれないけど、……ほんとに好きなのかな、って疑問に感じて」

　佐山君の言葉に混乱しすぎて、何も返すことができない。震える手を押さえながら、佐山君を見つめた。

「今告白しても原田さんを困らせるだけってわかってたけど、抑えられなくて……」

　これは冗談なんかじゃない、とわかるほど佐山君の目は真剣で。

　その瞳にとらわれたまま、逃げられない……。

　ただ、私は佐山君になんと言えばいいのか、どう対応すれば正解なのかがわからない。

「えと、……えと……」

　混乱したまま、目の前の佐山君を見つめていると、次第に涙腺がゆるみ始めた。

　じわじわと涙が溢れてくる。

　決して悲しいからではなく、でも、うれしさからでもなくて、ただ単にパニックになっているだけだ。

　そんな私の様子に、佐山君も驚いている。

「ぅわっ！　ご、ごめん……っ。やっぱり困らせて……」

「ち、違うの……勝手に涙が……」

　頑張って涙を引っ込めようとするけど、自分の意思じゃどうにもならなくて……。

　すると、佐山君は遠慮がちに私に手を伸ばし、そっと涙を拭ってきた。

　思わず、ビクッと体が固まる。

「ごめん……。でも、今言ったことは、考えて欲しい。もし、原田さんの心に余地があるなら、久世と別れて、俺と付き合ってほしい」

　目を見つめながらハッキリと言われ、ドクンと心臓が脈打った。

「佐山君……」

「返事は今じゃなくていいから、ゆっくり考えて」

「あの……」

「時間とらせてごめんね？　お昼、久世と約束してたんでしょ？　俺もう行くから」

「佐山君……」

「じゃあね、原田さん。まぁでも、午後の授業ですぐ会うけど」

　そう言って微笑みながら、佐山君は視聴覚室から出て行った。

　私はその背中をただ見つめることしかできなくて、ポケットの中で震えているスマホの着信に、気付くことができなかった。

モテ期到来……!?

　佐山君が出て行って数分後、フラフラとおぼつかない足どりで私も視聴覚室から出た。

　佐山君に……佐山君に……こ、告白された……。

　夢じゃないよね……。

　自分に起こった出来事が信じられなくて、どういうわけかうれしさよりも、とまどいが心を占めている。

　まさか佐山君が私のことを……。

　嘘でしょ……。

　とまどいがかなり大きいけど、さっきの佐山君の告白を思い返すと、カーッと顔が熱くなる。

　初めてだ……。

　男子に告白されたなんて……。

　それが憧れていた佐山君とくれば、……フツーだったらうれしいはずなのに。

　それなのに……。

　ああもう……!!

　ワーっと頭を掻きむしりたくなる。

　何がなんだかわからなくて、自分がどうすればいいのかもわからない。

　少しでも頭を冷静にする術はないかと、歩み進めていた足を止め、校舎の壁にピタリと体をくっつけた。

　ひんやりとする壁が体と顔の熱を吸い取ってくれている

かのよう。

　ベタリと張りつきながら、私はボーっとする頭で考えた。

　もし……これが久世玲人と出会う前だったら、私はどうしてた？

　……おそらく……。

　同じようにびっくりするだろうけど、きっと、私は大喜びで、舞い上がって、佐山君の告白をすんなりと受け入れるに違いない。

　いくら平穏な日々が好きだといっても、佐山君と想い合っているのなら話は別だ。

　今の私にそれができないのは、久世玲人の存在があるからで……。

　本当の恋人じゃない、いつわりの関係だけど……。

　間違いなく、久世玲人は私の生活の中に入り込んできていて……。

　久世玲人はなんて言うだろうか……。

　佐山君が私に告白をしたと知ったら。

　まるで、壁と一体化するかのように、ベタッと張りついて考えていたその時。

「菜都……？」

　あやしげに私を呼ぶ声が聞こえ、ピクリと体が反応した。

　声がした方に顔を向けると、そこにいたのは、変な目で私を見てくる春奈。

「……春奈ぁ」

「こんなところで、……そんな格好で何してんの？」

　春奈があやしげに見てくるのは当然だ。

　誰が見ても私の行動は不可解だろう。

　しかし、今の私はそんなこと気にする余裕もなく、春奈にすがるような視線を送った。

　今のこの状況を助けて欲しい。

　私ひとりじゃ解決できるはずもない。

「春奈ぁ……どうしよう……」

「何が？　あ、ていうか久世君があんたを探してたわよ？」

「……え？」

「うちの教室まで乗り込んできて……すごい形相だったけど、菜都、何かしたの？」

　……久世玲人が、私を探してた……？

　はて……？

　……ハッ!!

　しまったぁっ!!

　お昼に屋上来いって言われてたんだっけ!!

　佐山君の告白という強烈な出来事のせいで、すっかり頭から抜けてたっ!!

　やばいっ!!

　慌ててポケットからスマホを取り出して見ると、そこには久世玲人からの不在着信が10件以上。

「ひいぃ……っ!!」

　またやってしまったっ!!

　ほてっていた体が一瞬で冷め、背中に寒気が走った。

「ごめん春奈っ!!」

　慌てて春奈と別れ、屋上へと方向転換しながら急いで久世玲人のスマホに電話をした。

　……プルル……。

『菜都っ!?』

『ご、ごめん久世君っ!!』

　私からの連絡を待っていたかのように、ワンコールもしないうちに出た久世玲人に、開口（かいこう）一番すぐさま謝った。

『菜都どこにいるっ!?』

『ほんとにっ……ごめんっ!!　今……っ屋上に向かってるから…っ!!』

　校則（こうそく）なんて無視して急いで走りながらしゃべっているから、ゼェゼェと息が切れてしまう。

『今ひとりかっ!?』

『うんっ……!!　ごめん、すぐ行くっ……!!』

　乱れた呼吸のまま『ごめんっ……!!』と一方的にひたすら謝っていると、『……すぐに来い』と静かな声で返された。

　お、怒ってらっしゃるっ……!!

　今回は、……いや、今回も私が悪いのでもう顔向けできない気分だ。

　心の中でひどく反省しながら、さすがに今回は叱られる覚悟で屋上に向かった。

　そして、急いで階段を駆け上がり、息切れしながらも無事屋上にたどり着いた。

「ごめん、久世君っ!!」

　重い扉を勢いよく開きながら、ここで待っているであろう久世玲人の姿を探した。

「久世君っ……」

　目的の人物は探すまでもなく、屋上を囲うフェンスに背を預けて座っていた。

　私が来たことに気付いたようで、ゆっくりと顔をこちらに向けた。

　やっぱり、怒ってるのかな……。

　妙に張り詰めた空気に緊張感を高ぶらせていると、久世玲人は何も言わないまま立ち上がり、鋭い目で私を見すえる。

「ご、ごめんってば……」

　その威圧感にビクビクしながら謝った。

　どんなお叱りが飛んでくるのだろうかと、恐ろしくていまだ屋上の入り口から動けないでいる。

　ツカツカとこちらに向かって来る久世玲人に、ギュッと目をつむって身構えた。

　おとなしく怒られるしかない……!!

　そう決心してお叱りの言葉を待っているけど、待ち構えている言葉はいっこうに聞こえてこず、……代わりに、グイッと引き寄せられ久世玲人の腕が私の背に回った。

　……え？

　と思った時にはもう遅く、そのままギュッと抱き締められた。

　閉じていた瞳をパッと開けると、目の前にあるのは制服

のシャツ。

「え？　え？　あの、久世君っ!?」

　予想してなかった行動に驚きの声を上げると、久世玲人はさらに強く力を込めて抱き締めてきた。

　な、なんで抱き締められてるの……っ!?

　顔が熱いっ!!

　きっと、真っ赤になってるっ!!

　どうにかしようと腕の中で身をよじるけど、久世玲人は離してくれない。

　それどころか、私の首筋に顔を埋めてくる。

「マジで心配した……。また菜都に何かあったんじゃねえかと思って」

「えっ!?　……あ」

　もしかして……。

　怒ってたんじゃなくて、……私のこと、心配してくれてたの……？

「あ、あの……久世君……？」

「相変わらず電話出ねえし、どこ行ってもいねえし、誰も知らねえって言うし」

「ごめんなさい……。また、心配かけて……」

　昨日のことがあったばかりだ。

　久世玲人が私の身を心配したのは、ちっともおかしなことじゃない。

　素直に謝罪すると、久世玲人は少し体を離しながら私の顔をのぞき込んだ。

　心なしか、その表情はとても余裕がないように見える。

「どこで何してたんだ？」

「いや、あの……。ちょっと、呼ばれてて……」

　まさか正直に「告白されてました」と言えるはずもなく、適当にごまかそうとしたけど……。

「誰に？」

「えっ!?　せ、先生……に」

　鋭く聞いてくる久世玲人に、ドキッと心臓が跳ねた。

　思わず嘘をついてしまったけど、キョロキョロと目を泳がせて答える私を、久世玲人はジトッと見てくる。

「……あやしいけど、まぁいい。菜都が無事なら」

　そう言って、再び私をギュッと抱き締める。

　また、違う意味でドッキーンと心臓が跳ねた。

　私の心臓は本当に壊(こわ)れてしまうんじゃないかというくらい、ドキドキと高鳴っている。

　ほんの数分前、佐山君に告白されてドキドキしたというのに、今はそれ以上に激しく脈打っている。

　言ってしまえば、かき消されてしまいそうだ。

　それほどまでに、今の久世玲人の言動は強烈。

　もう抵抗する余力(よりょく)なんて私には残ってなく、腕の中でカチカチ固まっていると、久世玲人は再び私に顔を寄せ

「菜都……」

　と、耳元でささやいた。

　……っ!!

　その声にギュッと身を縮(ちぢ)こませていると、久世玲人の唇

がほおをかすめた。

　ひゃあぁっ!!

　何っ!?

「ちょっ……く、久世君っ……」

「何？」

「な、何するのっ……!?」

　不穏な動きを始めた久世玲人に、思わず腕を突っ張りながら離れようとした。

　どうにかしなければ、またされるがままになってしまうっ!!

　ここ最近の久世玲人はおかしい……!!

　固まって照れてる場合じゃなく、勇気をふりしぼって久世玲人に向いた。

「あ、あの、久世君っ!!　こういうの……、よ、良くないと思うのっ……!!」

「こういうのって？」

「いや、あの、……だ、だから、抱き締めるとか、……キ、キ、キスとか……」

　自分で言っていて、恥ずかしくてたまらない。

　泣きそうな顔で訴えるけど、久世玲人はおかしそうに笑いながら私の顔をのぞき込む。

「で？　こういうのは控えてほしいと？」

「う、うん……」

　もちろん!!　と思いながら、ブンブンとうなずいた。

　だって、こういうのは「本当」の彼女の役目だし……。

「菜都、俺たち付き合ってんだろ」

「え、いや、まぁそうなんだけど……。でもそれは」

「いいか？　菜都の彼氏は俺。つまり、俺は菜都に"こういうの"していいわけ。ていうか、この程度ですませてんだからありがたく思え」

「なっ……!!　何その久世論っ!!　だからって、何してもいいわけないじゃないっ」

　私の意思なんて無視だしっ!!

　思わずムキになって言い返すと、久世玲人は私を見ながらフッと鼻で笑った。

「知らねえのか菜都。彼氏は彼女に何してもいいんだよ。そういうもんだろ」

「はいっ!?」

「まぁ今はまだ我慢してやるけど。……言っとくけど、限界を超えたら知らねえから」

「げ、限界って……!?　限界って何っ!!」

　その意味深な発言にあせりながら声を上げるけど、ニヤリとした笑みを返されるだけ。

「で、でもっ!!　私と久世君は……」

　本当の恋人同士じゃないじゃないっ……!!

　と叫べたら……。

　核心をつく勇気がなくて思いとどまってしまう。

　むむむ、と口をつぐみながら言いたいことを言えずにいると、久世玲人が「そういえば……」と私の手を取り、手首を見てきた。

「ひゃっ……!!」

　その瞬間、保健室で手首にキスされたことが思い出され、慌てて引っ込める。

「おい。菜都、見せろ」

「だ、大丈夫っ！　もう大丈夫だからっ……!!」

「いいから見せろ」

　嫌がる私の手を無理やり取り、久世玲人が手首を確認している。

「だ、大丈夫でしょ？　もう赤くないから……だから離してよ……」

　確認し終えると、今度は私の首をサラリとなでながら満足そうに微笑んだ。

「ここはまだ紅いな」

「ちょっ……!!」

　そ、そこは、久世玲人にキスマークつけられたところだっ……!!

　思い出させないでよっ!!

　カーッと真っ赤な顔をしながら久世玲人の手を振り払おうとするけど、ガッチリとつかまれたまま。

「消えたから良かったものの……。他の男の跡がついてるなんてありえねえだろ」

「つかまれて赤くなっただけだしっ……!!　それに不可抗力だしっ……」

　ていうか、私被害者なんですけどっ!!

　なんで注意されてる感じになってるのっ!?

　若干納得いかない表情で久世玲人を見上げると、今度は真剣な目つきでまっすぐ見すえられた。

「もう誰にも触れさせんじゃねえぞ。菜都に触れていいのは俺だけだ」

　え……。

　な……何を……言ってんの……。

　まっすぐ見つめられながら、そんなせりふを吐かれた私はどうすればいいのかわかるはずもなく……。

　真っ赤な顔して何も言えないでいると、再び右のほおに久世玲人の唇が触れるのを感じた。

Step 5

魔性の女

　どうすればいいの……？

　私の周りの環境が、めまぐるしく変化している。想像の域を越えた変化に、私の心と頭がついていかない。

　あれからすぐに休憩時間が終わるチャイムが鳴り、それに助けられた私は逃げるように屋上から去った。

　しかし、教室に戻ってもそこには佐山君がいて、またすぐに告白された事実を思い出す。

　結局ここでもどうすればいいのかわからないままで、まともに佐山君の顔も見れない。

　そんな私の様子に佐山君も遠慮すればいいものを、楽しそうに話しかけてくる。

「原田さん、今すごく困ってるでしょ？」

「えっ!?　だ、だって……」

「あはは、わかりやすいなぁ。でもその調子。もっと僕を意識してもらわなきゃ」

「さ、佐山君っ!?」

　再び、カーッと顔が赤くなってしまう。

　こんな人だっけ……？

　そんなことを直球で言われたら、なんて返せばいいのかわからないよ……。

　困り顔で佐山君をチラッと見上げると、佐山君の動きが止まり、「……原田さん」と少し硬い声が返ってきた。

　心なしか、その顔は少し赤くなっている。

「かわいいなぁ。ひとり占めしてる久世がムカつく」

　ここが教室だということも忘れてしまうほど佐山君に熱い視線を向けられ、思わず逃げ出したくなってしまった。

　ひとりになって考えたい……。

　佐山君の攻撃を受けながらも、どうにか午後の授業を終え放課後を迎えた。

　久世玲人からすぐさま「帰るぞ」と電話がかかってきたので、30分後に校門で待ち合わせることにした。

　とにかく、これから先のことをちゃんと考えなければいけない……。

　教室にもいづらいし、教室から出ても久世玲人が待っているし……。

　ひとりになるな、って言われてたけど、ちょっとでもひとりにならないと考えられない。

　佐山君は、私のことが好き。

　しかし、私は久世玲人と付き合っている。

　でもそれは、いつわりの関係で本当のカップルではない。

　と、思っていたけど、最近の久世玲人は本当の彼氏であるかのような言動を繰り返す。

　いくら自分が鈍感でも、さすがに気付き始めた。

　久世玲人は、私のことを少なからず気に入っている、と思う……。

　自意識過剰かもしれないけど、当初の久世玲人の態度に比べたら、その差は歴然だ。

え……てことは、これって微妙に三角関係？

いや、いや、久世玲人に好きだと言われたわけでもないし……。ていうか、気に入ってるというだけで、好きだとは限らないし……。

ぐるぐるとまとまらない考えを巡らせていたその時、「よっ、魔性の女」という悪意ある声が中庭にあるベンチの方から聞こえてきた。

さすがに自分のことだとは思わず、何も反応しないまま足を進めていたけど、「おい！ なっちゃん無視すんなよ」と今度は名指しで呼んできた。

「私っ!?」

なんて失礼な……!!

キョロキョロとベンチの方に目を向けて声の主を探すと、そこにはいつもの３人組のひとり、泰造がいた。

ベンチに寝転がりながら、ヒラヒラとこちらに手を振っている。

「今、魔性の女って聞こえた気が……」

「ああ、言った」

「ちょっとっ!! なんでそんなこと……!!」

そんな私に似つかわしくない呼び名、初めてだっ…!!

思わず近づきながら詰め寄ると、泰造はそのでかい体を起こしながらニヤリと不敵に笑った。

「……好きなんだ、原田さんのことが」

「えっ…!? な、何っ……!?」

急に何っ!?

　何言ってるのっ!?

　あわあわとあせるところだったけど、泰造は相変わらず
ニヤニヤとしたまま。

　ま、まさか……!!

「き、聞いてたのっ!?」

「ご名答」

「うそっ!?　だって、あの時、視聴覚室には誰もいなかっ
たはず……!!」

「残念。俺、前の方で寝てたから」

「うそでしょっ!?」

　じゃあ、あの告白の一部始終を聞かれてたってこと!?

　なんてことだっ……!!

　頭をかかえたい気分におちいっていると、泰造は続けて
しゃべる。

「お前モテんだな。やるじゃねえか」

「……なんか、ほめられた気がしない」

「まぁまぁ」

　口が悪い泰造のペースに持っていかれそうだ。

　むっとしながら泰造を見ると、再びニヤリと余裕の笑み
を返された。

「玲人をフって、あいつと付き合うのか？」

「そ、そんな……!!　そんなことできないよっ!!」

「なんで？」

「なんでって……」

　……あれ。

　なんで、できないんだろう。

　んん？

　と首をかしげながら考えていると、泰造はさも当然と
いった感じで続ける。

「簡単じゃん。玲人よりあいつの方がいいなら、別れれば
よくね？」

「え……」

「玲人と別れて、あいつと付き合う」

　久世玲人と別れる……？

　思いもしなかった泰造の言葉に、しばらく考え込んでし
まう。

　そんなことできるんだろうか……。

　私から別れるという選択肢は考えてなかった。

　解放されることばかり願ってただけで。

　そもそも、私から別れたいと切り出したところで、受け
入れてもらえるんだろうか。

　そんな私の思考を読んでいるのか、泰造は小さく笑いな
がら言う。

「ま、玲人は許さねえだろうな」

「許さない……？」

「そう簡単に玲人はお前を手離さない」

「……それは、私のことを、気に入ってる……から？」

「んー……というより、惚れてるから」

「ほっ!?」

　惚れてるっ……!?

「俺が言うのもなんだけど、玲人はお前に惚れ込んでる」

「な、なんでよ……!! 根拠はっ!?」

「見てりゃわかるさ」

「見てりゃって……」

　なんだ、結局は勘じゃない……。

　思わずジロリと泰造をにらんだ。

「まぁまぁ。そんな恐い顔すんなよ。せっかくの可愛い顔が台無しだぜ?」

「茶化さないでよ」

「怒るなって。まぁ、でも俺が言ったことは間違いない。玲人、今まで付き合ってきた女を必要以上に近づけさせなかったけど、お前は違う」

「違うって……?」

「常にそばに置いときたいって感じ?」

「なっ!? 何それ……!!」

　常にそばになんていないしっ!!

「可愛くて仕方ねえんだろ。それに玲人、相当我慢してるみてーだしな。普通ならとっくに食われてんぞ」

「食われっ……!?」

「鈍感でお子様な彼女だから、玲人も考慮してんだろ」

　プシューと沸騰しそうなほど真っ赤な顔になっている私を見て、泰造はケラケラとバカにしたような笑いを繰り返していた。

「良かったな、なっちゃん。大切にされてて」

「なっ……!! 大切にされてるって言えるのっ!?」

「言えるさ。例えば、お前を傷つけようとする奴がいたら、玲人は徹底的に潰しにかかるだろうな」

「潰すって……」

「ほら、健司から聞いたけど、お前をおそおうとした奴がいたんだろ？　そいつらも玲人の指示で健司たちが片付けたし」

　潰すとか、片付けたって……。

　聞きながら、ピクピクとほおが引きつる。

「それに、この前も見たけど、いつも玲人の周りうろついてた派手な女。えーと……名前忘れた」

「もしや、サエコ……？」

「そうそう。ギャーギャーうるせえ女。あいつにもキツイこと言ってたし」

「え……。な、なんて言ってたの……？」

　久世玲人からは適当にはぐらかされたけど、泰造もその場にいたんだ……。

「二度と、俺と菜都に近づくなって。たとえ女でも、菜都を傷つけたらただじゃおかねえ。ぶっ殺してやるって」

「ぶっ殺す……!?」

「それはそれは、横で聞いてた俺も寒気が走るほど、恐ろしかった」

　その時の光景を思い出したのか、泰造が苦笑いでこちらを見る。

「泣きながらあの女も食い下がってたけど、玲人、きっぱり切り捨てたし」

「切り捨てた……？」

「そ。他の女は誰もいらない。俺は、菜都しか欲しくないってさ」

「……」

　再び、顔中に熱が集まるのを感じた。心臓がドクドクと騒ぎ出す。

　泰造から聞いただけでも、こんな状態になるのに、本人からその言葉を聞いてしまったら、私の心臓は一体どうなってしまうんだろうか……。

「どっちの男を選ぶ？　あの爽やか君と、玲人と」

「どっちって……」

　そんな選択を迫られても、私には今のこの状況をどうにかしようという知恵も度胸もない。

　ぐっと言葉に詰まっている私に、泰造はあのイヤな笑みのまま答えを求めていたけど、ふと、私の後ろに視線を向けた。

「……あーあ、タイムオーバー」

「……え？」

　後ろを見ながらつまらなそうにつぶやいた泰造につられて、私も後ろを振り向くと、そこにはやや不機嫌な顔をした久世玲人がいた。

「ひゃあぁ!!　く、久世君っ!!」

　突然の登場に、思わず悲鳴まがいの声があがった。

　さっきの泰造の言葉のせいで、私の顔はボボボッと瞬時に真っ赤に染まっていく。

は、恥ずかしすぎて直視できないっ……!!

　尋常じゃないほど赤面しながら慌てふためく私を見て、久世玲人は眉を寄せながら泰造に低い声で問う。

「てめぇ、菜都に何した」

「まぁまぁ、怒るなよ。世間話をしてただけだって」

　決して世間話レベルの会話じゃなかったけど、これ以上深く追及されるわけにいかないので、私も慌ててブンブンとうなずき、泰造に賛同した。

「世間話、ねぇ……」

　そんな私たちふたりを久世玲人は完全に疑いの眼差しで見ていたけど、追及してもムダだとさとったのか、あきらめ気味に私に向いた。

「菜都、いい加減待ちくたびれた。帰るぞ」

　有無を言わせぬままずるずると引きずられ、足がもつれそうになりながらも必死について歩いた。

　途中、チラリと泰造の方に振り返れば、ニタニタとあの笑みを返され、私の顔は再びカーッと赤くなったのだった。

肉食男子

　さっきの泰造の話が頭の中を駆け巡って、久世玲人のことを直視できない。
「菜都、機嫌悪いのか？」
「え？」
　もしかして、ただ視線に困ってたのが、機嫌悪そうに見えた……？
　思いもしなかった言葉に、思わず久世玲人を見上げた。
「やっと見た」
「え？　な、何が？」
「さっきから、まともに俺の顔見ねえし。やっぱり、泰造に何か言われたのか？」
「ち、違っ……!!」
　その通りだけどっ!!
　またもさっきの泰造の言葉が思い出され、久世玲人を見つめながらカーッとみるみる顔が赤くなってしまう。
「うっ……」
　顔の熱がおさまらないっ!!
　そんな私の様子を、久世玲人はじっと見下ろしてくる。
「菜都」
「ははははいっ」
「……誘ってんの？」
「なっ!!　何言ってっ……!!」

　誘ってるっ!?

　誘ってるって何っ!?

　ギョギョッとあわてる私をよそに、久世玲人は変わらずまっすぐ私を見下ろしている。

「さ、誘ってないよっ!!　何にも誘ってないっ!!」

　ブンブンと首を振りながら力いっぱい否定すると、久世玲人はおかしそうに笑った。

「じゃあ、なんでそんな反応してんだよ。顔真っ赤」

「うっ……」

　痛いところを突っ込まれ、何も言い訳できない。

　バッと目をそらし顔を見られないようにうつむくと、久世玲人は「変な奴」と笑いながら、頭をなでてきた。

「あんまり、そういう顔見せないように。特に他の男の前では」

「は、はい!?」

　……え、と……どういう意味……?

「よし、帰るぞ」

「う、うん……。あ、鞄、教室に取りに行かなきゃ……」

　その瞬間めんどくさそうな顔をする久世玲人に慌てて言った。

「すぐ取りに行って来ますっ」

「いや、一緒に行く」

「だ、大丈夫っ!　寄り道しないでダッシュで行ってくるからっ!」

「おい、菜都……!」

　ついて来ようとする久世玲人を「待ってて！」と押さえ、急いで校舎内に入って教室へ向かった。

　少しの間でも、ひとりになって心を落ち着けないといけないっ!!

　じゃないと、いつまでもドキドキしっぱなしだっ!!

　落ち着くのよ、菜都っ!!

　鞄を取りに急いで教室に戻ると、クラスメイトは数人残っている程度。ほとんどの人がもう帰宅したか、部活へ行ったらしい。

　私も早くしなきゃ！

　そう思って足を進めようとしたけれど、自分の席を確認した瞬間、思わず踏みとどまってしまった。

　……佐山君が、まだいる。

　ものすごく行きづらい……。

　しょうがないから、サッと鞄だけ取って、素早く逃げようか……。

　……いや、でもそれは不自然だよね……。

　失礼だし、いつも通り、フツーにしなきゃ……。

　そう心の中でとなえながら、ぎこちなく足を動かし、自分の席まで向かった。

「あ、原田さん。おかえり」

　ソロソロと近づく足音に、佐山君は振り返る。

　早速気付かれてしまった。

「さ、佐山君っ！　まだ、残ってたんだねっ……！」

　なるべく平静をよそおうつもりが、意識しすぎて声が上

ずってしまう。

「うん。原田さんの鞄がまだあったから、帰ってくると思って待ってたんだ」

「そ、そっか……」

　気のきいたことが言えず、困ったようにうつむいてしまうと、佐山君がクスリと笑った気配がした。

「なんか、僕がいじめてるみたいだね。そんなつもりじゃなかったんだけどなぁ」

「そ、そんなことはっ……！」

　おかしそうに言う佐山君に、慌てて首を振って否定した。

　ちゃんと対応できない私のせいでもある。

　思えば、佐山君は真剣に告白してくれたというのに、私は何も答えることができなかった。

　返事はあとでいい、って言われたけど、こういうことは早く答えた方がいいのでは……。

　現状維持、それが私が出した答え。

　早く、伝えなきゃダメだよね……。

　どうにか勇気をふりしぼって、佐山君に顔を向けた。

「あの、佐山君……」

「何？　どうしたの？」

「あ、あのね……、今日、私に言ってくれたことなんだけれど……」

　まっすぐ見つめられたけど、その視線にひるまず、言葉を続けた。

「その……、佐山君が、私のことを……す、好きって言っ

てくれて、ビックリしたけど、すごくうれしかった。だけ
ど……」

　そして、心臓をバクバクさせながら、いよいよ本題に入
ろうとしたその時、

「原田さん、ちょっと待って」

　決意を固めた私の言葉をさえぎるように、佐山君がス
トップをかけてきた。

「え？　え？」

　予想していなかった佐山君の中断の言葉に、これから言
おうとしていたことがすべてふっ飛ぶ。

　意表を突かれ、まばたきしながら止まっていると、佐山
君は「ごめんね」と苦笑した。

「言ったよね？　返事は今じゃなくていい、って。……て
いうか、今されるのは正直なところ、イヤなんだ」

「……え？　どういう……」

　今、返事をされるのはイヤ？

　なんで？

　若干パニックになっている私を見て、佐山君はもう一度
苦笑する。

「ごめんね、中断して。でも、僕も無鉄砲に告白したわけじゃ
ないからさ」

「えっと……」

「どんな事情があるにせよ、原田さんは久世と付き合って
るわけだし」

「うっ……」

　久世玲人との関係には裏事情があると、佐山君もうすう
す気付いているんだろうか……。
「久世の存在にあせってるのは事実だけど、返事をせかす
つもりは全然ないんだ。むしろ長期戦？　そりゃ、僕を選
ぶって言うつもりだったなら、バンバンザイだけど」
「えっ!?」
「でも、原田さんは、そんな決断はしない。久世と付き合っ
てる事実がある今、僕の想いをすぐに受け入れるっていう
選択ができる人じゃないでしょ?」
　うぅ……た、確かに……。
　佐山君の言う通りだ……。
　どうして私の考えていることがわかるんだろう……。
　不思議そうな顔をしていることに佐山君も気付いたよう
で、少し笑いながら言った。
「それだけ、原田さんを見てきたってことだよ」
「……っ」
　そんなせりふをサラリと吐き出され、私の顔はどんどん
赤面していく。
　今日、一体何度赤くなったことか。
「というわけで、返事を聞くのは保留にさせてくれない?」
　ここまで言われてしまえば、私の首は自然と、こくん、
とうなずいてしまう。
「良かった、ありがとう」
　そう言いながら、佐山君は私にニコリと笑った。
　確かに、佐山君に言われた通り、私は真剣に考えよう

していなかったかもしれない。

　佐山君の真剣な気持ちに対して、なんて失礼なことをしてしまったんだろう。

　恥ずかしさやら、情けなさやら、申し訳なさやら、複雑で苦い感情が巡り、胸が締め付けられる。

　唇を噛み締めるようにうつむく私とは反対に、佐山君はやっぱり笑っている。

「ま、僕のことが大キライって言うならしょうがないけど。その時は早めに言ってね」

「そんな……。大キライだなんて……、まさかそんなわけないよ……」

「良かった、それはひと安心」

　私が落ち込まないように気を遣ってくれているのか、佐山君は、重苦しい雰囲気にならないように、ずっと笑っていた。

　……ほんとに、優しい人……。

　こんなに優しい人のこと、キライになんてなるはずがない……。

　むしろ、私にはもったいないくらいだよ……。

「ごめんね？　めんどくさい男で」

「ううん、そんなこと……」

　いくらパニックになってたとはいえ、ちゃんと佐山君の想いを考えてなかった。

　佐山君の言う通り、ちゃんと考えて返事をしよう。

　そう自分に言い聞かせたところで、佐山君が鞄を持ちな

がらニコリと私に向いた。

「もうみんな帰っちゃったね。せっかくだし、このまま一緒に帰らない？」

「……え？」

　教室を見まわすと、数人残っていたクラスメイトはみんなもう帰ったみたいで、残されているのは、私と佐山君だけだった。

「……もしかして、久世と一緒に？」

「あぅ……、う、うん……」

　私のことを好きだという人に、他の男子と帰ると告げるとは、なんて酷なことだろうか……。

　自分が同じことを言われたら、絶対立ち直れない気がする……。

　気まずい思いでいる私をよそに、佐山君は「そっか、残念」と、やはり明るく返してくる。

　あ……。

　そういえば、思い出してしまったけど……。

　……久世玲人を待たせたままだ……。

　まずい……。

　なかなか戻らない私に、久世玲人もいい加減キレているかもしれない……。

「原田さん？　どうしたの？　急に青い顔して」

　もしかしたら、また着信をシカトしてるかも……!!

　佐山君の声にも気付かず、急いでポケットの中のスマホを取り出そうと手をかけたところで、教室のうしろの扉が

ガラッと開いた。

　背中にヒヤリと悪寒（おかん）が走った気がする。

「……菜都、遅い」

　気のせいじゃない。

　その低い声に、ブルル、と身震いしてしまった。

　恐る恐る振り返ると……。

　声の主、不機嫌そうに眉を寄せた久世玲人が、こちらをにらみつけるように立っていた。

「く、久世君っ……!!」

　どうしようっ!!

　久世玲人からは不機嫌オーラが放たれており、射るような視線は体が縮み上がるほど。

　ひとりでビクビクしていると、久世玲人はゆっくりとこちらに足を進めながらチラリと佐山君を一瞥した。

　……そして、再び私に視線を戻す。

「何してんだ。早く帰るぞ」

「あ、うんっ……ご、ごめんっ……!!」

　こ、恐いよっ……!!

　その様子に動けないでいると、久世玲人は「菜都」といらだちを含ませながら、佐山君から引き離すかのように、私の腕をつかんでグイッと引き寄せた。

「キャッ……!!」

「帰るぞ」

　そう言って久世玲人は、バランスをくずしてよろける私なんてお構いなしに、無理やり引き連れてこの教室から出

て行こうとする。

「あ、あのっ……ちょっと……」

　困惑しながら、チラリと佐山君を振り返った。

　私のそんな視線に、佐山君も苦笑しながら口を開く。

「久世、ちょっと強引すぎない？　僕、原田さんと話してたんだけど？」

　穏やかだけど、どこか挑戦的な言い方。

　久世玲人も足を止め、ゆっくりと佐山君を振り返った。

　不快そうに眉をひそめながら、佐山君をじっとにらみつけている。

　しかし、そんな恐ろしい視線にも佐山君はひるまない。

「それに、原田さんが怖がってるよ？　何をそんなに怒ってんだよ」

「てめえには関係ねえだろ」

「うーん……そうでもないけど」

「……ああ？」

　佐山君の意味深な言葉に、より一層久世玲人の眉間のシワが深くなるけど、それでも佐山君は臆することもない。

　穏やかな口調のまま、言葉を続ける。

「久世、原田さんのこと、……どう思ってんの？」

「……何が言いたい」

　久世玲人に向かって放たれた佐山君の言葉に、心臓がドクリと鳴る。

「前にも言ったけど、付き合ってるように見えないからさ。本当のところは、どうなんだろうと思って」

　遠慮ない佐山君の問いに、久世玲人は答えない。

　変わらず、鋭い視線で佐山君を見すえたまま。

　この沈黙の時間が私の中の緊張感をあおり、ドクドクと鼓動が響く。

　久世玲人はなんと答えるのか、そればかりが気になっていると、佐山君が小さく苦笑する声が聞こえた。

「ごめんね、原田さん」

「えっ……？」

　突然私に向けられた言葉に、驚きながら佐山君に目を向ける。

「こんなこと言うつもりはなかったんだけど、つい。引き止めてごめんね、もう帰るよ」

「あ……う、うん……」

　そして、佐山君は久世玲人の答えを聞かないまま、私にニコリと微笑む。

「じゃあね、また明日」

　まるで何事もなかったかのように、ヒラヒラと手を振りながら帰っていく佐山君に、さよならのあいさつも返すことができず、その背中を見送った。

　か、帰っちゃった……。

　佐山君が先に帰ってしまい、教室に残されたのは、私と久世玲人のふたり。

　緊張感が漂ったまま、シーン……と静まりかえっている。

「……」

　無言のまま恐る恐る久世玲人を見上げると、おもいっき

り不機嫌な目つきでジロリと見下ろされた。

　お、怒ってるよ……。

　さっきの答えが気になっていたけど、それを聞き出す状況ではないとさとった。

　これは、相当機嫌が悪い。

　久世玲人は私を見下ろしたまま、ゆっくりと口を開く。

「……ダッシュで行ってくるっつったよな？」

「ご、ごめ……」

「なんでこんなに遅い？」

「いや、あの……」

「アイツ、なんなの？」

　眉を寄せたまま、久世玲人はジリジリと問い詰めてくる。

　そして、久世玲人は私を囲むように壁に手をつき、鋭く見下ろしてくる。

「アイツと、何してた」

　ヒヤリ、と背中に冷や汗が流れた。

　厳しく問い詰める口調にひるんでしまい、言葉が出てこない。

「俺には言えないことか？」

「そ、そんなこと……」

　さらにグッと距離を詰められ、心臓がドクンと跳ねた。

　ち、近い……。

　息がかすめるほど間近で見つめられ、こんな状況だというのに、私の心臓は、ドキドキと高鳴っていた。

「アイツと、何を話してた？」

「ええと……」

　泰造の時は、何を話してたのかとそれほど問い詰めてこなかったけど、今は言うまで容赦しないという感じだ。

　この状況から一刻も早く解放されなければ……。でも、なんて答えれば……。

　必死で答えを見つけようとグルグルと考えを巡らすけど、私の頭は今、まったく役に立たない状態だ。

　何せ、目の前には久世玲人の顔。

　不機嫌そうにゆがめられているけど、素が端整な顔つきなだけに、恐怖よりも照れの方が上回ってしまう。

　うぅっ……。

　またもやカーッと顔が赤くなる。

　久世玲人に見つめられると、条件反射のように真っ赤になってしまう。

「何、その反応。……何かされたのか」

「違っ……！！」

　思わずうつむいてしまうけど、久世玲人はそれを許さないといった感じで、私のあごに手をかけてクイッと持ち上げた。

　再びその強い視線にとらわれ、逃げられない。

「菜都、忘れるな」

「な、に……」

　あごにかけられていた手がほおに移動し、ゆっくりとなでられた。

　触れられている部分が、どんどん熱を持ち始めている。

　それに比例して、心臓も尋常じゃないほど、激しく高鳴っていく。

　……久世玲人に触れられると、自分の体が、おかしくなる……。

　忘れるな、という言葉の続きを待っていると、ゆっくりと久世玲人の顔が近づき、耳元で息がかすめた。

「……菜都は、俺のってこと」

　そう小さくささやかれ、全身がしびれるほど、ゾクゾクする。

　立っていることもままならなくて……。

　目の前にあるシャツにギュッとしがみつくと、久世玲人は私を抱き締め、そのままほおにキスを落とした。

揺れる心

　長い1日だった……。

　久世玲人と佐山君、ふたりの男に心がかき乱され、一生分の疲れを体験した気がする。

　部屋に入り、ボフッとベッドに倒れ込んだ。

　教室で久世玲人に抱き締められた時、自分がどうにかなってしまいそうだった。

　このまま流されてしまう……と思ってしまったけど、その雰囲気から一転、久世玲人はすぐ身を離し、ムッとした顔つきのままお説教タイムへと入った。

　家に帰る間もずーっと機嫌が悪く、「二度と他の男とふたりになるな」と散々怒られてしまった。

　一体どういうつもりなんだろう……。

　久世玲人の言動といい、泰造の言葉といい、……本当に私のことを……好き、なの……？

　もし、そうだったら……、私は……？

　考えると、胸がドキドキし始める。

　それに佐山君のことが加わると、もう頭がパンクしてしまいそうだ。

「うぅー……どうしたらいいの……」

　枕をギュウッと抱き締めながら、ベッドの上で小さく丸まっていたその時、プルル……とスマホの着信音が鳴り響いた。

　相手は春奈だ。

『もしもし……』

『あ、菜都？　今日なんだったの？　お昼、何か話があったんでしょ？』

『あ……』

　そういえば……。

　佐山君に告白された直後、廊下で遭遇した春奈に思わず相談しようとした。

　久世玲人のおかげで出来なかったけど……。

『あのね……』

『うん？』

　こんな難問、ひとりで解決できるはずがないと思った私は、早速春奈に相談することにした。

　佐山君に告白されたこと。

　断ろうとしたけど、真剣に考えて欲しいと言われたこと。

　……さすがに、久世玲人の言動が激しいことまでは言えなかったけど。

『すごいじゃん菜都!!　おめでとう!!』

　私の話を聞き終えた春奈は、興奮気味に声を上げていた。

　……もっともな反応だろう。

『すごい、すごい!!　やったね、菜都!!』

『えぇと……』

　素直に、うん、と返せなかった。

　うれしいとは思うけど、正直なところ、とまどいの方が大きい。

『まさか佐山君と両想いだったなんて!!　すごーい!!』

『……』

　興奮する春奈に、黙り込む私。

『うれしくないの？』

『そ、そんなこと……。だって、私、久世君と付き合ってることになってるんだよ？』

『そんなの！　別れればいいじゃない！　だって、仮の彼女でしょ？』

『そうなんだけど……』

　今、そんな簡単に自分の気持ちを片付けられない……。

『だって、佐山君のこと好きだったんでしょ？』

　……好き？

　確かに、佐山君に対して憧れを抱いていたのは事実だけど、好き、だった……？

　優しくて、爽やかで、友達も多い佐山君は、憧れている女子も多くて……。

　私も密かに想うだけで満足で、その先なんて望んでいなかった。

　それでも、もし、その時に佐山君から告白を受けていたら、私はもちろん受け入れていたと思う。

　でも、あの頃と状況は変わってしまった。

　いつの間にか、私の生活に入り込んできているのは久世玲人で……。

『……』

　再び黙り込んでしまった私に、春奈は何か感付いたよう

に声をあげた。

『あれあれ〜？』

『な、何……？』

『もしかして、久世君のこと好きになっちゃった？』

　……へっ!?

　好きっ!?

　久世玲人をっ!?

『そ、そんなことっ……!!』

　ない、の2文字が出てこない……。

　なんで、そんなことない、って否定できないの……。

　言葉が出ない自分にとまどっていると、春奈は面白そうに話を続ける。

『あーあ、やっぱり好きになっちゃったか。ま、あれだけイイ男だもんね』

『待ってよっ!!　好きって、そんな……』

　否定するけど、春奈は信じていないみたいでクスクスと笑っていた。

『ま、自分の気持ちに素直になって、ちゃんと考えな？』

『う、うん……』

　そう言って春奈との電話を切り、再びベッドにバタンと倒れこんだ。

　素直になって、か……。

　はあ―……、と大きく息を吐いて、ゆっくりと両目を閉じた。

　思い浮かべるのは、久世玲人と、佐山君。

　タイプの違うふたりの男。

　……私はどうするべきなんだろう。

　私の望む、穏やかで平和な日々を思えば、佐山君を選ぶべきだとわかっている。

　選ぶ、なんておこがましいけど……。

　佐山君となら、ほのぼのと、平穏で微笑ましい毎日が送れると安易に想像できる。

　それに比べ、久世玲人は……。

　嫉妬と支配欲が垣間見える久世玲人の言動を思い出すと、胸がドキドキと騒ぎ始める。

　怒られていたというのに、それどころじゃなかった。

　……久世玲人は、私のこと、どう思ってるんだろう。

　佐山君の問いに久世玲人は答えなかったけど、その答えが気になって仕方ない。

　結局、一晩中考えたところで決断することはできず、どうすればいいのかわからないまま朝を迎えた。

　どうしよう……。

　そればかりが頭を巡り、寝不足になってしまった。

　佐山君の告白を受け入れれば、久世玲人におびえる毎日から解放され、私の望む穏やかな毎日が過ごせる。

　頭ではそうわかっているけど、その決断ができない。

　もしかして、春奈の言うとおり、私は久世玲人のことが好きになってしまったの……？

　いや、まさかそんな……。

「はあー……」

　ため息を吐きながら部屋で朝の準備を進めていると、「菜都ー！」と私を呼ぶお母さんの声が聞こえてきた。

「何ー？」

　ドアを開けてそれに返すと、階段を上がってくるお母さんが、私を見つけてニマーッと顔をゆるませた。

「玲人君、来たわよ」

「えっ!?」

　なんでっ!?

　……ハッ!!

　そういえば、毎日来るって言ってたっけ!!

　すっかり忘れていた私は、準備もそこそこ、急いで鞄を持って階段を駆け下りた。

「お待たせ……！」

　勢いよく玄関の扉を開けて外に出ると、久世玲人が壁に寄りかかって私を待っていた。

　私に気付いてこちらに顔を向けるその表情は、昨日のような不機嫌さはなく、むしろ穏やかで……。

「菜都、髪ボサボサ」

　と、おかしそうに笑っている。

　……あれ？

　久世玲人の姿を目にした途端、私の顔はみるみると赤面していく。

　どうしてっ!?

　自分の変化にとまどい、熱くなっていくほおを押さえながら思わずうつむくと、久世玲人がこちらに近づいてくる

気配を感じた。

「なんでこんなに乱れてんの？」

　そう言いながら、目の前に立った久世玲人は乱れているらしい私の髪に触れ、サラサラとすき始めた。

「……っ!!」

　その優しい手つきに、心臓が飛び出そうなほどドッキーンと高鳴り、激しく脈打っていく。

　うっ……。

　きゅうぅ、と胸が締め付けられる。

　さらに真っ赤に顔は染まり、呼吸するのもままならないほど、胸がきゅうきゅうと痛む。

　く、苦しい……。

　どうしちゃったの、私……。

　なんでこんなに、胸が苦しいの……。

彼の優しさ

それから、何日か経過した。

相変わらず久世玲人の送り迎えは続き、特に目立った事件も起こっていないが、私は、あることを感じていた。

……自分の体が、おかしい。

特に、久世玲人と一緒にいるとその兆候は顕著で……。

ザワザワとしびれるような感覚におちいり、時折胸がきゅうっとつかまれたように痛い。

さらに、触れられると、とろけてしまいそうになるほど、体が熱くなってしまう。

まるで、自分が自分じゃなくなっていくようで、……こわい。

これは……ビョーキ？

自分の変化がこわくて、不安で、いても立ってもいられず春奈に相談したけれど、あっさりと「恋でしょ」と返されたので、速攻で否定した。

私も、17年生きてきたんだ。

恋くらい、したことある。

私が知っている恋は、もっと穏やかで、心がホワホワして、あたたかい気持ちにさせてくれるものだ。

こんなにも苦しいものではなく、体内はこんな風におかしくならない。

よって、これは恋ではない。

　じゃあ、これは一体何……？

　教室でひとり、そんな自問自答を繰り返していた。

　幸いというか、今、この教室に久世玲人はいない。

　また屋上でサボっているのか知らないけど、いつの間にかいなくなっていた。

　いつもなら、どこかに行く際は私に一言残すか、一緒に連れて行こうとするのに、黙ったままどこかに行ってしまった。

　少し気になるけど、同じ空間にいたらまた心臓が騒ぎだすので、落ち着いて考えるには久世玲人がいない方が都合がいいかもしれない。

　はぁ……、一体なんなんだろう……。

　うーん、とうなりながら考えていたその時、「原田さん？」と、隣の席にいた佐山君が爽やかに話しかけてきた。

「あ、佐山君……」

「どうしたの？　そんな難しい顔して」

「う、ううん、なんでも……」

　佐山君に話しかけられると、ドキリ、と心臓が跳ねる。

　でも、自分がおかしくなっていくあの症状とは違う感じ。どちらかというと、困惑とあせりだ。

　あの日以来、佐山君は「告白」のことに触れることなく、いつもと同じように話しかけてくれる。

　それはとてもありがたいことだけど、まだ答えを出せていない私には少し心苦しくもあった。

「何か悩み事でもあるの？」

「あ、ううん……」

　まさか佐山君に、自分の体がなんだかおかしいなんて相談できない。

　ちょっと考え事を……と、当たりさわりなく返そうとしたところで、突然、クラスメイトの男子ふたりが、バタバタと騒がしい様子で教室に入ってきた。

　興奮気味に声を上げる姿に思わず目が行ってしまい、佐山君との会話は一時中断。

　目の前でその男子ふたりが立ち止まった。

「え……？　な、何……？」

　なんだかイヤな予感がしてビクビクと身構えていると、その男子ふたりは、興味深そうに身を乗り出して声を上げた。

「久世、停学処分になったってマジ!?」

「自宅謹慎なんだろ!?　何やらかしたんだ!?」

　停学……？

　自宅謹慎……？

　寝耳に水、というか、あまりにも突然すぎる言葉に、頭が真っ白になってしまった。

　久世玲人が、停学……？

　どうして……。

　一気に体温が下がっていくような感覚におちいり、ギュッと手を握り締めて、震えそうになる体をなんとか抑えた。

「原田さん……久世が停学って、本当なの？」

　心配そうに聞いてくる佐山君の言葉に、力なく首を横に
振った。

　知らない……。

　だって、今朝もいつも通り迎えに来てくれたし、変わっ
た様子もなかった。

　私の知らないところで、何かしてたの……？

　男子ふたりの会話は他のクラスメイトにも聞こえていた
ようで、停学について一気に噂が広まっていく。

「停学って、今度は何やったんだろ」

「またケンカじゃね？」

「タバコ？　酒？」

　停学の真偽もまだわからないけれど、久世玲人がこの場
にいないということが、真実なのでは……という不安をあ
おる。

　……早く帰って来て。

　違うって言って。

　祈るように心の中で繰り返していたその時、ポケットの
中のスマホがブルル……と震えた。

　もしかして……!!

　急いでスマホを取り出して確認すると、1件の新着メッ
セージ。

　送信元はやはり久世玲人で、本文には一言、「屋上に来い」
とだけ書かれていた。

　……行かなきゃ……。

　次の授業が始まってしまうけど、そんなこと、今はどう

242

でもいい。

「原田さん!」と制止しようとする佐山君の言葉にも振り返らず、飛び出すように教室を出て行って屋上に向かった。

　わき目も振らず、急いで屋上にたどり着くと、久世玲人はいつもの場所でくつろいでいるかのように座っていた。

　その様子は、こっちが拍子抜けしてしまうほど、いつもと変わりなくて……。

「停学って……なんで……」

　そうつぶやきながら近づくと、久世玲人は「もう知ってんのか?　早ぇな」と苦笑した。

「……本当なの?」

「ああ。2週間自宅謹慎。おとなしく反省しろってさ」

　なんでもないことのようにサラリと言われ、思わずへなへなと力が抜けていき、久世玲人の前にペタッと座り込んでしまった。

「なんで……」

　こんなに心配してるのに、なんでそんなにも普通なのよ。

　ジワッと、涙が浮かんでくる。

「なんで……」

　抑えきれず、久世玲人の胸のあたりをポカポカと叩いた。

　そんな私の弱々しい攻撃を無抵抗に受けながら、久世玲人は「お?　どうした?」とおかしそうに笑っている。

「なんで……?　久世君、何やったの……?」

「……日ごろの行いが悪いせい?」

「何それっ……、素行が悪いのは今に始まったことじゃな

いじゃないっ……」
「おい、コラ」
　遠慮ない私の発言に、久世玲人が不満を顔に表してたしなめてくる。
「でもっ、日頃の行いが悪いからって、２週間も停学なんて納得できないよっ！」
　もう一度久世玲人に詰め寄ると、困ったような表情で返される。
「まー……あれだ。そろそろ反省しとけってことだろ」
「ごまかさないでよっ」
　すかさず言い返すと、久世玲人はますます困った顔で苦笑し、そして、小さくため息を吐いて観念したかのようにつぶやいた。
「昨日の夜、街でからんできた奴を返り討ちにしてたら、偶然、教頭に目撃されたってわけ」
　それで、見つかって、停学……？
　平然と言ってのける久世玲人に、もう一度、ポカリと胸を叩いた。
「何やってんのっ……もうっ!!」
「ま、運が悪かっただけだろ」
「そういう問題じゃないよっ!!　２週間も停学なんだよっ!?」
「大丈夫だ、慣れてるから」
「慣れないでよっ!!」
　珍しく怒って声を上げるけど、久世玲人はそんな私の様

子が面白いのか、まったく反省の色を見せずに楽しそうに
笑っている。

「ちょっと久世君っ!! 笑ってないで、少しは反省を……」

「菜都、もっとこっち来て」

　しかし、久世玲人は穏やかに笑ったまま、怒っている私
の声をさえぎってくる。

　いきなり何？

　怪訝な表情でいると、久世玲人は「早く」と言いながら
腕をつかみ、グイッと引き寄せた。

「キャッ……!!」

　突然、力任せに引き寄せられ、ドサッと久世玲人の胸に
倒れこむと、そのまま背に腕が回り、ギュッと抱き締めら
れた。

　ひゃあぁっ……!!

　な、何っ……!?

　ていうか、またあの症状がっ……!!

　さっきの怒りはどこへやら、胸が締め付けられると同時
にバックンバックンと心臓が暴れ出し、顔中に熱が集まっ
てくる。

「やっ……あのっ、久世君っ……!!」

　どうにか離してもらおうと身をよじるけど、久世玲人は
おかまいなしで、私の手をつかみながらスルリと指をから
ませてくる。

　ちょちょちょちょっと……!!

　ひとりでパニックになっている私に、久世玲人は顔を寄

せて耳元で優しくささやいた。

「寂しい？」

「ささささ寂しくなんか……っ!!」

　一生懸命に首を振る私を、久世玲人はまたおかしそうに笑う。

「2週間、俺がいないからって浮気すんなよ」

「う、浮気っ!?　何それっ!!」

「菜都は隙が多いからな」

　ニヤリ、と不敵に笑う久世玲人に、カーッと顔が真っ赤に染まってしまい、「からかわないでっ!!」と叫びながら、再びポカスカと久世玲人の胸を叩いた。

　こうして、久世玲人は2週間の自宅謹慎となり、家でおとなしく反省中。

　……まぁ、まったく反省していないのが容易に想像つく。

　平和主義の私からしてみれば、停学処分なんて大変な罰なのに。

　心配して、ちょっと涙ぐんでしまった私がバカみたいじゃん。

　はぁ……。

　久世玲人のいない学校生活が数日経過したけど、それはそれは平穏で、快適だ。

　なんせ、あの変な症状が起こらないから。

　でも、ただひとつ、……いや、ふたつ気になることが。

「原田さん、一緒に帰らない？」

「あぅ……えっと……」

「なっちゃん、さっさと帰る準備しろよ」

「うぅ……」

　佐山君と、泰造＆陽だ。

　放課後になると、佐山君から「一緒に帰ろう」と誘われ、それを泰造や陽がはばむ。

　……ちょっと、やめてほしい。

　さすがに毎日この光景が繰り広げられると、クラスのみんなからも注目される。

　正直、ひとりで帰りたい……。

　そう心の中で切に願っているけど、久世玲人は律儀にも、私の送り迎えを泰造や陽に命じていたのだ。

　ちなみに、健司も久世玲人と同じく停学中だそうだ。

　そしてさらに、久世玲人がいないことで、思わぬ余波があった。

　久世玲人の彼女になって、新たな友達作りに失敗した私。

　いつもならあいさつ程度しか話しかけてこないクラスメイトが、久世玲人がいない隙を狙って、ここぞとばかりに話しかけてくるようになった。

　お昼休憩の教室。

　今も私は囲まれている。

「ねえねえ！　久世君って普段どんな感じ!?」

「彼女にはやっぱり優しいの!?　どんな会話するの!?」

　大半が興味本位だけど、普段、久世玲人とばかり一緒にいるからある意味新鮮だ。

「えー……と、怒らせると恐いけど、……普段は優しいよ。
会話も、フ、フツーだし……」
「キャー! いいなぁ～! 原田さんうらやましいー!!」
　……ど、どこが……。
　ピクピクとほおを引きつらせながら愛想笑いを返した。
　できることなら、代わって欲しいんですけど……。
　そんなことを思いながら彼女たちの会話に返している
と、その中のひとりが、遠慮がちに話しかけてきた。
「ねぇ、原田さん、久世君の停学って……何やったの?」
「あー……えーっと……」
　その質問が出た途端、みんなの目つきが変わった。
　興味深く、食い入るように身を乗り出してくる。
　ど、どうしよう……。
　停学の理由は「校則違反」としか先生は説明しておらず、
久世玲人自身も周りに何も言っていない。
「ねぇ、何? やっぱりケンカ?」
「いや、あの……」
　その通りだけど、私から言うわけにいかないよね……。
　先生も久世玲人も言ってないんだし……。
　困り顔で口をつぐむと、今度は別の方向から男子の声が
飛んできた。
「俺知ってる! 暴走族と大乱闘になったらしいよ!」
「え? 俺は教師殴ったって聞いたけど」
「いや、実は万引きで警察沙汰になったってよ」
　な、なんだこれは……。

　どんどん話がデカくなってる……。

　あきれ気味に小さくため息を吐いていると、ひとりの男子が「実はさー……」と得意げに声を上げた。

「実は俺、職員室で聞こえちゃったんだよね。久世の停学のこと、先生が話してるの」

　動じることなく視線を向ける私に、彼は、「ただのケンカだよね、原田さん」と暴露し、同意を求めてくる。

「なーんだ、やっぱりケンカか」

　クラスメイトから、次々とつまらなそうな声が上がった。

　……複雑な気分だ。

　派手にやらかしてた方が野次馬は盛り上がるんだろうけど、……なんだかなぁ。

　さらに、さっきの男子も私に続けて話しかけてくる。

「でも、あいつらが学校来れなくなるほどボコったって、久世なんでそこまでキレたの？」

「……え？」

　あいつら？

　学校に来られないほど？

　……ケンカの相手って同じ学校の人だったの？

　ていうか、からまれたって聞いてたから、てっきり、通りすがりの悪い輩に因縁をつけられたのかと思っていた。

　首をかしげながらキョトンと見つめ返すと、その男子は「あれ？　知らないの？」と聞き返してくる。

　……知らない。

　コクリ、とうなずくと、その男子は「そうなんだ、相手

はね……」と、続けてしゃべり始めた。

「ほら、同じ学年で最近たちの悪い3人組がいるじゃん？
そいつら全員を、久世が校舎裏でぶっ潰したらしいよ。聞
いてない？」

「……え？」

　校舎裏……？

　それって……、私がおそわれた時のことじゃ……。

「で、その中のひとりが親と先生に言ったみたい。久世に
一方的にやられたって。本当かなぁ？」

「街で……からまれて……ケンカ、じゃないの……？」

　震えそうな声で小さくつぶやくと、その男子は「……街
でからまれて？」と不思議そうに考える素振りを見せ、

「あ、もしかしたら健司の方じゃない？　そのあと、健司
たちがそいつらシメたって」

　と、思い出したように淡々と教えてくれた。

　それって……ちょうどこの前、ふたりが会話してた内容
だ……。

　え……じゃあ、街でからまれて、ケンカしたっていうの
は……嘘？

　どうして……？

　久世玲人は、停学の理由を嘘ついてたの……？

　なんで、隠したの……。

　あの男子の言うことが本当なら、久世玲人の停学処分は、
私も関わっている……。

　あの時、久世玲人はおそわれている私を助けてくれた。

　それなのに、なんで久世玲人が一方的に悪者になってるの……？

　悪いのは、あいつらも一緒じゃない…どうして久世玲人だけ停学なの……どうして何も言わないの……？

　どうして……。

　どうして……。

「久世、ヒドくね？」

「まぁでも、あいつならやりかねないかもな」

「原田さん、キレた理由ほんとに知らない？」

　黙り込んでいる私をよそに、教室中は久世玲人の話題でザワザワと盛り上がっている。

　違うのに……。

　この場にいることが苦しくて、思わず耳をふさぎたくなったその時、

「いい加減にしろよ」

　ざわつく空気を破るような固い声が、教室に響いた。

　その瞬間、みんなの声がピタリとやみ、シンと静まる。

　……佐山君……。

「もういいだろ。みんなで詮索して、騒ぎ立てて、無神経じゃないか？」

　佐山君の厳しい言葉に、クラスのみんなは気まずそうに徐々に顔を伏せていく。

「原田さん、大丈夫？」

「うん、ちょっと……保健室……」

　誰に告げるわけでもなく、小さくつぶやきながら椅子か

ら立ち上がると、なぜだか佐山君も一緒に立ち上がった。

「原田さん、付き添うよ」

「い、いや、大丈夫……、ほんとに、大丈夫だから……」

　体調が悪いわけでもない。

　頭と心が整理できない私の問題だ。

　親切な申し出を断っていると、佐山君は厳しい顔つきのまま、「いいから」と私の手をつかみ、歩き始めた。

「え……ちょっと……佐山君……!?」

　その光景はクラスメイトもみんな驚いたようで、再びざわざわとどよめき始める。

「え？　あのふたりって何……？」

「もしかして、佐山って原田のこと……」

　そんな疑念の声が次々と上がり、私はあせりながら必死に佐山君の手を振りほどこうとした。

　しかし、思いのほか強く握られていて、なかなかほどけない。

　いつになく強引な佐山君に引っぱられて、みんなの注目を浴びたまま保健室へと向かう羽目になった。

　保健室に着くと運良く先生は不在で、授業をサボる言い訳を考えなくてすんだ。

　それに安堵しつつ、はぁ、と小さく息を吐きながら椅子に座ると、佐山君が心配そうに話しかけてくる。

「……原田さん、大丈夫？」

「あ、うん……、ありがとう佐山君。本当に、大丈夫だから……もういいよ」

　これ以上心配かけまいと、なるべく普段通りに返事をするけれど、佐山君は苦しそうな表情をしながら、私の前に座った。

「……やっぱり、久世が気になるんだろ？」

「……え、と……」

「途中から、どんどん原田さんの様子がおかしくなっていくし……。何があったの？」

　本当に心配してくれているのか、佐山君は真剣な表情で聞いてくる。

　なんでもない、と適当にごまかすことができない……。

　それで、佐山君が引き下がるとも思えない。

「私の知らないところで、久世君が一方的に停学になってるかもしれなくて……」

「……それは、原田さんに関係あること？」

「う、うんたぶん……。いろいろあって、久世君に助けてもらったことがあるんだけど、でも、そのせいで停学になってるかもしれなくて……。それを、確かめたいの」

　核心に触れずに伝えるにはなかなか難しいけど、それでも、佐山君は真剣に聞いてくれる。

　そして、数秒の沈黙が続いたあと、佐山君は私の目を見ながら、ゆっくりと口を開いた。

「……確かめて、どうするの？」

「え……？　どうするのって……」

「確かめたところで、久世の停学処分はもう下されてるわけだし、原田さんがどうにかできる問題じゃないかも」

　厳しくて現実的な佐山君の指摘はもっともだけど、それでも……。

「何もできないかもしれないけど…でも、私を助けてくれたせいで、そのせいで停学なんて……」

「久世も納得して処分を受け入れてるんだし、原田さんが気に病むことはない。停学になるべき理由が、そこにはあったってことでしょ」

「そうかもしれないけど！　でも、当事者の私が何も知らないで、久世君だけ罰を受けるなんて……。何も知らないまま、平気でいられないよ」

　佐山君と、遠慮しないでこんなに言い合うのは初めてかもしれない。

「それに、ちゃんと謝りたいの……。停学になった久世君にあきれることしかできなかったから……」

　切実な思いで伝える私をまっすぐ見つめながら、佐山君はしばらく黙り込み、そして、小さくため息を吐いて立ち上がった。

「……ずるいな、久世は」

「え？」

　突然吐かれた突拍子もない言葉に驚いて佐山君を見上げると、その顔は少し苦笑していた。

「久世なんて放っておけばいいって説得するつもりだったけど、……ムリそうだね」

　そうあきらめ気味につぶやきながら、佐山君は小さく笑った。

「原田さん、これからどうするの？　このまま保健室にいるの？」

「……久世君に確かめたい。会って、真相を聞きたい」

　それが、今の私の正直な想いだ。

　そうハッキリと伝えると、佐山君は「……そっか」とつぶやいた。

　そして、再び私に向いてにっこりと笑う。

「……行ってきなよ、久世のところ」

「え、……いいの？」

「うーん、学級委員長としては、いいって言えないけど。でも、特別。先生には体調悪くなったから早退って言ってあげるよ」

「佐山君……」

「鞄、持ってきてあげる。教室、今ちょっと戻りにくいでしょ？」

　そう言って、いつものように明るく振舞いながら、保健室から出て行こうとした。

「佐山君！　ありがとう……本当に……」

「あ、言っとくけど、原田さんをあきらめたわけじゃないから。貸しイチってことでよろしく」

「うん、……ありがとう」

　去り際、いたずらっぽく笑いながら言う佐山君に、ようやく笑顔を返すことができた。

お宅訪問

　久世玲人に確かめたい。

　会って、話がしたい。

　とりあえず、電話だっ!!

　スマホを取り出し、電話帳から「久世玲人」を探した。

　緊張するな……。

　妙にドキドキしながらコールボタンを押すと、意外にもすぐ出てくれた。

『……菜都？　どうした？』

　ぅわぁ!

　出たっ!

　なぜだかすごくドキドキしてしまい、普通に声が出てこない。

『菜都？』

『あ、あのっ……久世君……!!　あの……い、今から会える……？』

『……は？』

『あ、会いたくて……。会って、話がしたくて……』

　理由も言わぬまま「会いたい」としか伝えてないせいか、電話の向こうでは何も反応がなく、無言が続いている。

『あ、あの……久世君？　……ダメ？』

　ダメなら出直すしかない……。

　そう思っていると、久世玲人の声がようやく返ってきた。

『……すぐに、行く』

『ダ、ダメだよっ！　それはダメ!!』

『なんでだよ』

『だって、自宅謹慎中に外出してるのバレたら、大変なことになっちゃう!!　しかもよりによって学校はっ……』

『んなもんどうでもいい』

『とにかくダメっ！　私が会いに行くから!!』

　力強く宣言すると、久世玲人も『……じゃあ、どこで会うんだよ』と若干不服そうに返してきた。

『私が、そっち行く……。久世君の家、行っていい？』

『……俺の、家？』

『……ダメ？』

　外出できない久世玲人と会うには、私が彼の自宅に行くしかない。

　と思ったけど……久世玲人からの返事はいっこうに返ってこない。

　も、もしかして、家に押しかけるなんて図々しいと思われてる……!?

『いや、……ダメじゃねーけど……』

『……けど？』

　何か都合悪いことでもあるんだろうか……。

　あ……そうか。そりゃ、いきなり家に行きたいって言ったら誰でも困惑するよね……。

『抑えられるかどうか……』

『抑える？　何を？』

『いや、こっちの問題』

　歯切れの悪い久世玲人の言葉は、了承してくれてるのか
どうかよくわからない。

　どっちなんだ……？

『え、と……行ってもいいの？』

『いいけど……どうなっても知らねーから』

『……何が？』

『歯止め効かなくなったら、菜都のせいだから』

『は？』

　……会話が噛み合わない……。

　久世玲人が何を言ってるのかわからないけど、どうやら
了承してくれたってことでいいんだろう。

　よし、じゃあ行こう！

　その後、久世玲人から住所が入力されたメッセージが届
き、気合を入れながら足を進めた。

　それから、住所と添付された地図を頼りに向かっていた
けど、その途中、久世玲人から何度も電話がかかり、

『やっぱり迎えに行く』

　と過剰なほど心配されてしまった。

　……そんなに私の方向感覚が信用できないんだろうか。

　子供じゃないんだから。

　それを「大丈夫だってば！」と何度も言い聞かせながら、
１時間ほどかけて無事やって来たけど……。

　そびえ立つ高層マンションを見上げた。

　ここ……？

で、でかい……。

高級感溢れるたたずまいに思わずひるみそうになったけど、勇気を出して足を踏み入れた。

広くて豪華なエントランスはBGMにクラシックも流れていて、どこかのセレブが住んでそうな雰囲気。

やっぱり、久世玲人に迎えに来てもらえばよかった。

ひとりだと気後れしてしまう。

管理人にあやしげな視線を送られつつ、部屋番号のインターホンを押すと、「そのまま上がって来い」と久世玲人からの返答があり、オートロックの扉が静かに開いていく。

緊張するな……。

エレベーターに乗り込み、妙にドキドキする心臓を落ち着かせようと、深呼吸をひとつした。

久世玲人って、こういう所に住んでるんだ……。

そういえば、私、久世玲人のことをなんにも知らないよね……。

本当の彼女じゃない、という現実はこういうところで身に染みるんだなんて考えていると、いつの間にかエレベーターは目的の階に到着したようで、扉がゆっくりと開いた。

……変なこと考えてる場合じゃない。

本来の目的を思い出し、よし、と気持ちを切り替えながら足を踏み出した。

ピーンポーン……。

自宅前に到着しインターホンを押すと、しばらくして扉が開き、中からラフな格好をした久世玲人が出てきた。

　なぜだかイジワルな笑みを浮かべている。

「ひとりで来れたみたいだな。迷子になると思ったけど」

「もう……、大丈夫って言ったでしょ」

「だってお前抜けてるし」

　開口一番の言葉に思わず、プゥとほおをふくらませたけど、1週間ぶりに見た久世玲人の姿に、不思議な安心感が胸に広がっていく。

　どうしてこんなに安心するんだろう。

　まじまじと久世玲人を見ると、「何？　怒ったのか？」と、不思議そうな顔して笑われた。

　わわっ。

　それに今度は、キュウキュウと胸がうずき始める。

「菜都？」

　なんでだろう……。

　たった1週間会っていないだけなのに、一体なんでこんなに……。

　呼ばれたことも気付かず不思議な感覚にそわそわしていると、久世玲人はますます怪訝そうな顔をする。

「おい。とりあえず、突っ立ってないで入れば？」

「……あ！　うんっ、……お、お邪魔します」

　ハッと我に返り、慌てて玄関に入った。

　あぶないあぶない……。

　深く考え始めるところだった。

　靴を脱ぎ、「こっち」とスタスタ先を歩く久世玲人のあとを付いて、部屋の中に足を踏み入れた。

　リビングに通されたあと、久世玲人は「適当に座っとけ」と言い残して、キッチンの方に向かっていった。

　お言葉に甘え、ふかふかの黒いソファに座りながら、部屋をぐるりと見回した。

　誰の趣味かわからないけど、部屋の中はモノトーンで統一されていて、とてもシンプルだ。

　いや、シンプルっていうか……。

　殺風景といえるかもしれない。

　ムダな装飾品が一切なく、必要最低限の家具があるのみ。

　意外とキレイ好きなのかもしれない。

　これも新たな発見だ。

　そんなことを思っていると、久世玲人が冷蔵庫を開きながらこちらを振り返った。

「何か飲む？」

「あ、ありがと……」

「えーと……、ウーロン茶にコーラ、……オレンジジュース。あと……えー……ジンジャーエールにアイスコーヒーに水もある」

　冷蔵庫を見渡しながら、目に入ったらしい飲み物を次々とあげている。

「す、すごいね。自販機並みに飲み物がそろってる」

「ああ、健司たちが置いて帰るから。ほぼあいつらの買い置きだから、遠慮なく飲め」

「えっと、……じゃあ、オレンジジュースを」

　遠慮なくオーダーすると、久世玲人は「ほら」とペット

ボトルのオレンジジュースをポイッと投げてきた。

　気持ちを落ち着かせるためにオレンジジュースを一口飲み、久世玲人の方を向くと、キッチンの近くにあるダイニングテーブルの椅子に座りながら、コーラをグビグビと飲んでいた。

　こっちに来ないのかな……？

　ま、別にいいけど。

「健司君たちは、よくここに来るの？」

「ああ、しょっちゅう。つーか、あいつらうちの合鍵持ってるから。ほぼたまり場になってる」

「ええっ、合鍵っ!?　それって……ご両親も許してるってこと？」

「うち、離婚してて母親いねーから。親父も海外赴任で滅多に帰ってこねーし。放任主義ってこと」

「そ、そうなんだ……。え、と……兄弟とかは……？」

「いない。俺ひとり」

「そ、そう……」

「それより、そんなこと聞きにわざわざ？　マジメな菜都が学校サボってまで？」

　……ハッ。

　本題に入らなきゃ！

　当初の目的を思い出し、ケホン、と咳払いをひとつして久世玲人の方を向いた。

覚醒した想い

「あのね……停学のことなんだけど……」

「何？　また説教？」

「い、いや、そうじゃなくて……あの……」

　私がまだあきれていると思っているのか、久世玲人は小さく苦笑する。

　ちゃんと、確かめたい……。

「あの……、停学の理由……、街でケンカじゃなくて、私を助けてくれた時……、その時のことが本当の原因だったの……？」

　切り出した話の内容に、久世玲人の眉がピクリと動き、スッと鋭い眼差しに変わる。

「……それ、誰が？」

「誰っていうか……、その、噂で……」

　こ、恐い……。

　さっきまで穏やかだったのに、触れられたくないかのように眉をひそめている。

「……本当なの？」

「噂だろ。いちいち気にするな」

「でも……」

「街でからまれて、ケンカした。そう言ったろ」

　私の言葉をさえぎって、ピシャリと言い切る。

　もうこの話題を終わらせたいといった感じだ。

　その態度に、ますます確信を持ってしまう。

　やっぱり、本当なのだと。

「久世君！　本当のこと教えてよっ！」

「だから、何度も言ってるだろ。これ以上何が知りたい」

「だって……！」

「……るせぇな。いい加減にしろ。菜都には関係ない」

　久世玲人は面倒くさそうにため息を吐きながら、うっとうしそうに言い放った。

　関係ないって……そんな……。

　なんで、そんなこと言うの……？

　突き放すような言葉に、ジワリと涙が浮かぶ。

「……関係、大アリだよ……」

　震える声で小さくつぶやくと、久世玲人が「菜都？」と様子がおかしい私に気付いた。

「なんでそういうこと言うの!?　私のせいで停学なら、関係大アリだもんっ！」

　涙目でキッとにらみながら大声をあげると、久世玲人はポカンとあっけにとられたように驚いていた。

「お、おい？　菜都？」

　それでも、こみ上げる思いは、せきを切ったかのように溢れて止まらない。

「なんで隠すのっ!?　あの時のことが原因なんでしょっ!?　なのにっ、私を、助けてくれたのにっ、なんでっ……、なんで久世君が停学になるのっ!?」

「菜都、ちょっと待っ──」

「わ、私っ、先生に言ってくるっ……、あの時のことっ……全部、話してくるっ」

「菜都やめろ！　ていうか、頼むから泣くなっ！」

　いつの間にか私の目からは、ブワブワと涙が溢れており、声もしゃくりあげていた。

　そんな私の様子に、さっきまでの冷たい態度はどこへやら、久世玲人は完全に困っている。

「でもっ……でもっ……私の、せいで、停学なんてっ」

　ふえぇ、と泣きながらようやくしぼり出すと、久世玲人はあせった様子でそれを否定する。

「菜都のせいじゃねーって！　だから泣くなっ！」

「でもぉっ……」

「頼むから泣きやめ！　な？　菜都に泣かれたらマジできつい……」

「き、きつい、って……ふぇ……」

　きついって……そんなこと、思ってても私に言わないでよぉ……。

　私だって、泣きたくて泣いてるわけじゃない。

「停学は菜都のせいじゃねえから、もう泣くなって」

　久世玲人は困り果てているけど、泣くなと言われるとますます涙が溢れてくる。

「ふえぇ……わ、私、先生に言うっ、……久世君はっ、悪くないって」

　うえぇ、とまたもや涙が溢れると、「あーもう！」と久世玲人は頭をかかえながら、椅子からガタッと立ち上がっ

た。

　な、何……？

　もしかして怒られる……？

　あきれて、帰れって言われる……？

　グスグスと泣きながら、いろいろと考えた。

　きっと、ぶさいくな泣き顔だろう。

　めんどくさい女、って思われてる。

「ふぇ……っ……」

　相変わらず困り顔の久世玲人を、涙目でぼんやりとした
まま見つめていた。

「菜都のために近寄らねえようにしてたけど、もうムリだ」

「近寄らないってっ……」

　その言葉に胸がズキリと傷付き、また涙が出てくる。

　もう涙腺がゆるゆるだ。

「そんなことっ、思ってても、言わないで……」

「だから、そういう意味じゃねえって。言ったろ、歯止め
が効かなくなるって」

　久世玲人はそう言いながら小さく苦笑し、私が座ってい
るソファに近づいてきた。

　私は、近づいてくる様子をただ泣きながら眺めることし
かできない。

　久世玲人が言った言葉の意味もわからなかった。

「ぐすっ……」

　相変わらず泣き続ける私を見て、久世玲人は困ったよう
に笑う。

「わかったって、ちゃんと話してやるから」

　そして、久世玲人は私の隣に座り、ゆっくりと肩を引き寄せながら、ポン、と包み込むように抱き締めてきた。

「もう泣くな」

　ぽんぽん、と久世玲人の手があやすように、私の頭をなでる。

「まさか、こんなに泣くとは。反則だろ」

　相変わらず困ったように笑いながら、久世玲人は独り言のようにつぶやいた。

　……私も、同感だ。

　久世玲人の前で、こんなに泣くとは思わなかった。

　なんでこんなに泣いてるのかも、わからなくなってきている。

　ああ……そうか。

　久世玲人が、本当のことを言ってくれないから。

　私に、隠すから。

　冷たい言葉で、突き放そうとするから。

　それが悲しくて、泣いてしまったんだ。

　久世玲人に、関係ないって言われたのが、悲しくて。

　ぐすっ、と鼻をすすり、久世玲人の胸に顔を押し付けた。服が、涙でびちゃびちゃになろうが、気にしない。

　だって、今の久世玲人は優しい。

　さっきと違って、私を突き放そうとしない。

　なで続ける大きな手は、どこまでも優しくて――。

　そのしぐさは驚くほど効果があり、あんなにぶわぁっと

出ていた涙が、少しずつ引っ込んでいく。

どうしてだろう。

優しい久世玲人の腕の中にいると、心が落ち着いていく。

いつもなら、久世玲人に抱き締められたら、どうにか離れようと慌てふためくけど、今は、どうしてかちっとも離れたいとは思わない。

むしろ、ここにいたい。

安心感を与えてくれるこの腕に、包まれていたい。

背中に手を回して、ぎゅう、とすがるように抱きつくと、久世玲人の体がピクリと反応した。

私を包む腕の力が増し、さらにきつく抱き締め返される。

「……久世君、苦しい」

「知るか」

それでも、離れたいと思わない。

この苦しさも、心地いいとさえ感じてしまう。

いつもなら、こんなこと思わないのに。

どうしたんだろ……私……。

久世玲人の肩に頭を預け、ぼぉっと考えていると、「泣きやんだ？」とやわらかい声が降ってきた。

コクリ、と小さくうなずき、「……ごめんなさい」と自分の醜態（しゅうたい）を謝った。

泣きやんだとわかっても、久世玲人の腕は離れない。

今は、それがとてもうれしくて、ありがたかった。

「久世君……教えて……？　なんで、先生に言わなかったの？」

「もうそれ聞く?」

　泣きやんだ途端、早速聞き出そうとする私に、久世玲人は苦笑した。

「ほんと、ずるい奴」

「……だって、それを聞くために、来たんだもん」

　ガンコにゆずらない私の言葉に、久世玲人は観念したかのようなため息を吐いた。

「菜都、お前相当ガンコだな。それに、かなりたちが悪い」

「……そんなことないもん」

　久世玲人は不満げに文句を言うけど、その言葉とは裏腹に、私の頭をなで続けてくれる手は、とても優しい。

　心が、ほわほわと温かくなる。

　おかしいな……久世玲人なのに……。

　それでも、その手が心地よくて、もっと欲しい。

「どうして、先生に本当のこと言わなかったの?」

「いいか、菜都が責任を感じることは一切ないから。たかが停学だし」

「……たかがって、停学は一大事だよ」

「そうだったな、菜都は平和主義だからな」

　フッと鼻で笑われ、なんだか少しバカにされたようだ。

　「それで?」と、少しムカッとしながら顔を上げると、久世玲人は穏やかな表情で私を見下ろした。

「そもそも、最初から話すつもりもなかった。担任と教頭から聞かれたけど」

「なんで本当のこと言わなかったの!?　あいつら、久世君

が一方的にやったって！　嘘なのにっ！」

「でも、その方が俺には都合がよかった」

「どうしてっ!?　私を助けてくれたのに、久世君が悪者になってるんだよっ!?」

　たまらず問い詰めるように声をあげると、久世玲人は

「落ち着けって」と私をなだめながら、続きを話し始めた。

「あの時あったことしゃべってみろ。また菜都を巻き込むだろ」

「……私を、巻き込む？　どういうこと？」

「だから、菜都も関係してたってわかったら、どんな風当たりがあるかわかんねえだろ」

「……え？」

　久世玲人の言葉の意味を、頭の中で必死に考えた。

「私を、かばったってこと……？」

　恐る恐るといった感じで問うと、久世玲人は苦笑して言った。

「そんな格好いいもんじゃねえよ。俺のため」

「なんで……」

「停学なんかより、菜都に何かある方が俺にとっては一大事だから」

「なんで……なんで……っ……」

　引っ込んでいた涙が、再びジワジワと溢れ始める。

「だから！　全部俺のためだって言ったろ！　菜都が気にすることじゃない」

　また唐突に泣き始めた私に久世玲人は困っているけど、

私も抑えることができない。

「……どうしてっ……？」

　涙目で見つめると、久世玲人はそんな私を見ていられないのか、顔を胸に押さえつけるかのようにギュッと抱き締め直した。

「もし俺があの時のことを全部話したら、おそらく担任と教頭は、菜都にも事情を聞くことになるだろ」

「うんっ……そうしたらっ、私も、全部話せたのにっ」

「それが、イヤだったんだ」

「……？　どうしてっ……？」

「どうしてって、わかんねぇ？」

「わからないっ……」

　そう言うと、久世玲人は私の髪をすきながら、どこまでも穏やかに、優しく話してくれる。

「そんなこと、先生とはいえオッサン達に話したくないだろ。それに、思い出させたくなかった。あの時の菜都、超震えてたし」

　確かに、すごく恐かった……。

　今でも、あいつらの顔を思い出すと寒気が走り、鳥肌が立つけど……。

「でもっ、我慢できる……久世君が悪者になってしまうくらいならっ……」

「俺が我慢できない。他の男が菜都に触れたこと、その時のことを菜都が一瞬でも思い出すのが、たまらなくイヤだ」

　私を抱き締める腕の力が、どんどん強くなっていく。

　その言葉と腕が、まるで、心を縛っているかのように、私をとらえて離さない。

「菜都、悪かったな」

　さっきまで笑っていたのに、突然、久世玲人は私の頭をなでながら申し訳なさそうに謝った。

「え……なんでっ……？」

「菜都は、全部しゃべって、あいつらに罰を与えたかったかもしれねえけど……。俺は、菜都のことを伏せたままでいられるなら、その方が良かった。あいつらが嘘ついてくれてラッキーって」

「久世君っ……」

「悪かった。俺の都合で勝手に決めて、菜都に嘘ついて」

　なんで……なんで、久世玲人が謝るのっ……？

　謝るのは、むしろ、私の方だよっ……。

「ごめんなさいっ……私のせいでっ……」

「だから、何度も言わせんなよ。菜都のせいじゃない」

「でもっ、私のためでしょっ……」

「違う、俺のため」

　久世玲人は何度も俺のためって言い張るけど、でもやっぱり、どう考えても……。

　私が、傷付かないように。

　恐かったことを、思い出さないように。

　好奇の目にさらされないように。

　……全部、私のためって、聞こえる。

「まぁそれに、停学になっても当然なくらい、あいつらを

ボコったのも事実だし。本当のことを言っても停学になっ
てただろ」

　そう言って笑う久世玲人に、また、涙がポロポロと流れ
てくる。

「ふぇっ……久世君っ……」

　そして、しばらくの間久世玲人の腕の中で泣いていたけ
れど――。

　いつまでも、こうしていられない……。

　この腕の中は、とても心地いいけど。

　でも……ちゃんと、言わなきゃ……。

「……くぜ、くんっ……」

　食いしばるようにムリヤリ涙を止めて顔を上げると、久
世玲人は「満足した?」と苦笑した。

「何?　まだ何か聞き足りねえの?」

「……ありがとっ……」

　しゃくりあげながら、ようやく声を出してお礼を言うと、
久世玲人は「何が?」と優しく笑う。

「ありがとうっ……」

　ポロリ、と涙を流しながらもう一度お礼を言うと、また
困ったような顔をされた。

　背に回っていた久世玲人の腕がゆっくりと離れる。

　その心地いい暖かさが突然なくなり、なんともいえない
寂しさを感じていると、今度はその掌がそっと私のほおを
包んだ。

「……泣きすぎ」

　そう苦笑しながら、涙でぬれた目元やほおを指で拭って
くれる。

　私の顔は今涙でぐちゃぐちゃになってて、泣きすぎて目
もはれているかもしれない。

　最悪のコンディションだと思う。

　そんな顔を間近でのぞき込まれて、少し恥ずかしいけれ
ども。

　それでも今は、ただ優しいその行為が心地よくて、胸が
くすぐったくなって、素直に身を預けたくなる。

「……ありがとう」

　ふふ、と泣きながらも少し笑ってお礼を言うと、久世玲
人は私を見つめたまま、ピタリとその手を止めた。

「——マジで、止められんねえかも……」

　何のことかわからず、涙目のまま久世玲人を見つめてい
ると、ゆっくりとほおをなでられた。

「……そろそろ、限界」

　……？

　何が？　と返そうとしたところで、久世玲人の顔が近づ
き、チュと目元にひとつ、触れるようなキスを落とされた。

　ビクッと、思わず体がゆれる。

　すると、久世玲人はその行為を慣れさせるかのように、
何度も何度も目元やほおにキスを降らせる。

　何……？

　ぼうっと役に立たない頭で考えながら無抵抗に受け入れ
ていると、久世玲人はそんな私を見て微笑んだ。

「今日はおとなしいんだな」

　そう言って、唇で涙を拭うかのようにキスが再開された。

　え、と……なんだろ……。

　キス、されてる……？

　抱き締められていた時は、素直に自分の身を預けていたけれど……。

　だって、さっきまではまるで子供をあやすような手つきだったから、安心できたんだ。

　でも、いつもと違って……今は体が動かない。

　緊張のあまり固まってしまうような、いつもの感じじゃなくて……。

　なんでだろう……わからない……。

　優しく触れてくるキスは、時折、くすぐったくて……。

　思わず、ふふ、と小さく笑ってしまうと、久世玲人はキスをやめ、私の顔をのぞき込んだ。

「菜都、……抵抗してくんねえと、マジで止められない」

　抵抗？

　少しだけ違和感があるその言葉に、キョトンとしながら久世玲人を見つめ返した。

　抵抗するほど、私はイヤだと感じていないから。

　どうしてだろう……。

　黙ったまま見つめていると、久世玲人は余裕のない表情をしながら、ポスッと私の体をソファに押し倒した。

「いいなら、もうやめねえから」

　まるで何かのスイッチが入ってしまったかのように、

キッパリ言い切り、私が逃げないように、おおいかぶさってくる。

　えっと、えっと……。

　これって、この状況って……。

　頭の中で危険信号が点滅しているのはわかっているけど、抵抗しようという気が起こらない。

　なんでだろう……。

　どうしてだろう……。

　相変わらず無抵抗な私を久世玲人もさぐるように見つめていたけど、それも一瞬のことで、すぐに首もとに顔を埋めてきた。

　ペロリ、と首筋を舐められる。

　その舌の感触に思わず「……ひゃっ」と小さく声を上げると、久世玲人がフッと笑った気配がした。

　なんで……？

　どうしてイヤじゃないんだろう。

　わからない……わからない……。

　久世玲人の唇が何度も首筋を這い、やっぱり、くすぐったい。

　ピリッと小さな痛みが走り、キスマークを付けられたのがわかった。

　どうしてだろう。

　わからない。

　わからない。

　なんで。

　優しく触れてくるその手は、私を恐がらせないように、安心させてくれる。

「菜都……」

　耳元で甘くささやかれ、胸がぎゅうっと締め付けられる。体がぞくぞくする。

　されるがまま、何も返さない私を久世玲人が顔を上げて見つめてきた。

　わからない。

　わからない……。

　――いや……違う。

　わからないんじゃない。

　……もう、わかりきってる。

　イヤじゃない理由。

　もう、私はわかっている。

　これは、きっと。

　きっと……。

　私は、久世玲人が……好き、なんだ。

　もうずっと前から、好きになっていたのかもしれない。

　自分でも気付かないうちに。

　……いや、気付かないように心の奥に閉じ込めていたのかも。

　気付くのが、認めるのが、恐かったのかもしれない。

　このあやふやな関係のまま、久世玲人への気持ちを自覚してしまうのが。

　でも、こうして自覚してしまった今、私はどうすればい

いんだろう。

　まさか、こんなタイミングで気付くなんて……。

「余計なことは考えるな。……俺のことだけ、考えてろ」

　……コクン、と首が勝手にうなずいた。

　もうすでに、久世玲人のことしか考えていない。

　心は、とらわれている。

　一体、どういうつもりで言ってるんだろう……。

　力強くて大きな手が、私のほおを包む。

　急に恥ずかしくなり、カーッと全身をみるみる紅潮させると、久世玲人は私の唇を親指でそっとなぞり、満足そうに微笑んだ。

　触れられた部分が熱を持ち、心臓が尋常じゃないほど騒ぎ始める。

「……目、閉じて」

　この言葉が意味することは。

　何も考えられず、言われた通り素直にギュッと目を閉じた瞬間……。

　久世玲人の唇が、ゆっくりと重なった。

「……！」

　体がビクッと跳ね、閉じていた目がパッと開いた。

　何っ!?

　え……!?

　……キス、されてる!?

　どうして目を閉じろと言ったのか、ようやくここで気付いた。

「んっ……!!」

　体に力が入り、思わず、久世玲人の胸を反射的にグッと押し返した。

　しかし、ビクともしない。

　なななんでっ!?

　これは、何っ!?

　ココ最近、ついさっきも散々キスされたけど、それはほおや目元とかで、……たまに首もあったけど……、でも、でもっ……、唇には一切してこなかったのにっ……。

　こんな風にキスをされたのは初めてだ……。

　なんでっ……。

　もう一度グッと押し返すと、久世玲人はキスをやめ、

　ゆっくりと唇を離した。

「やめないって言っただろ」

「あ、あ、あのっ……」

「今まで、どれだけ我慢してきたと思ってる」

「あああああのっ……でもっ……」

　やっぱり、こういうキスっていうのは、簡単にしちゃいけない気がっ……ていうか、私にはできないっ……。

　……それに、何より、勘違いしてしまう……。

　真っ赤な顔で「あのっ……あのっ……」と繰り返していると、久世玲人は「……黙ってろ」と、再び私の唇をふさいだ。

「んっ……!!」

　再開されたキスに、思考も抵抗する力もストップする。

　優しくついばむようなキスを繰り返され、ペロリと下唇を舐められた。

　また、ビクンと体が跳ねる。

　ぞわぞわと胸が震え、体がしびれる。

　何も、考えられない。

　力が、入らない。

　ぼぉっとしたまま体に力が入らないでいると、突然、久世玲人は私を横抱きにして、スクッと立ち上がった。

「キャッ……」

　な、何っ!?

　今度は何っ!?

　久世玲人の行動に、頭がついていかない。

　久世玲人は軽々と私をかかえながら、スタスタとどこかに向かっている。

　いわゆる、お姫様抱っこで。

　もう、恥ずかしさなんて通りこしている。

　落ちないようにギュッとしがみついた。

　なんだろ……なんだろ……。

　混乱したままでいると、久世玲人は片手で器用にドアを開けて別の部屋へと入った。

　そこにあるのは、雑誌やゲームが乱雑に置かれている机に、ふたりくらい座れるソファ。

　開きっぱなしのクローゼット。

　そして、部屋を大きく占めているベッドが目に入った。

　……久世玲人の、部屋？

　そう思っていると、久世玲人は迷うことなくベッドへと足を進め、私をそっと降ろして再び押し倒した。

　……え？

「く、ぜ……くん……？」

　まだ状況がつかめず、恐る恐る問いかけるけど、久世玲人は何も答えないまま上からまたがり、ひざ立ちになって私を見下ろした。

「あ、あのっ……」

　不安にゆれる私を安心させるように、久世玲人は優しく微笑みながら、そっと私のほおを包む。

　チュッ、と唇に軽くキスを落とされた。

「菜都、……初めてか？」

「……え……？」

「……じゃねえと、ブチキレてるけど」

　そう言って久世玲人は、私の制服のボタンをひとつ、またひとつと器用に外していった。

　え……？

　え？

　何……？

　久世玲人はおおいかぶさりながら首もとに顔を埋め、うなじから鎖骨に何度もキスを落とし、そして、次第に胸元へと降りていく。

　いつの間にか、制服のボタンはすべて外され、下着は丸見え状態だ。

　これって……これって……もしかしてっ……!!

　危険信号どころか、警報が鳴り始めた。

「あ、あのっ……!!　久世君っ……!!」

　あせりながら呼びかけても、久世玲人からの返事はない。

「あのっ、ちょっとっ……!!」

　なんとかどかそうと身をよじると、久世玲人は、決してふくよかではない私の胸にチュッとキスをした。

「きゃあっ!!」

　思わず、かん高い声が出た。

　いくらなんでも、好きだと自覚した途端にこんな状況はハードルが高すぎる。

　どうしたらいいのっ!?

　知識も経験も、対応できる能力もまったくない。

　あわあわとパニックになっている間にも、久世玲人の手はどんどん進み、ついにはスカートの中の腿に触れた。

「やっ……!!」

　ムリムリムリっ!!

　もうムリっ!!

　顔から火が出そうなほど、恥ずかしくてたまらない。

　どうしたらいいのっ!?

　ほんとにどうしたらいいのっ!?

　押し返そうにも、久世玲人のキスが優しいせいで、力が全然入らない。

　あせる心とは裏腹に、体はなぜか骨抜きだ。

　どうしようっ……どうしようっ……。

　なす術もなく、半泣き状態で、ギュッと目をつむったそ

の時。

「玲人ー！　新しいゲームが手に入っ……た、から……」

　バンッと勢いよく部屋のドアが開き、久世玲人の動きがピタリと止まった。

　相手の声も止まった。

　何……？

　ゆっくりと目を開くと、そこには、ゲームを手にしたままこちらを凝視して固まっている健司がいた。

　見つめ合うこと、約5秒。

　その間、この空間だけ時が止まったような気がした。

　しばらく固まっていたけど、

「邪魔」

　久世玲人の短い一言で、ようやく健司は我に返った。

「えー、と……おジャマしましたー……」

　はは、と気まずそうに笑いながら、ゆっくりとドアを閉めていく。

　み、見られた……見られた……。

　押し倒されている状態で、久世玲人の手は、スカートの中……。

　制服もはだけ、下着も丸見えで……。

　こんな状況を……。

「……!!」

　慌ててシーツをたぐり寄せ、真っ赤な顔でパニックになっていると、再び部屋のドアがそーっと開いて、健司が顔をのぞかせた。

「玲人、ちなみに、……それは、同意？」

　様子を伺(うかが)いながら訊(たず)ねる健司に、久世玲人は思いっきり眉を寄せ、にらみ付けている。

「じょ、冗談だって！　わりっ！　じゃ！　……ごゆっくり！」

　そう言って慌ててドアを閉めていく健司に、久世玲人は「……はあー……」と盛大なため息を吐いた。

「……なえた」

　ドサッと隣に倒れこみ、「あのクソ野郎……」と忌々(いまいま)しそうにつぶやきながら、私の腰に手を回してギュッと抱き付いてくる。

「菜都？　……大丈夫か？」

　何も反応を見せない私に、久世玲人が心配そうに問いかけてくるけど、

「菜都？」

　呼びかける声を遠くに聞きながら、いつの間にか私は放心状態になっていた。

　それから、１時間後……。

「うっ……うっ……」

　私は、久世玲人の腕の中でぐすぐすと泣いていた。

「悪かったって菜都。だからもう泣きやめ、な？」

「なっちゃんごめん！　でも俺、何も見てないからさ！」

　何度も頭をなでてなだめてくる久世玲人の横で、健司もオロオロしている。

「ふぇっ……だって……だってっ……」

　うえぇんと泣き続ける私に、ふたりは困り果てていた。

　あのあと、放心状態から目覚めた私は、許容範囲を超えすぎた行為をいろいろと思い出し、一気に感情が溢れ出た。

　いっぱいキスされて、いっぱい触られて。

　びっくりして。

　恥ずかしすぎて。

　恐くて。

　好きだけど、どうすればいいかわからないし。

　下着も丸出しで、思いっきり見られたし。

　いろんな感情が溢れて、泣く、という手段しかなかった。

「ふぇっ……」

「玲人！　なっちゃんにどこまでヤッたんだよっ!!　こんなに泣かせて!!」

「まだヤッてねえ!!」

「なっちゃんが鈍感でうといの知ってただろっ！　強引に進めたお前が悪い!!」

「なんでだよっ!!　そもそもお前が途中で入ってきたから菜都が驚いたんだろっ!!」

「なっちゃん来てるって知らねーし!!　じゃあドアに『ヤッてます』って貼り紙しとけよっ!!」

「はぁっ!?　お前頭おかしいんじゃねえのっ!?」

　少々論点が違うふたりのケンカにもまた泣けてくる。

　「うっ……やっ、めて、よっ……」とぐすぐす泣きながら言うと、「菜都、悪い！」「なっちゃんごめん！」と、ふ

たりはまたおろおろと謝ってきた。

「健司、マジで帰れ」

「おーコワ。なっちゃん、玲人じゃなくて僕の胸においで」

「てめっっ!!　菜都に触んじゃねえよっ!!」

「そんなに怒るなよ!!　ちょっと触れただけだろうがっ!!」

「ふえぇっ……」

　またすぐギャーギャーと再開されたふたりに、涙は止まるはずもなく。

　結局、私が泣きやむまでふたりの激しい言い合いは続いたのだった。

Last Step

迷える乙女心

「どしたの、それ」

「……いろいろありまして」

　久世玲人の家で衝撃的な時間を過ごした、その翌日。

　登校してすぐに春奈のもとへ向かうと、開口一番に驚かれた。

　私も、朝、鏡を見て驚いた。

　昨夜から予想はしていたけど。

　見られたくなくて、泰造と陽が迎えに来る前に家を出たくらいだ。

「あーあ、ひどい顔ね。こりゃ化粧でも隠せないわ」

「……」

　泣きすぎた結果が、これ。

　目はひどい充血。

　はれているまぶたを春奈が、ツンとつついてきた。

「何があったのよ。誰に泣かされたの？　久世君？」

　すぐにズバリと言い当てた春奈に、コクンとうなずいた。

　泣かされたというか、私が勝手に泣いただけだ。

　でも、久世玲人が原因である。

　昨日、あのあと、グスグスと泣き続けた私は疲れ果ててしまったのか、いつの間にか久世玲人の腕の中で寝てしまった。

　久世玲人も、私を抱き締めたまま寝てしまっていて。

　目が覚めた頃には夕方で、健司もとっくに帰っていた。

　そのまま何事もなく帰っていれば、翌日までこうして影響しなかっただろうに、起きた途端、久世玲人はまたキスをし始めて。

　そしてまた、グスグス泣いて。

　家に帰っても、思い出したらまた泣けてきて。

　涙腺がこわれたみたいに、散々泣いてしまったのだ。

　なんであんなに泣いたのか、今になってみればよくわからない。

　いや、もしかしたら、とても不安で、こわかったのかもしれない。

　なぜ、あんなことをしてくるのか。

　キスをされて、迫られて、思い出すとめちゃくちゃ恥ずかしいけど、そこにうれしさや喜びはない。

　不安やとまどいが心を占めている。

　好きだけれども。

　好きだからこそ。

　そんな昨日の出来事を、洗いざらい春奈に話した。

　こんなこと相談するのは、恥ずかしいけれども。

　……久世玲人が好き、という自分の気持ちも、正直に話した。

「ふーん、そんなことがあったんだ」

「なんでそんなに冷静なの！」

「そう？　そりゃ、いきなり迫られたのは驚いたけど、まぁ、久世君だし。それに、菜都が久世君を好きになってたのわ

かってたし。この前私、言わなかったっけ？」

「そ、そうだけどっ！　でも、その時は違ったしっ！」

「ていうか、今ごろ自覚したのー？　とっくに気付いてると思ってたけど」

「とりあえずで彼女にされたいつわりの関係だよ!?　なんか、余計苦しいしっ。それに春奈も、本気で好きにならないようにって言ってたじゃない」

「そりゃ、最初はね。でも、あんたたち見てたら、もう本当の恋人だもん」

「それはっ……久世君がそう演じてるだけかもしれないしっ。それに、私の気持ちが知られたら、解消されるかもしれないしっ……」

「じゃあ、好きって、言ってみたら？　うまくいくと思うけどなー。万が一、それで解消されたら、それまでだったってことよ。やっぱり、サイテーな奴だって」

「簡単に言うね……」

「だって、菜都がフラれるって思えないもの」

　ううっ……。

　他人事（ひとごと）だと思って……。

　でも、春奈の言うことにも一理ある。

　好き、と伝えて久世玲人の反応を見る。

　でも、果たして、この私にそんなことができるのだろうか……。

　春奈と別れ、廊下で外を眺めながら、ひとりでぼんやりと考えていた。

　春奈は簡単に言うけど、どうしたらいいんだろう……。

　ほんとに、私は好かれているんだろうか。

　久世玲人の言動だけを見ると、気に入られている、とは思う。

　だって、いくらなんでも嫌いな相手を抱き締めたり、キスしたりなんてしないと思うから。

　それに……。

『菜都は、俺の』

『他の男とふたりになるな』

『俺のことだけ考えてろ』

　今思い出すと、ものすごいことを言われている……。

　彼氏っぽい言葉は時々言われてたけど、でも、「好き」と言われたことは一度もない。

　春奈や健司、泰造たちは何の根拠で確信してるのか知らないけど、久世玲人は私のことを好きだと言う。

　本人から一度も言われたことがないのに、どうにも信用できない。

　春奈たちの言葉に浮かれて、喜べるはずもない。

　そりゃ、数々の言動を思い出せば、いくら鈍感な私でも勘違いしそうになるけど……。

　でも、やっぱり言葉にして聞かないと、確信できない。

　……久世玲人は、私のことを、どう思ってるんだろう。

　仮の彼女にしては、彼の言動はちょっといきすぎだ。

　もしかしたら、都合のいい自分のペットみたいなものなのかな？

　忠実な犬であれ、みたいな？

　……そうだとしたら、ちょっとひどい。

　いや、かなり。

　それか、色々と心配させたことがあったから、保護者的な立場なんだろうか。

　送り迎えもしてくれるし。

　妹的な立場とか？

　……いやいや！

　妹と思われてたら、あんなハレンチなことなんてしないでしょ！

　昨日の光景がよみがえり、カーッと顔を赤くさせながら、ブンブンと首を振った。

　じゃあ一体何っ!?

　まったく答えが見つからず、頭をかかえたくなっていると、突然、うしろからポンと肩をつかまれた。

「きゃあ！」

　ビックリして思わず声をあげて振り返ると、そこには、泰造と陽がいた。

　心なしか、顔がニヤついている。

　な、なんだろ……。

　あ、そういえば。

　久世玲人の代わりにたぶん今日も迎えに来てくれたんだろうけど、勝手に行ったこと謝らなきゃ。

「あの、今朝はごめんなさい……。先に行っちゃって……」

「いやいや、それはいいんだよ。なっちゃん」

　そう軽く流しながら、ふたりはニヤニヤと笑い、私を囲うように距離をつめてきた。

　な、何っ……!?

　イヤな予感がして全身で警戒していると、泰造が耳打ちしてきた。

「健司に聞いた。昨日、玲人におそわれたんだって?」

「なっ……!!」

　なんでそんなことっ……!!

　ていうか健司っ!!

　早速しゃべるなんてっ!!

　怒りと恥ずかしさで顔を真っ赤に染めていると、今度は陽も耳打ちしてきた。

「泣くほどよかったの?　そんなに目はらして」

「なっ!!　ち、違うわよっ!!」

「まーまー。別に隠さなくても。もう見られたんだし」

「別にいいじゃねえか。玲人とヤッたくらい、素直に認めても」

　な、何言ってんのっ!?

「おめでとー。なっちゃん」

「ちょっ……!!　勝手に話を進めないでよっ!!」

「え?」

「やってないってば!!!!!」

　力いっぱい声を張り上げて否定した。

　ていうか、なんで、私はこんなことを弁明しないといけないんだろう……。

　乙女心はズタズタだ。

「なぁんだ、未遂か」

「つまんねー」

　半泣き状態で必死に否定し続けた結果。

　ようやく伝わったのか、ふたりはつまらなそうにつぶやいた。

　ガックリとうなだれていると、泰造がまたこりずに聞いてくる。

「なぁ、玲人、どうだった？」

「……は？」

「いやー、なっちゃん相手だと、あいつ絶対緊張してそうだし」

「……その割には、ずい分と手慣れていらっしゃいましたけど」

　経験がないからよくわからないけど、あれは完全に慣れている。

　なんのためらいもなく、コトを進めていたように思う。

　ぼそっ、と言い返すと、泰造はまた笑いながら言った。

「まぁ、数だけはこなしてるからな」

　……。

　その言葉で、過去の女性関係の多さを突きつけられたようで、ズキンと胸が痛くなる。

　沈んだ表情がふたりに伝わったのか、瞬間、泰造と陽は言い訳をし始めた。

「いやいやっ！　昔！　昔の話だって！　今は一切ねえか

ら！」

「そうそうっ！　遊び！　玲人本気になったことない
しっ！　えーっと、そう、体だけってやつ！」

　体だけって……。

　それを聞いて、余計複雑になった。

　もしかして、私もその中のひとりになるところだった？

　急激に体温が下がっていく感覚におちいり、一気に手が
冷たくなっていく。

　ますます、ズーンと暗くなっていると、ふたりはさらに
慌て出した。

「なっちゃんは他の女と違うって！」

「そうそう！　第一、玲人が家に女を入れたのも、なっちゃ
んが初めてだしっ！」

「そうそう！　つーか、まず家の場所を教えねえし！　俺
らの仲間でも知らねえ奴多いし！」

　……。

　それを聞いたところで、ああ良かった、なんて思えるは
ずがない。

　家に行ったのだって、自宅謹慎というのっぴきならない
事情があったわけだし。

　何も答えない私にふたりはまだ何か言っていたけど、
「……もういい」とさえぎり、足早にふたりの前から立ち
去った。

　沈んだまま教室に入ると、「……おはよー……」とクラ
スメイトたちが、ためらいがちにあいさつをしてきた。

　ぎこちないのは、たぶん、この目のはれのせいと、昨日
の突然の早退のせいだ。

　佐山君に手を握られながら教室から出たのを、しっかり
と見られているし。

　「おはよう……」と小さな声で返し、若干注目されつつ
自分の席に着くと、佐山君が「おはよう」と爽やかに声を
かけてきた。

「あ、おはよう……。昨日は、ありがとう」

「いや、……原田さん？　……何か、あったの？」

　私の顔のひどさに早速気付いたようで、佐山君の声色が
変わった。目を見開きながら、凝視してくる。

「だ、大丈夫だから……」

「それは……久世が原因？」

「あ、いや……」

「何があったの？　停学のこと、確かめただけじゃない
の？」

「う、うん、そうなんだけどね……」

　問い詰めるように聞いてくる佐山君に、少し困惑してし
まう。

　な、なんて答えよう……。

　早退に協力してくれた佐山君に、ちゃんと説明しな
きゃって思うけど……。

　さすがに、昨日あったことを全部話すわけにいかない。

「久世の停学の理由って、そんなに泣くほどのことだった
の……？」

「そ、そういうわけじゃ……」

　ていうか、停学のことなんて後半はふっ飛んでいた。あんなに強烈なことがあったせいで。

「大丈夫だからっ。久世君と話してたら、ちょっと、感情的になっちゃっただけで……」

「感情的に……？」

「う、うん、ちょっと泣いちゃったけど、もう大丈夫」

　佐山君は目を伏せ「……そう」と一言つぶやき、それ以上聞いてくることはなかった。

　そういえば、佐山君の告白にも答えなければいけない。

　ちゃんと考えてって言われたけど……。

　そうするつもりだったけど、久世玲人を好きだと自覚した今、佐山君の想いにはこたえられない。

「あの、佐山君……？」

「……何？」

「今日の放課後、少し時間あるかな……？　佐山君に話が、あるの……」

　いつまでも、返事を先延ばしにするのはよくない。

　そう思って、少し緊張しながら訊ねてみると、佐山君は私を見ながら少し考えていた。

　そして、ゆっくりと口を開く。

「……ごめん。今日はちょっと……」

「そっか……じゃあ、また今度……」

「今、言えないこと？」

「う、うん、……ここじゃ、ちょっと……」

「そう……」

　少し、空気が重い気がする。

　もしかしたら、佐山君も感付いているのかもしれない。

　ふたりの間になんともいえない空気が流れていると、どこからか、クラスの男子の声が聞こえてきた。

「あいつら、あやしくね？　実はデキてるとか」

「久世がいない隙に？　佐山と原田、結構勇気あるな」

　……なんとなく、昨日のことで噂されるだろうと思っていた。陰で色々と言われるのは久世玲人のおかげで結構慣れたけど、やっぱりいいもんじゃない。

　黙ったままうつむいていると、佐山君が立ち上がる気配を感じた。

「くだらない」

　その低い声に、少し驚いた。

　いつもの温厚な佐山君とは違うその様子に、クラスのみんなも少し驚いている。

「……佐山君？」

　佐山君は何も言葉を発することなく、そのまま教室を出て行った。

　少し心配だけど、出ていく佐山君の背中を見つめることしかできなかった。

文化祭

　それから、何事もなく１カ月が過ぎていった。

　久世玲人の謹慎もとけ、いつもの日常が戻ってきた。

　噂が大きくなっていたぶん、どうなることやら、とみんなの反応を心配していたけど、学校中が慌ただしい今、みんなすっかり停学のことは口にしなかった。

　というのも、今週末は学校の文化祭だからだ。

　その準備のせいで、みんな、久世玲人どころじゃないらしい。

　私としては文化祭どころではないんだけど……。

　久世玲人が好きだと自覚してから、大変でしょうがない。体がおかしくなっていくあの症状が加速（かそく）する一方で、一緒にいるだけで動悸が激しくなる。

　あれはやはり恋のせいだったのだと、今さらながら気付いた。

　はぁ……どうしよう……。

　この１カ月、私たちの関係に変化はない。

　どうにかしなきゃ、と思うけど、踏み出す勇気がない。

　いつわりの関係でも、くずれてしまうのが恐いのかもしれない。

「ねえ、原田さん」

「はいっ!?」

　放課後、掃除をすませて教室でひとりもの思いにふけっ

ていたら、クラスの文化祭実行委員に声をかけられた。

「あの……、久世君ってどこ？」

「え!?　どうして!?」

「ほら、停学だったから久世君には役割がふられてないけど、せっかくなら、少しでも文化祭に参加してもらえたらなーと思って」

　役割というのは、出し物の役割分担のことだ。

　うちのクラスはカフェを出す予定で、クラスのみんなにそれぞれ役割がふられている。

　私は、文化祭当日に飲み物を準備する係だ。

　裏方的な仕事だからとてもありがたい。

「声、かけてみようか？」

「うん。来てくれるなら、ぜひ」

　文化祭、手伝うだろうか……しないだろうなぁ。

　この子もたぶん期待していないだろう。

　実行委員という立場上、声をかけてきたんだと思う。

　それでもまぁ、念のため聞いてみようと、屋上で待っているであろう久世玲人の元へ向かった。

「文化祭の手伝い？　面倒くせえ。やるわけねえだろ」

　予想通りの答えが返ってきた。

　屋上で寝ていた久世玲人を起こし、早速聞いてみると、不機嫌そうに速攻で断られた。

「つーか、文化祭なんて行く気もねえんだけど」

「え、休むの？」

「……は？　菜都、出るつもりなのか？」

「普通そうだと思うけど……」

　どこまで自由なんだとあきれていると、久世玲人が小さく息を吐いた。

「しょうがねえ。じゃあ、行くか」

「……え？」

「だから、菜都が文化祭行くなら俺も行く」

　……どういう意味かわからないけど、どんどん顔が赤くなっていく。

　どうして？　と聞きたいけど、緊張して聞くことができない。

　心臓をバクバクさせる私をよそに、久世玲人は眠そうにふわぁっとアクビをしている。

　こっちは平静をよそおうのに必死なのに、気楽なものだ。

「文化祭って何すんだよ」

「何するって……。うちのクラスはカフェを出すの」

「カフェ？　……それって、菜都も何かすんの？」

「うん、当日は飲み物を作るの」

「ふーん……」

「みんな役割があるんだよ。久世君も何かすればいいのに」

「アイツは？」

　……アイツ？

　話の流れが突然変わり、何のことかわからない。

　「アイツ？」と首をかしげながら聞き返すと、久世玲人は不機嫌そうに聞いてきた。

「菜都の隣の奴。アイツとは、仕事一緒になってないか？」

　隣の席……佐山君のことだ。

「……一緒じゃない」

　ポツリと答えると、久世玲人は「ならいい」とそれ以上は何も言ってこなかった。

　なんで急にそんなことを聞いてきたのか、わからないけれど……。

　佐山君のことも、どうにかしないといけない。

　久世玲人との関係が変わらないように、あれから佐山君とも何も話せていない。

　私たちが噂されて以来、教室では話しかけづらいし、佐山君にもさけられているような気がしている。

　微妙に気まずい。

　もちろん、佐山君に告白されたことも、あやしいと噂をされたことも、久世玲人には言っていない。

　佐山君とも、いい加減話をしないと……。

　深く考え込んでいると、久世玲人はまたアクビをしながら立ち上がり、「菜都」と私に向いた。

「文化祭の日、仕事はすぐ終わるのか？」

「えっ!?　あ、うん……私は午前中だけだから、あとは自由だけど……」

「じゃあ、終わるころ迎えに行くから、そのまま教室で待ってろ」

「え？　迎えに……？」

「ああ。菜都の仕事が終わるまで、屋上で寝て待ってる」

　それって、午後からずっと一緒にいてくれるってことな

のかな……？

　そうだとしたら、……ちょっとうれしい。

　久世玲人と一緒に、文化祭をまわれるかもしれない。

　考えることが多すぎてあまり文化祭に熱が入っていなかったけど、少しだけ楽しみになってきた。

　そして、いよいよむかえた文化祭当日……。

「ムリムリムリっ!!」

「お願いっ!!　原田さんしかいないのっ!!」

「絶対ムリっ!!」

　カフェの開店直前。

　飲み物の在庫確認をしていた私は、文化祭実行委員とクラスの女子に呼び出された。

　神妙な面持ちで何事かと思えば。

　なんと、接客係……つまりウェイトレスを務めるはずだった子が病欠したらしく、その代役として私に白羽の矢が立ったのだ。

　ただのウェイトレスなら、私もここまで抵抗しない。

　私がかたくなに抵抗している理由、それは……。

「私あんなの着れないよっ……!!」

「原田さんなら絶対似合うから!」

「なんで私!?　代役なら他にもたくさん……」

「似合う人じゃないと意味がないの!　原田さんなら可愛いし、足も細いし、色も白いし」

「そんな見えすいた嘘っ……」

　こんな時におだてられて、素直にうれしがるはずがない。

　なんで私なのっ……!?

　いやがらせ……!?

　みんなやりたくないから、私に押し付けてきてるんだっ!!

　被害妄想まっしぐらのなか、壁にかけられているウェイトレスの衣装に目をやった。

　超ミニのフレアスカートに、レースたっぷりのフリフリのエプロン。

　おまけに白いニーハイソックス付き。

　ウェイトレスというより、もはやメイド衣装だ。

　……絶対着られない。

「やっぱりムリっ!!」

「お願い!!　これはクラスのみんなからのお願いなの!!」

「早くしてくれないとカフェが開店できない!!　みんな待ってるの!!」

「お昼まででいいから!!　せめて忙しい時間帯だけでも協力して!!　カフェが回らなくなっちゃう!!」

　だから、なんで私がっ!!

　そう強く抵抗したところで、一対十数人相手じゃ勝てるはずもなく……。

　結局、忙しくなるお昼の時間帯だけということで、引き受ける羽目になった。

　ううっ……。

　どんなにイヤでも、抵抗しきれない自分の性格に泣いて

くる。

　泣く泣く衣装に着替え、鏡で自分の姿を眺めた。

　み、短い……。

　足がスースーする……。

　こんな格好で人前に出たくないよ……生き地獄だ……。

　ここに久世玲人がいなくて、ほんとによかった……。

　早くもうなだれながら着替えスペースからとぼとぼ出る
と、クラスのみんなから一斉に注目が集まった。

　男子からは「おぉ……」と感嘆の声があがり、女子から
は「かわいい〜！」とかん高い声があがっている。

「原田さん超似合う〜！」

「笑って笑って！」

　……笑えない。

　ああ……ほんとにイヤだ……帰りたい……。

　これは何かの罰ゲームなんだろうか……。

「じゃあ、早速オーダーとってきて！」

「え！　もうっ!?」

「うん、少しずつお客さんも増え始めてるから！　はい、
これメニュー表！　行ってらっしゃい！」

「ちょっ……！」

　恥ずかしがって、ためらってる時間などないらしい。

「早く早く！」

　背中を押され、お客さんが入り始めた教室へと送り込ま
れた。

　それから2時間。

「いらっしゃいませ！」

　カフェは思わぬ大盛況で、幸か不幸か、衣装を恥ずかしがっているヒマすらなかった。

　それに、同じ衣装を着ている子が他にもいるせいか、慣れてしまった。

　せっせと働く私に、誰も注目していないし。

「お待たせしました一」

「お、さーんきゅ。ねぇ、おねーさん、このあと時間ある？」

「俺たちと一緒に遊ばない？」

「……ごめんなさい、忙しいので」

　こんな格好をしているせいで声をかけられてしまうけど、それにも慣れてしまった。

　ナンパ目的でやってくる他校の男子学生も多い。

　私に声をかけるなんて最初はビックリしたけど、それもこの衣装のせいだ。

「可愛いね、名前なんていうの？」

「すみません、忙しいので……」

「いーじゃん、教えてよ」

　困ったな……。

　キッパリと断っても、しつこく声をかけられている。

　お客さんだけど、もう無視してしまおうか……。

「ねぇ、名前教えてってば」

　どうしよ……まぁ……名前くらいなら……。

　対応に困ってしまい、もう名前を言ってやり過ごそうと

したその時。

「おい、何してる」

　後ろから、聞きなれた低音の声が響いてきた。

　この声は……。

　ヒヤリ、と背中に冷や汗が流れた気がした。

　恐る恐る振り返ると、そこにいたのはもちろん……。

「く、久世君っ……!!」

　な、なんでここにっ!!

　バッと時計を見ると、その針はすでにお昼を過ぎていた。

　そういえば、迎えに来るって言われてたっけ……!!

　仕事は午前中だけだと伝えていたし……。

　ひぃっ……こんな格好見られるなんてっ!!

　とっさにバッとスカートを押さえるけど、まったく意味がなく……。

　恥ずかしさやら情けなさやら、気まずい思いでいると、久世玲人は私を引き寄せながら男たちを鋭い眼光でにらみつけた。

「誰に、声かけてる?」

　その恐ろしい視線と低い声色に、男たちもビビっている。ついでに、周りにいる無関係のお客さんもビビっている。

　……ついでに、私も。

　この雰囲気は、ものすごく怒っている感じがする……。

「久世って……もしかして、久世玲人っ!?」

「マジっ!?　あの久世っ!?」

「え……てことは、この女が久世の女っ!?　……マジか

よっ!!」

　しばらく固まっていた男たちだけど、久世玲人だと気付いた途端、血相を変えて慌てている。

　他校でも有名だという噂は事実みたいだ……。

「ヤベッ!　帰るぞっ!!」

「俺たち何もしてませんからっ!!」

　久世玲人に言い訳しながら男たちは一斉に席を立ち、逃げるように教室を去っていく。

　その弱腰な逃げっぷりは、思わず私もポカンと見てしまうほど。

　男たちが逃げ帰ったあと、久世玲人の視線は私に移った。

　……ものすごく、不機嫌そうに眉をひそめている。

　ううっ……こわい……。

　その視線が、ゆっくりと下におり、そしてまた上へとあがる。

「菜都、……何、その格好」

「いやっ……あのっ……」

　不愉快そうな声と表情に、ビクビクと心臓が早鐘をうつ。説明の言葉がうまく出てこない。

「ごめん久世君!　私たちが無理やり原田さんにお願いして……」

　その様子を察した文化祭実行委員が、慌てたように久世玲人に説明してくれるけど、耳に入っているのかいないのか、その声には反応せず私を見すえたまま。

「すぐに着替えろ」

「あぅ……でも……」

「いいから、早く」

　久世玲人に引き連れられるまま、着替え専用として使っている空き教室へと入った。

「さっさと着替えろ」

　そう言ってドカッと椅子に座り、「ありえねえ」などとまだ文句をブツブツ吐いている。

　私もあの衣装はありえないと思っていたけど、……そんな露骨に態度に出さなくても……。

　そこまで不愉快そうにされると、逆に傷ついてしまう。

　軽くへこんでいると、久世玲人はまたイラついたように私を見て、

「何してんだよ。さっさと脱げ」

「脱げって……。あ、あの……できれば外で待っててもらいたいんだけど……」

「いいから、早く着替えろ」

　いいからって、私はちっともよくない……。

　しかし、着替えるから外に出てと言い張る勇気は、今の私にはなく……。

　早々にあきらめながら、衣装に手をかけた。

　幸い、着替えやすい構造になっている。

　一応、見えないように着替えることはできるけど、これはこれで恥ずかしい……。

　恥ずかしさをグッとこらえながら着替えていると、久世玲人が突然立ち上がり、私の元にやってきた。

310

「菜都、さっきの説明しろ」

「えっ……!?」

　ていうか、今まだ着替えてるんだけどっ!?

　脱ぎかけのブラウスがはだけないよう慌てて手で押さえるけど、久世玲人は気にした様子もなく目の前に立ちはだかる。

「飲み物作る仕事って俺に言ったよな？　どういうことだ」

「いやっ……あのっ……そうなんだけどっ……」

　いきさつを説明したいところだけど、この状況と久世玲人の様子にあせってなかなか説明できない。

　あたふたとあせっていると、久世玲人は「はぁー……」とため息を吐きながら私をゆっくりと引き寄せ、腕の中に閉じ込めた。

　ひゃああっ!!

　ど、どうしようっ!!

　こんな風に抱き締められるのは、部屋に行った日、あの時以来だ。

　心臓がバクバクと騒ぎ出し、胸が苦しくてたまらない。

　恥ずかしくて、息をするのもやっとで、足にも力が入らない。

　好きだと自覚しているぶん、今までとは比にならないくらいあせってしまう。

「あ……あのっ……あのっ……」

「二度とあんな格好はするな。他の男の前で、ありえねえだろ」

　もう、緊張しすぎて、何を言われているのかもよく理解
できていない。

　背に回る腕、密着する体に、心臓は爆発寸前。

　もうムリ……もうムリ……。

　は、早く離れないと……おかしくなっちゃう……。

　好きだという自分の気持ちだけが、溢れ出てしまいそう
になったその時。

　突然、校庭から盛大な音楽が鳴り響いた。

　まるで地鳴りのような大きなその音に、久世玲人の気も
それたようで、腕の力をゆるめながら「……なんだ、うる
せえ」と校庭の方を向いた。

　な、なんだろ……でも、助かった……。

　その隙に久世玲人の腕から抜け出した。

「おい！」

「き、着替えなきゃ！　すぐ着替えるから！」

「……ったく」

　久世玲人はまたため息を吐きながら、椅子にドカッと座
り込んだ。

　良かった……あの状態のままでいたら、私きっと……。

　久世玲人に身をゆだねたかもしれない……。

　まだ、久世玲人の気持ちをちゃんと確かめていないとい
うのに……。

Mr. & Miss

　本当に、久世玲人は一体どういうつもりなのか……。

　答えの出ない疑問が頭を巡るばかりだ。

　それでも、なんとか平静を取り戻しながら制服に着替え終えると、外の様子が一層賑やかになっていることに気付いた。

　さっきの音楽は、文化祭のメインイベントが始まる音楽だったみたいで、窓からチラリと校庭を見下ろすと、仮設ステージの前にはものすごい人だかり。

　そして、しばらくすると音楽が鳴りやみ、「ミスター＆ミスコンテスト開催!!」と司会者の大きな声が響いてきた。

「何だ？　ミスター……？」

　久世玲人も隣にやって来て、不可解そうに窓からイベントの様子を見下ろしている。

「ああ、うちの高校の恒例行事だよ。イケメンとカワイイ子のランキング」

「知らねえ」

「え、だって去年の男子１位は久世君だったような……」

「知るかよ。そもそも去年の文化祭出てねえし」

　そういえば、数々の諸先輩方をおさえて１位になってたけど、優勝者不在のまま表彰式があった気がする……。

「クラスでも投票用紙が配られたでしょ？　男子は女子に、女子は男子に票を入れるようにって」

「なんだそれ。くだらねえことやってんだな」

「くだらないって……。でも、一番盛り上がるイベントなんだよ。気合入れてる子も多いし」

「あっそう」

　ほんとに、興味がなさそうな感じだ。

　でも、もしかしたら今年も久世玲人が1位になったりして……。

　そうしたら、ステージに上がって表彰されたりするんだろうか……。

　そんな滑稽な姿を想像して思わず笑っていると、久世玲人が突然鋭い視線を向けてきた。

「おい、……今、投票って言ったよな?」

「え?　うん、そうだけど……」

「菜都は誰に入れた」

「……え?」

　まさか、そんなこと聞かれるとは思ってなかった。

「だ、誰って……」

　佐山君に1票入れたのを、確実に覚えている。

　だって、投票があった頃は久世玲人への気持ちを自覚していなかったから。

　ダラダラと冷や汗が流れる。

「誰だよ。他の奴に入れたんじゃねえだろうな」

「い、入れて……ないっ……」

　素直に白状できるはずがない。

　なんでこんなに責められてるのかわからないけど、その

方が身のためだと、とっさにさとった。

その後も、「本当かよ」と問い詰められていたけど、逃げるように飲み物を買いに行き、どうにか適当にはぐらかすことができた。

これ以上聞かれませんように…と願いながら、ふたり分の飲み物を買って教室に戻ってくると、久世玲人はまだ窓からイベントの様子を眺めていた。

「……何見てるの？」

聞きながら隣に立つと、久世玲人は「ほら」とあごでステージの方を指した。

「アイツが出てる」

「アイツ？」

誰だろう、と見下ろすと、ステージにいたのは佐山君だった。

少し照れくさそうに、居心地悪そうに立っているのがわかる。

その様子を、久世玲人は無表情のまま眺めていた。

「５位だってよ」

「そ、そう……」

あいづちだけ返すと、久世玲人がこちらに視線を向けた。

「……気になるか？」

……どういう意味で聞いてるんだろう……。

その言葉の真意はわからないけど、佐山君のことはどうしても気にしてしまう。

まだ、微妙な関係のままだからだ。

　告白も断りきれていないし、早く話をしないといけな
いって思うけど……。

　黙り込んでいる私を、久世玲人がじっと見つめていた。

　……なんて答えよう……。

　ふたりの間で沈黙が続くなか、賑わっている外の喧噪が、
この静かな教室にまで響いてきた。

　イベントの盛り上がりは最高潮。

「それでは、いよいよ第１位の発表です!!」

「栄えあるミスターの称号を獲得したのは……」

「２年Ｂ組、久世玲人君っ!!」

　名前が発表された瞬間、観客から女の子の歓声と盛大な
拍手が沸き起こった。

　このタイミングで……。

　大変な盛り上がりを見せているステージとは反対に、こ
の教室はしんと静まりかえっていた。

　……１位の久世玲人本人がいるというのに。

「……久世君、やっぱり１位だったね」

　さっきの問いに答えるタイミングを逃してしまい、なん
となく、１位になった話題に触れてみた。

「興味ねえよ」

　本当につまらなそうに言い捨てている。

「昨年に引き続き、２年連続１位獲得!!　さすが、不動で
すねー!!」

「久世君、どこですかっ!?　校内にいるなら出てきてくだ
さーい!!」

「まさか今年も本人不在のまま表彰ですかねっ!?」

　久世玲人を探す司会の声が聞こえてくるけど、本人はピクリとも動かない。

　まるで、無感動。

「久世君、呼ばれてるよ？」

「行くわけねえだろ」

　……だよね。

　一切関心を示す様子がない。

　しかし、私も人のことは言えず、あまり素直に喜ぶことができなかった。

　なんとなく、久世玲人が1位になると予感していたけれど……。

　好きな人がこうして注目されるのは、やっぱり複雑だ。

　私なんかがこうして一緒にいるなんて、おこがましく感じてしまう。

　よりによって、こんな厄介な人を好きになってしまったなんて……。

　はぁ、と小さく息を吐いていると、久世玲人は私が渡した缶コーヒーを相変わらず無表情のまま飲んでいた。

　今、何を考えてるんだろう……。

　その横顔を盗み見ているなか、外では「久世君！　表彰式までにぜひ出てきてくださーい！　それでは、次は女子部門へ……」と司会の声が響いていた。

　イベントが女子のミスコンに突入すると、久世玲人はステージに向けていた視線を私に移した。

「……なぁ菜都、もう帰らねえ？」

　……えっ？

　帰る!?

　突然の帰ろう宣言に少しビックリしてしまった。

「片付けもあるし、たぶん夕方じゃないと……」

「そんなにかかるのか？」

　ほんとに、文化祭のことを知らないみたいだ。

　早く帰りたいみたいだし、このまま何もせず夕方まで待たせるのもな……。

　元々、今日は学校に来るつもりもなかったらしいし。

「あの……先に帰ってもいいよ……？　何もすることないし、ヒマでしょ？」

「いや、待つ。うちに連れて行こうと思ったけど、夕方までかかるなら送って帰る」

　その言葉に、再び心臓がドキドキと騒ぎ始める。

　うちって……久世玲人の家っ!?

　な、なんでっ!?

　あまりにもサラリと言われたけど、今の私にはかなりの威力がある。

　家って……家って……!!

　この前の光景が思い出され、カーッと顔が赤くなる。

　恥ずかしさをごまかすため、ゴクゴクとジュースを流し込んだ。

　思い切って、「どうして？」って聞いてみようか……。

　本当に、一体どういうつもりで……。

　　心臓をバクバクさせながらチラリと久世玲人を見上げた
その時、再び司会の声が教室に響いてきた。
『さぁ、続いて第2位の発表です!!』
『第2位、……2年B組、原田菜都さん!!』
　　……ぶっ!!
　　思わず、飲んでいたジュースを吹きこぼした。
　　え、……ええっ?
　　ケホケホと咳き込みながら状況が飲み込めない私の隣
で、久世玲人も「ゲホッ」とむせていた。
　　なっ……!!
　　今……今……呼ばれたっ!?
　　ビックリしすぎて唖然としていると、久世玲人も同じく
唖然とした様子でステージを見下ろしていた。
「圏外からのランクイン!　おめでとうございまーす!」
「急上昇した理由は、もちろん、アノ人がいるからですよ
ねー」
　　楽しそうな司会の声が響いているなか、隣にいる久世玲
人から「……オイ」と、とても低い声が発された。
「菜都、……どういうことだ?」
「し、知らないよっ!!」
　　まさか、自分がこのイベントに名をつらねるなんて、思
いもしなかった。
　　大体、こういうのにランキング入りする人は、美男美女
で目立っている人だけだ。
　　な、何が起こってるのっ……!!

　あまりにも非現実的すぎる出来事にひとりパニックに
なっているけど、司会の声は無情にもまだまだ続く。
「えー、投票理由ですが、一番多かったのはやはり久世君
がらみですね。"あの久世が離さないってことは、きっと
色々とスゴいんだと思う"」
「意味深なコメントですねー」
「えー、その他には、"今まで気付かなかったけど、結構可
愛い"」
　恥ずかしすぎるコメントに耳まで真っ赤になっている
と、久世玲人の機嫌はどんどん悪くなっていった。
「ふざけんじゃねえ……」
　何に怒ってるのか知らないけど、そのひたいにはピキピ
キと青筋（あおすじ）が立っているように見えた。
「原田さーん！　校内にいたら出て来てくださーい！」
「もしかして、久世君と一緒にいるんですかねー」
　さっきの久世玲人と同じ状況だ。
　私を呼び出す司会の声が響く中おろおろとひとりあせっ
ていると、突然、久世玲人に腕を引き寄せられた。
　……!!
　ヒュッと、思わず息を飲んで固まった。
　久世玲人の腕が前にまわり、ぎゅう、とうしろから抱き
締められている。
　ど、どうしよう……!!
　心臓がっ……飛び出るっ……!!
「菜都、やっぱり帰るぞ」

　プルプルと小刻みに震えていると、頭上から、やっぱりまだ不機嫌そうな声が響いてきた。

　なんでそんなに機嫌が……ていうか、帰るって!?

「ややややっ……久世君っ……ちょ、ちょっと待っ……!!」

「つーか、いつからこんなことになってんだよ」

「し、知らないっ……」

「2位ってなんだよ、2位って」

「だっ、だから知らないって……」

　1位の男に、なんで私がこんなに責められなきゃいけないのか……。

　いや、それよりこの腕を早く離してもらわないと……!!

　身がもたないよっ……。

　なんとか離れようと腕の中で身をよじるけど、ますますギュッ……と抱き締められた。

「く、久世君っ……離してっ……」

「なんで？」

「なんでって……、ここ、教室だしっ……誰か来るかもしれないしっ……」

「関係ねえよ。それより早く帰るぞ」

「だ、だからっ……片付けがあるから帰れない……ていうか離してっ……」

　なんとか離してもらおうと懇願するけど、久世玲人の腕は私にからまったまま、なかなか離れない。

　なんで……なんで離してくれないのっ……？

　久世玲人の心が見えない今、うれしさよりも苦しさの方

が大きい。

　顔を真っ赤にしながら泣きそうになっていると、久世玲人はまた面白くなさそうにつぶやいた。

「自分がどういう目で見られてるかわかってんのかよ」

「どういう目って……」

　何が言いたいの……？

　その言葉の意図をさぐろうとするけど、またさらに腕の力がギュッと強まり、それどころではなくなった。

「少しは自覚しろ」

「な、何っ……」

「いいか？　変な奴が近づいてきたら、すぐ俺に言え」

「変な奴って……」

「……他の男にこんなことさせたら許さねえから」

　そう言って久世玲人は、私を抱き締めたまま、首筋にキスを落としてきた。

「ひゃっ……!!」

　こ、こんなことって……キスのことっ……!?

　その唇は何度も首筋を這い、時折、ほおや耳にもキスをされる。

「やっ……久世君っ……やめてっ……」

「……言っただろ、菜都は俺のだって。俺から離れるな」

　ど、どうしようっ……また、思わず泣いてしまいそうになるっ……。

　お腹にまわる久世玲人の腕をギュッと握りながら、溢れそうになる涙をこらえた。

そんなこと言われてキスなんかされると、深い意味を求めてしまう。

都合よく考えて、期待を持ってしまう。

……うぬぼれてもいいってことなの……？

自分の心のリミットを超え、久世玲人に対する想いが溢れそうになっていたその時、コンコンと教室のドアがノックされた。

……!!

ビクっと体がゆれ、一瞬で現実に引き戻される。

だ、誰か来たっ!?

慌てて久世玲人の腕を振り払い、その体をドンッと突き放した。

「おい」

「だ、だって……!!」

憮然とした顔で私をにらむ久世玲人を、今は気にしてられない。「は、はいっ！」と外に向かって返事をすると、クラスメイトの女子が入ってきた。

私と久世玲人を見て、少しだけ気まずそう。

「あ……お邪魔してごめんね。さっきの衣装、他の子が着ることになって、取りに来たの」

「そうなんだ、ごめんね……！」

そういえばと、脱ぎっぱなしだった衣装を慌ててたたもうとすると、その女子は「いいからいいから」とそのまま受け取った。

「そうだ原田さん、時間あるなら、ちょっとお願いしたい

ことがあるんだけどいいかな？」

「な、何……？」

「実は在庫のオレンジジュースが切れそうで、今先生が買いに行ってくれたの。1階まで取りに行ってもらえるかな？　今、人手が足りなくて……」

「ああ、うん、大丈夫だよ」

「ありがとう、助かるよ！　じゃあよろしくね」

　そう言ってその子は衣装を持って、教室を出て行った。

「……えーと、……じゃあ、取りに行ってくるから……」

「俺も行く」

「えっ!?　いいよいいよっ」

「ひとりじゃ重いだろ」

「だ、大丈夫っ！　先生もいるみたいだし、取りに行ったら、すぐ戻ってくるから」

　まだドキドキと心臓が騒ぐ。

　そんな雰囲気じゃなくなったけど、さっきのことが頭から離れない。

　戻ってきたら、今度こそ、久世玲人に確かめたい。

　さっきの言葉の意味を、……キスの意味を。

　それまでに、心を落ち着かせよう……。

ある恋の結末

　騒ぐ心を落ち着かせながら、指定された場所に向かうと、ちょうど、先生が車からジュースを降ろしているのが見えた。

　あ、いたいた……。

　早速取りに行こうと足を進めたけど、車の陰（かげ）から現れたもうひとりの姿が目に入ったところで、その足はピタリと止まった。

　……佐山君だ。

　佐山君も手伝いに来てたの……？

　微妙な気まずさから固い表情で突っ立っていると、佐山君がこちらに視線を向け私に気付いた。

「……原田さん」

　その声に先生も気付き、「お、原田！　ちょうどいい所にいた」と、ジュースが入っている袋（ふくろ）を渡しに来た。

　もちろん、先生は私たちの事情なんてこれっぽっちも知らない。

「佐山と一緒に持ってけ。あとよろしくー」

　と、まるでラッキーだと言わんばかりの顔で、職員室に帰っていく。

　……あぁ……ふたりきりはさらに気まずいかも……。

　なんとなく佐山君の方を向けずにいると、その様子を察したのか、佐山君が遠慮がちに話しかけてきた。

「……それ、重いでしょ？　僕が持ってくから、いいよ」

「えっ……いや、でも佐山君も持ってるし……」

　そう言ってぎこちない笑みを返すと、佐山君も少しだけ笑った。

「……じゃあ、行こっか」

「う、うん……」

　やっぱりまだ少しの気まずさをかかえながら、私たちは一緒に教室まで向かった。

　これといった会話もなく教室まで向かっていると、ふと、前を歩く佐山君が振り返って話しかけてきた。

「あ……そうだ。2位、おめでとう」

　その言葉にギョッとして、また咳き込みそうになった。

　よりによってその話題なんてっ……!!

「いやっ……あれはっ、……ていうか、佐山君も5位だったじゃない！」

「まぁ……そうだったね」

　小声でそう言った佐山君は、クスクスとおかしそうに笑っている。

「それにっ、佐山君の純粋な票と違って、私のは話題賞っていうか、……からかわれてるようなものだもん」

「ハハ、そんなことないよ」

　私の自虐的な言葉に、今度は声を上げて笑っている。

　……さっきまでの気まずさが嘘のよう。

　自然に会話ができている。

　佐山君が気を遣ってくれているのかもしれないけど、あ

の重い空気がなくなり、とてもホッとしていた。

「なんで表彰式出なかったの？　１位の久世もいなかったから、ふたりでバックレてるだろうと思ってたけど」

「表彰式なんてっ……！　そんな場違いなところ出られないよ！」

「それを言うなら僕もだよ。無理やり連れて行かれたけど。でも、原田さんの性格ならわかる気がする」

「たぶん、お願いされてもあれは無理かも……」

　こうしてしばらくイベントの話題について話していたけど、突然、佐山君の声色が変わった。

「……原田さん、ごめんね」

「え……？」

　突然謝られ、ビックリしながら佐山君を見上げると、その顔は苦痛そうに眉を寄せていた。

「な、何が……？」

　とまどいながら佐山君に聞いた。

「ほら、この前……。クラスのみんなに噂されるようなことになっちゃって……」

「あ、いや……」

「あの時は別に何を言われても構わないって、勢いであんなことしちゃったけど……。あとから考えたら、原田さんのことも考えないで軽率だったなって……」

「そんなこと……」

「だから、これ以上噂されないように、あんまり話しかけないようにしてたんだけど……。なんだか原田さんとも気

まずくなっちゃって」

　そう言う佐山君の表情は、とても苦しそうで、辛そうで、聞いている私まで胸が苦しくなった。

「それでさ、……この前の話、聞きたいんだ」

「えっ……？　あ、あの、それは……」

　この前の話とは、私が佐山君の告白を断ろうとした、あの時のこと。

　ずっと話さなきゃって思ってたけど、今このタイミングで、しかも佐山君の方から言われて、少しとまどってしまった。

「……話があるって言われて、なんとなく感付いてたんだ」

「え……」

「できるなら、ずっとさけたかったけど、そうもいかないでしょ？　……いい加減、ケリをつけないと」

「佐山君……」

「さぁ、いいよ？　話して？」

　えっ!?

　今、ここで!?

「あ、あの、……いくらなんでもここじゃ……」

　廊下は文化祭の賑わいで人がいっぱい。

　仮装した人たちや小さな子供もたくさんいて、とても落ち着いて話せる雰囲気じゃない。

　さすがにそれは佐山君も気付いたようで、「それもそうだね」とキョロキョロと周りを見ている。

「……じゃあ、ちょっと寄り道して行こうか」

　そう言って、近くにあった使われていない教室に一緒に入った。

「いざこうしてあらたまってみると、結構緊張するね」

　そう言って、佐山君は机にジュースを置きながら私に向いた。

　佐山君の言うとおり、私も緊張している。

　何から話していいものなのか……。

　あまりにも突然だったため、何も整理されてなかった。

　もちろん心構えもできていないので、若干パニックになっている。

「あ、あのねっ……」

「うん」

「あ、あのっ、……私っ、久世君が好きなのっ……」

「……。

「……突然だね」

　少し目を丸くしながら、佐山君はクスッと吹き出した。

　ああっ……!!

　私ってばいきなり何言ってんの!?

　まるで順序がなっていない。

　いきなりの失態に頭をかかえていると、佐山君はおかしそうに私を励ましてくれる。

「落ち着いて、原田さん。ゆっくりでいいから。ほら、ジュースでも飲む？　いっぱいあるし。コップないけど」

「あ、ありがと……だ、大丈夫……」

「うん、頑張って」

　な、なんだこの状況……。

　告白を断る相手に励まされるとは……。

　自分の情けなさにヘコみつつ、フーッと深呼吸しながら今度こそはと佐山君に向き直った。

「あのねっ……佐山君には、本当に、心から感謝してるっていうかっ……。気さくに話しかけてくれるし、困ったときはいつも助けてくれて……心配してくれてっ……。本当に、何度お礼を言っても、言い足りないくらい……」

「……うん」

「それに、こんな私のことを、す、好きって、言ってくれて……。本当に、うれしかった……」

「うん」

　たどたどしい私の言葉を、佐山君は口を挟まずちゃんと聞いてくれる。

　その様子に、私も少しずつ落ち着いてしゃべることができた。

　佐山君に伝えたかったこと、言わなきゃいけないことが、ひとつひとつ言葉となってくる。

「あの時、……一度、佐山君の告白に答えようとして、でも、突っぱねられた時……、本当に、ちゃんと考えようと思ってたの……」

「うん」

「気付いてたと思うけど……、久世君とはお互い好きで付き合ったわけじゃなくて……。最初は、すごく困惑したし、恐かったし、強引だったし……、今でも何を考えてるかわ

かんないし……」

「……」

「でもっ……でも、やっぱり、……私の心に入ってくるのは久世君でっ……」

「……」

「いつの間にか、心は久世君に占められててっ……」

「……」

「佐山君っ……、私っ、……久世君がっ、好きなの……」

「……うん」

「だからっ、……本当に、……ごめんなさい……、私、佐山君の想いに応えることはできないっ……」

　胸がつまる。

　声を出すのもやっとで、辛い。

　恋って、こんなにも苦しくて、痛くて、……悲しいものだったんだ──。

　「ごめんなさい……」とうつむきながらもう一度小さくつぶやくと、

「……原田さん、顔上げて」

　と、優しい声が降ってきた。

「謝らないで。原田さんが悪いことなんて、ひとつもないんだから」

「で、でもっ……」

「僕も、……こうなるって、わかってたことなんだし」

　そう言う佐山君の顔は少しだけ悲しそうに笑っていて、その表情に私はまた胸がいっぱいになる。

　再びうつむきそうになるけど、佐山君は私の目を見つめ
ながら続けて話した。
「最初は、……前に言った通り、ふたりの間に恋愛感情が
あるように見えなくて。奪えるって思ってたんだ」
「佐山君……」
「でも、いつからか、だんだんとふたりの距離が縮まって
るように見えたんだ。それで、あせって告白したけど、も
うその時には遅かったのかもしれないね」
　のんびりしすぎたか、と佐山君は自嘲気味に笑った。
「……気付いてたの……？　私が久世君のことを……」
「うーん……、告白した時は正直半々だったんだ。さすがに、
全然希望がないなら告白なんてしないし」
「あぅ……」
「でも、確信したのはあの時かな……。原田さんの心は久
世に向いてるってわかったのは」
　……あの時？
　少し考え込んだのがわかったのか、佐山君は続けて教え
てくれた。
「ほら、停学中の久世の家に行った時。次の日なんか、目
をはらして学校来たでしょ。その時かな」
「あ……」
「原田さんって、みんなの前では自分の感情を前面に出さ
ないっていうか……、遠慮してるっていうか。自分の意思
を押し通さないでしょ？　あ、別に演じてるって言いたい
わけじゃないよ？」

「う、うん……」

「それなのに、あの時は、久世に会いたいと言ってきかな
かった」

「……うん」

「目がはれるほど泣いたのも、感情的になったからだって
言ってた」

「……うん」

「ここまで原田さんをたかぶらせる久世は、……やっぱり
僕とは違うって思った。きっと、原田さんの心を動かすの
は久世なんだって」

「……」

「だから……、原田さんを笑顔にできるのも、僕じゃなく
て久世なんだって、そう思ったんだ」

　あの時のことで、そこまでわかってしまうのは、それだ
け私のことを見てくれていたっていうことだ。

「……ごめんなさい……」

　応えられないその想いに再び謝ると、佐山君がフッと
笑った気配がした。

「謝らないで。謝られる方が、……ツラいかもしれない」

「……っ」

　また、ごめんなさいと言いそうになって、口をつぐんだ。

「せっかくなら、笑ってお礼を言われた方がいい。僕も、
原田さんにはありがとうって言いたいし」

「……ありがとう、佐山君」

　うまく笑えたかどうかわからないけど、……きっと、佐

山君の言う笑顔になってないと思うけど、精一杯の感謝の
気持ちを込めて、佐山君に伝えた。

「本当に、ありがとう……」

「……」

　もう一度伝えると、佐山君は何も言わず、そのままうつ
むいた。

「……佐山君？」

「……」

「あ、あの……」

　もう一度呼びかけようとしたその時、手をいきなりグッ
と強く引っ張られた。

　ぅわっ……！

　バランスをくずし、グラリと少しだけ前のめりになる。

　何？

　と、考えるヒマもなく、佐山君の腕の中。

　一瞬で頭が真っ白になったと思ったら、次の瞬間には佐
山君の腕に抱きこまれ、力強く抱き締められていた。

　え……？

　な、に……？

　なんで、なんで……。

　呆然としている私を、佐山君はさらにギュッと抱き締め
てきた。

　体が、ギュッと締め付けられる感覚。

　……違う。

　私が知っているものと、違う。

　私を抱き締める、あの腕じゃない。

　そう感じた瞬間、ガクガクと足が震え出し、その違和感から離れたくて、何かを探し求めるかのように、手が宙をさ迷う。

　佐山君は私を抱き締めながら、耳元で切なげにささやいた。さっきまで優しく笑っていたのに、その声はとても苦しげで……。

「……やっぱり、あきらめられないって言ったら？」

「佐山君っ……離してっ……なんでこんなことっ……」

「好きだからだよ」

　それしか理由はない。

　そうハッキリと伝えるかのように、佐山君は静かに言い切った。

「原田さんが好きだからだよ。久世が原田さんの前に現れる、ずっと前から」

　好きだと言われることがこんなにも辛くて……。

　心に突き刺さる。

　震える体を抑えようとするけど、溢れる涙をこらえようとするけど、私の意思じゃどうにもならなくて。

　これ以上、何も言えなくて。

　いつも穏やかに笑っていた佐山君を思い出した。

　だからこそ……こんなにも辛くて、悲しくて……。

　この腕を突き放すことなんて、私にはできなかった。

　小さく震えながら溢れ出る涙を止められないでいると、

「……ごめん。冗談」

　その優しい声とともに、ゆっくりと腕が解かれていった。

　締め付けられていた力がなくなり、その場にくずれおち
そうになるけど、さり気なく佐山君が支えてくれたのでな
んとか立っていられる。

「ごめんね……。本当に終わりにするつもりだったんだけ
ど、つい、最後の悪あがき」

「……」

「最後まで "イイ人" でいればよかったんだけど」

　胸がつまって何も返すことができない。

　ただ泣きながら、佐山君を見つめ返すだけ。

「……抱き締めて、ごめん。……でも、許してくれなくて
いいから。……嫌ってもいいから」

「……」

　そう言う佐山君の顔はとても穏やかで、それにまた涙が
溢れてくる。

　その言葉に、ふるふると力なく首を振った。

　私は佐山君を心から嫌いになることなんてできない。

　伝わってくるその想い。

　その想いと同じ感情を、私は知っているから……。

「……いいの？　殴らなくて」

　ただ涙をこぼしているだけの私に、佐山君は小さく苦笑
しながら聞いてきた。

　……殴るなんて、そんなことできるはずがない。

「殴れっ……ないっ……」

　首を振り、声をしぼり出しながら答えた。

「いいの？」

「いいっ……あの時のっ、借りを返したことにするっ……、早退を、協力してくれた時のっ。……それで、いいことにするっ……」

　なかったことになんてできない。

「……そっか」

「だからっ……、もうっ……」

「明日からは、ただのクラスメイトに戻るから」

　ただの、クラスメイト……。

　その言葉は少し悲しくて寂しいけど、そんなことを言う資格は私にはない。

　それは、私が望んだことだから……。

　ゆっくり、小さくうなずくと、佐山君はいつものように穏やかに微笑んだ。

「……じゃあ、そろそろ戻らなきゃ。ジュースが来なくて、みんな慌ててるかも」

「うん……」

「……先に、戻るから」

　そう言って佐山君は机に置いていたジュースを持って、足を踏み出した。

「それじゃあ、お先に。……原田さん、ありがとう」

　あのいつもの優しい笑顔で、佐山君は教室を出て行った。

　その背中を見ながら、また涙がこぼれてしまった。

　声を上げて泣きそうになるけど……。

　涙を流せば流すほど、心に積もるのは佐山君への罪悪感。

　それは、想いに応えられなかった涙じゃない……。

　私のことをまっすぐ見てくれていたのに、あんなにも強い想いに触れていたというのに。

　こんな時なのに、……こんな時だからかもしれないけど。

　たった今まで、佐山君と向き合っていたというのに、私はもう別の人を想っている。

　今、私の心に浮かんでいるのは久世玲人で。

　今、すごく会いたいのは久世玲人で。

　そんなことを思う私は、きっと、最低なのかもしれない。

　流れる涙は、そんな自分に対する涙だった。

突然の解放宣言

どれくらいたったか……。

とても長い時間のように思えたけど、時計を見るとそれほどでもなかった。

あんなに長く感じたのに……。

まだあんまり動く気にもなれないけど、いつまでもここでグスグスと泣いてる場合じゃない。

久世玲人にも、すぐ戻ると言ったきりだ。

溢れ出そうになる涙を無理やり止め、頼まれていた残りのジュースを届けに行った。

カフェは相変わらず盛況で、ジュースの到着が遅いことも誰も気にとめた様子はなかった。それに、私を見ても誰も反応を見せなかったので、泣いたことはバレていないと思う。

慌しそうなカフェをあとにして、久世玲人が待っている教室まで足早に向かった。

まだ、待ってくれているだろうか……。

少しだけ不安に思いながらドアをそっと開けると、窓際の席で、ポケットに手を突っ込み足を投げ出して座っている久世玲人の姿が見えた。

その姿にホッとした安堵感が広がると同時に、胸が締め付けられる。

「……久世、君……」

　無意識に、声がこぼれた。

　教室に入ると、久世玲人はゆっくりと顔を上げこちらに視線を向けた。

　まっすぐに向けてくるその表情はいつも以上に鋭く、射るような視線は息が止まりそうになるほど。

　もしかしたら、待たせてしまって機嫌が悪いのかもしれない。

　それでも今は、こうして同じ空間にいられることに、ひどく安心する。

　ゆっくりと近づくと、久世玲人は私を鋭く見すえながら静かに口を開いた。

「……何してた」

　え……？

　思わず足が止まった。

　まるで、何か感付いているような、低くて硬い声。

「誰と、何してた」

「え……」

「答えろ」

　どうしてこんな……？

　まさか知って……、いや、いや、まさか、それはありえない……。

　もしかしたら、泣いていたことがバレたの……？

　それとも、戻るのが遅かったから、ただ本当に怒っているだけ……？

　どちらにせよ、いつもとは様子が違う久世玲人に少しと

まどいながら、その目を見つめ返した。

「ど、どうしたの……？」

　なるべく平静をよそおいながら訊ねてみるけど、久世玲人は私を鋭く見すえたまま。

「いいから答えろ」

　ゆっくり立ち上がり、鋭い視線を向けながらこちらに近づいてくる。

　……な、に……？

　不穏な空気に、心臓が早鐘を打つ。

　なんで怒っているかわからなくて、不安がよぎる。

「どこで、何してた」

「え、と……だから、ジュースを、取りに……」

「それはわかってる。そのあと」

「そ、そのあとは……」

　さっきの、佐山君との時間を思い返した。

　あまりにも心に強く刻み付けられたその時のことを思い出し、思わず目の前にいる久世玲人から目をそらしてうつむいた。

　言えるはずがない。

「……は、春奈に会って、ちょっと話し込んでたの……」

　とっさについた嘘。

　上ずった声で、もしかしたら嘘だとバレているかもしれない。

　ギュッと目をつむりながら、次の言葉を待った。

「……そう」

　しかし、予想に反して久世玲人から返ってきた言葉は、
その一言だけ。

　……納得、したの……？

　その様子を確かめようと、恐る恐る顔を上げると、久世
玲人は私をまっすぐ見下ろしていた。

　とても、冷たい目で。

　ドクン、と心臓がイヤな音を立てた。

　怒りや敵意ではない。

　まるで、拒絶しているかのような視線。

　足がすくんで、動けない。

　好きな人にこんな目を向けられ、普通でいられるはずが
ない。

　恐くて、不安で……。

　震えながら、私の目には自然と涙が溢れてきた。

「……久世、君っ……？」

　なんで……、どうして……。

　わからずに、ただ突っ立っていると、久世玲人は私の肩
をつかみ、強引に引き寄せた。

「……っ!!」

　突然の、キス。

　無理やり顔を上げられ、唇を押しつけるように。

　噛みつくような、キス。

「やっ……!!」

　しゃべる隙も与えないように、何度も唇を合わせてくる。
そこに、いつもの優しさなんてなくて。

「やめっ……く、ぜ……くんっ……!!」

　なんでっ……。

　頭が、ついていかない。

　今の私には、考えることができない。

「……いやっ……やめてっ!!」

　腕を張り、突き離すように久世玲人の体を押しのけた。

「久世君っ……なんでっ……」

　息も整わず、肩を上下させながらつぶやいた。

「なんでっ……」

　苦しくて、ひたすらその言葉を繰り返しながら、涙を流した。

　さっきのキスは何っ……。

　確かめたくて、目の前の久世玲人を見上げたいけれど、恐くてできない。

　また、あの目で見られることがたまらなく恐い。

　しばらくうつむいたままでいると、久世玲人が動く気配を感じ、静かな声が聞こえてきた。

「……帰る」

　え……。

　瞬間、顔を上げたけどその時にはもう遅く、教室から出て行く久世玲人の背中しか見えなかった。

　なんで……。

　何も考えられず、引き止めることもできないまま、教室にひとり残された。

　なんで……こんなことになってるの……?

　少し前までは、いつもと変わらなかったのに……。

　これほどまでに久世玲人が怒っている理由。

　その原因は、きっと私にある。

　だけど、その明確な原因がわからなかった。

　ヘナヘナと全身の力が抜け、その場にくずれるように座り込んだ。

　この時の私は、まだ気付いていなかった。

　佐山君と一緒にいた教室が、この教室の窓から見えることを。

　そして、あの時の出来事を、久世玲人が見ていたことを。

　ひとりで家に帰り、ふぬけた状態のままベッドに倒れこんだ。

　あれから、文化祭がどう終わったのか覚えていない。

　ただ、久世玲人のことだけが頭から離れなかった。

　目をつむると、思い出すのは、久世玲人の目。

　私を冷たく見下ろす、あの冷たい目。

　ゾクリと体が震える。

　なんであんなに怒っていたんだろう……。

　やっぱり、嘘をついたのがバレたから……？

　いや、まさか……。

　でも、もしそうだとしたら、久世玲人があんなに怒る理由が……。

　私を突き放すようなあの目。

　あのキスの理由は……。

　考えようとしても、今の私の頭は役立たずで。

　いろんなことがありすぎて疲れてしまっているのか、それとも、考えるのが恐いのか。

　とにかく今は、早く眠りたかった。

　朝起きたら、もしかしたら、何事もなかったように久世玲人が迎えに来ているかもしれない。

　そうしたら、何があったの？って普通に聞けるかもしれない。

　心のどこかで「そんなことない」ってわかっていても。

　そんなわずかな望みをかかえながら、私は深い眠りへと誘われていった。

　それから1週間、久世玲人は学校に来なかった。

　もしかしたら、朝ひょっこり迎えに来てくれるかも、という私の淡い期待は見事に外れ続け、ひとりきりの登下校だった。

　もちろん、久世玲人からはなんの連絡もないし、私も連絡する勇気がないままだ。

　連絡したいと思うけど、気が小さい私にはそれができないのだ。

「おはよう、原田さん」

「……お、おはよ……」

　佐山君はあれからも変わらずあいさつしてくれる。

　しかし、それからいつもの世間話に進むことはない。

　普通に話ができる度胸は私にはないし、佐山君も、もしかしたら私にあまり関わらないようにしているのかもし

れない。

　と、思っていたら、今日は普通に話しかけられた。

「ねぇ、原田さん。最近久世見ないけど、どうしたの？」

「えっ……」

　まさか、久世玲人にさけられてる、そんなことなど言えるはずなく。

　しどろもどろになっていると、佐山君が少し厳しい顔つきになって言った。

「あのさ、前から思ってたんだけど……」

「な、何っ……」

　まさか、また何か言われる!?

　その表情と話の切り出しに、少し身構えた。

「久世って……出席日数足りてる？」

「……へ？」

　思いもしなかった言葉に、ポカンと口を開けてしまった。

　……出席日数？

「いや、１学期なんてほとんど学校来てなかったろ？　最近は毎日来てたみたいだけど、停学期間もあったし、もう１週間も来てないし」

　い、言われてみれば……。

　そんなこと、思いもしなかった。

「留年なんてことにならないように、しっかり教育しなきゃ」

「は、はは……」

　教育って……今の私たち、とてもそんな雰囲気じゃない

んです……。

　と、思いつつも学級委員のありがたい忠告に「い、言っ
ておく」と彼女らしく答えておいた。

　出席日数、それを口実に連絡してみようか……。

　いや、でもそんな連絡事項的なこと……。

　さらに、怒らせてしまう可能性がある。

　でも、何がきっかけでもいいから、久世玲人とのつなが
りを保ちたい。

　そう思って、いよいよ勇気を出してスマホを取り出した
ところで、廊下を歩いている健司の姿が目に入った。

　……あ。

　そうだ……健司なら何か知ってるかも……。

「健司君！」

　教室を出て、少し先に歩いてる健司に声をかけると、く
るりとこちらに振り返った。

「なっちゃん？　どうしたの？」

「あ、あの……久世君、最近どうしてる？」

「玲人？　さあ、知らねーけど。俺より、なっちゃんの方
が知ってんじゃないの？」

　何かを隠している風でもなく、本当に知らない感じだ。

「玲人がどうかした？」

「いや、あの、……1週間も学校来てないから……」

「どうりで、最近連絡してもシカトされるわけだ」

「……シカト？」

「あ、もしかしてなっちゃんにも？　まあでも気にしない

で、よくあるから。あいつ、基本面倒くさい性格してるし。
そのうち来るよ」

　そういって健司は、まったく心配を見せる様子もなく、
「じゃあね～」とヒラヒラ手を振りながら私の前から去って
行った。

　健司にもシカトをしているなんて、……私が連絡したところで、返信してくれないに決まっている。

　少しだけ湧いたちっぽけな勇気はあっけなく消え、握りしめていたスマホをポケットの中にしまった。

　そして、8日目。

　ここまでくると、ただもう不安に思うだけだった。

　怒らせているというよりも、大丈夫なのかと心配で、いっそのこと、拒絶されてもいいから家まで行ってみようかと思うほど。

　連絡したところで、シカトされるのはわかっているから。

　そう決意したその日。

　朝から小さな緊張感を感じ続けてむかえたお昼休憩、1件の新着メッセージが入っていることに気付いた。

　差出人は、……久世玲人。

「……っ!!」

　まさか、まさか久世玲人から……。

　名前を見ただけで、急にドクドクと心臓が騒ぎ出した。

　約1週間ぶりの連絡に、手が震えてしまう。

　恐る恐るアプリを開いてみると、

「屋上に来い」

　いつもと変わりない、簡潔で強制的なメッセージ。

　この文面からでは、久世玲人の心境が読み取れない。

　それでも、なぜかこの時、どうしてかすごくイヤな予感がしていた。

　うれしいけど、恐い。

　恐いけど、うれしい。

　そんな複雑な感情をかかえながら屋上に向かうと、いつもの場所で、フェンスに背を預けた久世玲人が座っていた。

　緊張は、最高潮。

　騒ぐ心臓は治まる様子なく、変な汗を浮かべながらゆっくりと足を進めた。

　久世玲人も私に気付き、立ち上がってこちらに向かってきている。

　１週間ぶりに見る久世玲人は、やっぱりいつもと変わりなくて、その表情もいつもと変わりなくて、……あの時の、冷たい目じゃない。

　むしろ、穏やかで、……穏やかすぎて……。

「よお」

「く、久世君……」

「悪かったな、呼び出して」

「い、今までどうしてたの……？　ずっと学校にも来なくて……」

「……ああ、」

「ほんとに、ずっと心配で、……私が、何か怒らせちゃっ

た……？ 考えたんだけど、わからなくて……」

「なぁ、菜都」

「どうして……、なんで……、あの時」

「菜都」

　静かな声で、制された。

　止まらない私の言葉をさえぎり、久世玲人は私をまっすぐ見つめてくる。

　……だめだ……、涙が出そう……。

　おそらく、イヤな予感は当たっている……。

　これから続く言葉は、きっと……。

「菜都、……解放してやる」

「な、に……？　なんの、こと……？」

　わからないフリをしたけど、声が震えていた。

　久世玲人が言っている意味なんて、すぐにわかったから。

　ガクガクと足が震えそうで、気を抜くとすぐにでも涙がこぼれ落ちそう。

　だけど、久世玲人はどこまでも冷静に、穏やかに言葉を続けた。

「だから、"彼女"から解放してやる」

「……そ、それって……」

「ああ、今日で終わり。別れよう」

　あっさりと簡単に言われ、まるで、私たちの関係のもろさを突きつけられたようだった。

　一言で簡単に終わることができる、そんな関係。

　始まりも終わりも、私の意思はそこにない。

「……なんでっ……？」

「もともと、俺が強制的に彼女に仕立てて、菜都がそれに
合わせただけ。そうだろ？」

「なんでっ……」

「いい加減解放してやらねえと、と思って」

「今さら、なんでっ……？」

　ついこの前までは、菜都は俺のって、俺から離れるなっ
て……。

　あの言葉はなんだったの……？

　キスは、なんだったの……？

　ただの気まぐれ？

　「なんでっ……」と繰り返す私に、久世玲人は少し困っ
たように笑った。

「なんでって、菜都はその方が都合いいだろ。……俺が気
付いてないと思ってたか？」

「……どういう意味っ……？」

「俺と一緒にいる時、お前いつも困った顔してただろ。笑
顔になることなんて、ほとんどなかった。困惑してるか、
泣きそうになってるか」

「そ、そんなことっ……」

「まぁそりゃそうだよな。好きでもねえ奴と一緒に行動さ
せられて」

　そんなことない。

　いや、確かに、最初の頃はそうだった。

　困惑しかしてなかった。

　ただ、自分の気持ちに気付いてからは、その困惑はまた別の意味があり、泣きそうなのも“好き”の想いが溢れそうだから。

　久世玲人は全然気付いてない。

　一生懸命首を振っても伝わらず、久世玲人は私の横を通り過ぎて屋上の扉を開けた。

「悪かったな。……でも安心しろ、もう菜都には関わらねえから」

　振り向きざまそうつぶやき、そして、制止する間もないまま久世玲人は「じゃあな」と屋上を去っていった。

　……関わらない……。

　突き放されたその言葉に、私はただ、呆然とその場に立ち尽くすだけだった。

　聞きたいことも、言いたいことも、山ほどあったのに。

　その一言に何も考えられなくて……。

　こうして、私たちのいつわりの関係はあっけなく解消されたのだった。

取り戻した平穏

　久世玲人と別れて、1カ月が経過した。

　私たちが別れたという噂は徐々に校内に広がっているようで、「やっぱりな」という声があちこちから上がった。

　別れた直後から、久世玲人にアプローチする女の子が急増したとも聞く。

　1カ月も経てば、自然と傷も癒えて……、いや、全然癒えていないかも。

　ある意味、失恋に近い。

　解放してやる、って、まるで私のために言っていたようにも聞こえたけど、関わらない、と言われた。

　私には、関わらないと。

　何が私のためなの？

　今考えたら、本当に、聞きたいことは山ほどあった。

　今までの、あの優しさはなんだったの？

　俺から離れるなって言った、あの言葉の意味は一体なんだったの？

　いつくしむように触れてきた、あのキスの意味はなんだったの？

　今までの時間は、全部嘘だったの？

　……少しは、私のこと、好きだった……？

　あの時はショックで何も言えず、久世玲人の言葉が勝手に進んでいくだけだった。

　言われるままに、淡々と別れ話が進んでいった。

　いつわりの関係のままでいることは苦しかったけど。

　いつかはこうなるとわかっていたけど、できることなら、いつわりの関係でも続けていたかったのかもしれない。

「絶対うまくいくって思ってたのになー」

　そう不満そうな顔で言うのは春奈。

　春奈はなぜか私たちの関係に絶対的な自信を持っていただけに、報告した時は私よりも「えーっ！」と驚いていた。

「菜都、なんで告白しなかったの？　なんで引き止めなかったの？」

「……できないよ……、頭真っ白だったし……、それに、もう関わらないって言われたんだよ？」

「関わらないって……。一体どうしちゃったのよ、久世君」

　やっぱり、まだ納得いかなそうな顔だけど、いつまでも元気のない私に、よしよし、と頭をなでてくれる。

「でもさぁ。どう見ても、久世君、菜都のこと大好きだと　思ったけど」

「……おもちゃ程度に気に入ってただけだったんだよ」

　春奈をはじめ、健司や泰造にも同じようなことを言われてきたけど……、実際、私も久世玲人の言動に勘違いしそうになったけど、それは違ったんだ。

「そうかなー。やっぱり、何か理由があったんじゃないの？だって、何も聞いてないんでしょ？」

「そうかもしれないけど……」

　今さら、何ができるのだろう。

　私が未練がましく思っているだけで、久世玲人の中では、もう終わっていることだ。

　今さら理由を聞いて、また彼女になりたいと、言えるわけない。

　しかも、もともとが仮の関係だったわけだし。

「それに、……本当に一切しゃべってないし」

　学校には来ているけど、教室に入っても久世玲人は私の所に来ることはないし、あいさつすらしない。

　出会う前に戻ったかのように、私の存在は、久世玲人の視界の片隅にも入っていなかった。

　私が望んでいた、平穏な生活。

　何事もなく1日が始まり、何事もなく1日が終わっていく、平淡な毎日。

　元に、戻っただけ……。

　願っていたことを、取り戻しただけ……。

　それなのに、どうしてこんなにもむなしくて、悲しいんだろう。

　やっぱりまだまだ、久世玲人のことを忘れるには時間が必要で……。

　朝の登校時間やお昼休憩、放課後の帰り道。

　いつの時間も、久世玲人と一緒に過ごした思い出が頭をよぎる。

　毎日、思い出してしまう。

　その度に、あの強引な態度や力強い目を思い出して、余計に切なくなるのだ。

重 症だなぁ……。

でもそりゃそうだよね……こんな消化しきれてない終わり方……。

今さら何を思っても仕方ないけど、どうしてあの時何も言えなかったんだろう。

久世玲人は一体どういうつもりだったんだろう。

気まぐれ程度に気に入られていたけど、それにしては時折何かを求めるような行動があったのはなぜだろう。

それに、あの文化祭の日から態度が急変した様子にはやはり疑問が残る。

乱暴なキス、……そして、突然の別れ。

久世玲人の中で何が起こったのだろう。

いつまでも考えるのはやめて、いい加減、忘れることに専念しなきゃな……。

そう思っていても、やっぱり久世玲人たちグループは常に噂の的になっていて、あちこちで話題になっているのが耳に入る。

学校中、いたるところで "久世玲人" の名前が聞こえてくる。

噂の大半は大したものじゃないけど、中には女がらみの話題もあり、「今度の彼女は年上美女」とか、「それも３日で別れた」とか、その真偽はわからないけど、さすがにこの手の話題を耳にするのは辛い。

そういうのを聞くたびに、毎回心が痛む。

……やっぱり、私みたいなつまらない女なんて、久世玲

人がいつまでも気にかけるはずがない。

　そう思う反面。

　……菜都しかいらない、って言ったくせに……。

　とも思って、胸が苦しくなるのだ。

　こうして、いつまでも久世玲人のことを考えていたある日のこと、廊下でボーッと外を眺めていると、ふいに、隣に人が立つ気配を感じた。

「何してるの？」

「あ、……佐山君……」

「もしかして、また久世のこと考えてる？」

「えっ!?　い、いや……」

　佐山君とは、少しずつだけど前のように話せるようになっていた。

　佐山君が色々と気を遣ってくれているんだろうけど。

「あのさ……、久世と別れたのって、僕が原因？」

「えっ……!?」

「いや、ほら、文化祭の直後だったし……もしかしてそうなのかな、って」

「そ、そんなことっ……」

「……違うの？」

　直球すぎてびっくりしてしまった。

　少しうろたえている私に佐山君は続けて聞いてくる。

「じゃあさ……、どうして別れたの？」

「……どうしてって……」

「身を引いた男として、是非聞きたいね。正直、ちょっと

納得いかないっていうか。ふたりがうまくいってるならって思ったけど、そうじゃなかったの？」

「うぅ……」

　確かに、佐山君の言い分もよく理解できる。

　久世玲人が好きだからと涙ながらに訴えたのに、そのわずか1週間後には別れていたなんて。

　……まぁ、フラれたって形ではあったけど。

　一体どういうことだと責めたくなる気持ちもわかる。

「久世が好きだったんじゃないの？　嘘だったの？」

「う、嘘じゃないっ！　私は好きだったけど、久世君はそうじゃなかった。……最初から、私への恋愛感情はなかったんだよ」

　妙に気に入られてたけれど、そこに恋愛感情はなかったんだ。

「でもさ、……原田さんはそれでいいの？」

「え……？」

　思いがけない佐山君の言葉に、言葉が詰まってしまう。

　私には、どうすることもできない。

　何も言えないまま佐山君を見つめていると、少し苦笑しながら佐山君は続けた。

「僕が言うのもなんだけどさ……、久世は、原田さんのこと本気だったと思うんだ。もちろん今でも」

「……な、なんで」

「そりゃ、同じ女の子を好きな男ならイヤでもわかるよ」

「えっ……」

　サラリとそんなことを言われて、私の顔はボンッと赤くなる。

　それを見て佐山君も笑った。

「知ってた？　僕が原田さんと一緒にいると、不機嫌丸出しでにらんでくるし。久世にはかなり敵視されてたよ」

「そ、それは私が好きとかじゃないような……」

「そんなことないよ。たぶん久世も気付いてたんじゃないかな、僕が原田さんを好きって。だから、あんなに警戒されてた」

　久世玲人は気付いてた……？

　妙に佐山君のことを嫌ってるとは思ってたけど、それは、私が関係してたから……？

「だから、あきらめるのはまだ早いよ。好きなら、もう一度ぶつかってみたら？」

「えっ……」

「久世は、原田さんのことが好き。それは間違いないから」

　なぜみんなこうも断言できるんだろう……。

　複雑な顔をしていると、佐山君はチラッと後ろの方に目をやった。

　そして、何か面白いことでも思いついたような楽しげな声でささやいた。

「じゃあさ、試してみよっか？」

「……試す？」

　その言葉の意味が理解できないでいると、隣に立っていた佐山君が少し距離を詰めてきた。

　肩がピタリと触れる。

「さ、佐山君っ……!?」

「まぁまぁ」

「まぁまぁって！　な、何っ……!?」

　ビクビクしながら佐山君を見ていると、佐山君は私に向いてニコニコと笑った。

「まぁ、そう警戒しないで」

「だ、だから、なんなのっ……？」

「まぁ見てなって」

　意味不明なその言動に困惑していると、佐山君はまた一歩私に近づいた。

　変わらず、ニコニコと微笑んだまま。

　そして、小声でささやく。

「原田さん、今から頭をなでるから。ビックリしないでね」

「……は？」

　ポカンと瞬いていると、佐山君はにこーと微笑んだまま私の頭に手をやった。

　……なでなで。

「……な、何するの!?」

　不可解すぎる佐山君の行動に思わず声を上げ、ぶんぶんと首を振った。

「な、何っ!?」

「言ったでしょ？　ビックリしないでって」

　そう言いながらも、佐山君はクスクスと笑っている。

　からかわれてるとしか思えない。

「も、もうっ！」

「まぁまぁ、原田さん後ろ見てみなよ」

　後ろ……？

　相変わらず小声のまま話しかけてくる佐山君を怪訝に思いながらも、素直に振り返った。

「……っ!!」

　く、久世玲人……。

　そこには、健司たち仲間と一緒にこちらに向かってきている久世玲人がいた。

　思わぬ人の姿に、全身から血の気が引くような感覚におちいり、体が固まる。

「ほら、わかりやすいでしょ？」

　久世玲人を見ながら楽しげにつぶやく佐山君の声が聞こえてくるけど、それどころじゃない。

　何がわかりやすいのか。

　その顔は、あきらかに不快そうで、眉をひそめてこちらをにらみつけている。

　怒っているのだけは、とてもわかりやすいけど。

　ひどく不機嫌そうなその表情に、思わずギュッと口を結んだ。

　胸が苦しくて、痛い。

　少しずつこちらに近づいてくるその姿に、緊張が高まり、身構える。

「玲人、……いいのか？」

　わずかに健司の声が聞こえてきたけど、久世玲人は「関

係ない」と冷たい声で短く切った。

　……関係ない……。

　その言葉通り、久世玲人はそれ以上私たちに視線を向けることなく、スッとその横を通り過ぎただけだった。

「わかった？　原田さん」

　久世玲人が通り過ぎたあと、佐山君が得意げに私に聞いてきた。

　佐山君の意図がわからない……。

「なんなの……」

　苦しくなっただけだった。

　関係ない、って言われて胸が痛い。

　何も言われず、私の存在を無視するかのように通り過ぎただけ。

　本当に、関係ないんだと突きつけられただけだった。

　泣きそうにうつむいているけど、佐山君はまたしつこく聞いてきた。

「久世、僕が頭なでたとき、あきらかに嫉妬してた。今にも殴りかかりそうで」

「そんなことっ……」

「なんで気付かないかなー。見え見えなのに」

　そんなこと言われても、何もわからない。

　あんな目で見られて、何も考えられるはずがない。

「わかんないよ……」

　ポツリとつぶやくと、佐山君は小さなため息をひとつ吐き、「強情なふたりだね」と苦笑した。

踏み出す勇気を

　こうして、不毛な毎日が続いていたある日のこと。

　いつものように何もなく１日が終わり、帰り仕度をしている放課後の教室。

「じゃあ、原田さん。また明日」

「あ、佐山君、また明日」

　あれから、佐山君に何度もあきらめずに頑張ってって言われたけれど……。

　結局、佐山君が起こした行動は意味不明のままだった。

　どう見ても、嫉妬してるようには思えなかった。

　むしろ、にらまれた挙句、「関係ない」という一番聞きたくない言葉まで聞いてしまって、傷付いたくらいだ。

　本当に、一体なんだったんだろうか……。

　はあぁー……。

　チラリと久世玲人の席を振り返っても、その姿はすでにない。

　いつの間に帰ったのか。

　もう、「菜都、帰るぞ」って言われる日はきっとないんだろうな……。

　うんざりするほどジメジメとした気持ちで帰り仕度をしていると、教室の扉にたたずんでキョロキョロと教室を見回している人物に気付いた。

　あ……。

「……健司、君？」

　私がつぶやくと同時くらいに、健司は私を見つけ、その顔をほころばせた。

「なっちゃん、久しぶり」

　健司の声でさえも、すごく懐（なつ）かしく感じてしまう。

「どうしたの……？　あ、久世君ならもう……」

「ううん、玲人じゃなくて、なっちゃんに用事があって」

「……私、に？」

「うん、ちょっと話があってね。屋上までいい？」

　……屋上……。

　あの日のことが頭をよぎり、ぐっと言葉に詰まった。

　あれ以来、屋上に近づけないでいる。

　久世玲人がいなくてツラいくせに、近くに感じると恐いのだ。

　矛盾（むじゅん）している自分の感情。

「大丈夫、玲人はいないから。俺がこうしてることもあいつは知らない」

　まるで私の心を読んだかのよう。

　雲ひとつない晴天（せいてん）。

　サラサラと流れる爽やかな風。

　屋上に上がるとどうしても久世玲人のことを思い出してしまうけど、この清々しい空気が少しだけ気持ち良かった。

「ごめんね、帰る準備してたところ」

「ううん……、それより、話って？」

　一応訊ねてみたけど、聞かなくてもわかる。

　彼がこうして私の元に来るのは、久世玲人のことしか考えられない。

　でも、どんな内容……？

　頭をフル回転させながら、どんなことを言われるのか考えていたら、健司がケラケラと陽気に笑った。

「そんな難しい顔しなくても」

　どうやら、顔に出てたみたいだ。

「別に恐い話じゃないよ。……まぁでも、なっちゃんを困らせるかもしれない」

「……困らせる？」

　やっぱり聞きたくない、なんてことは言えず、怪訝な顔をしていると、健司は陽気な笑みを消し、少しマジメな顔つきになった。

　そして、本題に入る。

「なっちゃん、玲人に会いに行ってくれない？」

「え？　え？　な、何？　どういうこと？」

　少しうろたえながら考えているけど、健司はいたって真剣な様子だった。

「会いに行くって……、学校で……教室でいつも会ってるし……」

「そうじゃなくて。俺が言いたいのは、一対一で会って欲しいってこと」

　それは、久世玲人とふたりきりってこと……？

「そ、それは、ムリ……かも……」

「ムリって、なんで？」

「なんでって……」

　一見穏やかそうに見える健司だけど、そこはやはり久世玲人と同類。

　瞳の奥には、逃がさない、という強い意志が見え、迫力がある。

　だけど、あまりにも無茶な話に、ムリだと首を横に振るしかできない。

　そりゃ、……会いたい、とは思うけど……。

　でも、それは久世玲人が許さないだろう。

「私も、話したいことはあるけど……、でも、もうできないの……」

「は？　どういうこと？」

　どういうことって聞かれても……。

　こういうの……あんまり自分からは言いたくないけど、しかも、久世玲人の仲間である健司に……。

　でも、仕方ない……。

「健司君はどこまで聞いてるのか知らないけど……、別れたいって言ったのは久世君からだし……、それに、私には、もう関わらないって……」

「……え？　アイツが、そんなこと言ったの？」

「う、うん……」

　久世玲人から何も聞いていないのか、健司は私の言葉に目を丸くする。

　そして、私に確認するように聞いてきた。

「えーと……、なっちゃんがフッたんじゃないの？」

「フッ、フッたっ……!? 私がっ!? それは、違う……私が、フラれたの」

　情けなく否定すると、健司は眉を寄せながら大きなため息をひとつ吐き、

「……アイツ、超バカ」

　と、面倒くさそうに言い放った。

　そして、再度私に言ってくる。

「なっちゃん、だったらなおさら玲人に会ってよ」

「なおさらって……なんで……」

「知ってるだろ? アイツの性格。偉そうで、強情で、短気で、超面倒くさい」

「ま、まあ……」

「んで、勝手にコトを運ぶ。相手の都合は考えないで」

　さすが親友、と言うべきだろうか。

「玲人が何を思って別れたのか知らないけど、おそらく勝手に自己完結してる。だから、……とにかくアイツに1回会ってやってくんない?」

「で、でも……」

　そもそも、健司は、私と久世玲人を会わせて、どうするの……。

　困惑したままでいると、健司はひと呼吸置いてまっすぐ私を見すえた。

「とにかく、会ってくれるだけでいい」

「……会って、どうするの……?」

「なっちゃんは何もしなくていいよ。たぶん、アイツが動

くから」

「動く……？」

「そ。今は変な意地張ってさけてるけど、なっちゃんを目の前にしたら、アイツたぶん抑えられないと思うから」

「抑えられないって……どういうこと……？」

　健司が何を言いたいのか、話の方向がいまだ見えない。

　私が鈍いのか、健司が突拍子もないことを言っているのか。

　頭が混乱しかけていると、健司はまたおかしそうに笑う。

「だからね、玲人は、今でもなっちゃんに惚れてんだよ。もう、わかりやすいほど未練たらたら」

「えっ……なっ……!!」

「信じられないだろ？　でも、これが大マジ」

　かあぁっと顔が赤くなっていく。

　そんな私の様子を見て、健司も「いい反応だね」とケラケラ笑う。

「ほ、惚れてるなんてっ！　ど、どうしてそんなことっ！本人が言ったわけでも、……言われたこともないっ……」

　今まで、すごく気になっていた。どうして、みんな同じようなことを言うのか。

　春奈も、佐山君も、そして、目の前にいる健司も。

　私からすれば、なんの根拠もないし、勘違いにすぎないと思う。

　現に、あっさりと別れを告げられているし。さらに、関わらないとまで。

　だから、久世玲人が私を好きだと言うのが納得できない。

　本人から一度も好きだと言われていないことが、その証拠だ。

「まー、最初は俺も信じてなかったよ？　趣味が変わったとは思ったけど、遊びだろうって。玲人が本気になるなんてありえないって。でも、これがマジだった」

「だっ、だからっ、なんでそんなこと……」

「玲人を見ればわかるよ」

　……またこれだ。

　見ればわかるって言うけれど、やっぱりなんの根拠もないじゃないか。

　はあー、とため息をひとつ吐きたくなったところで、健司が続けて言った。

「それに……。なっちゃん、玲人におそわれただろ？」

「……っ!!」

　な、何を突然っ!!

　健司に見られたあの日のことを思い出し、顔が沸騰しそうな勢いだ。

　あわあわとテンパッている私に、健司はまたしてもケラケラ笑いながら続ける。

「思い出させてごめんね。でも、玲人が自分の家に女を入れるなんて、まずありえないことだった。ましてや、自分から迫ることも」

「なっ……なっ……」

　何を言ってんだこの人はっ……!!

　もう、恥ずかしすぎてプシューと頭から湯気が出てしまいそう。

　とにかく、あれは早く忘れてほしい……！

「玲人って、昔から恋愛に冷めてるっていうか、興味がないっていうか。彼女作っても超テキトーですぐ別れるし」

「そ、そう……」

「でも、なぜかなっちゃんには執着している。ていうか、今までの女と態度が全然違うし。アイツ、なっちゃんには超優しいよ。あれでも」

「そ、そんなことはっ……」

「本当だって。それに、マジで大切にしてたし。なっちゃん相当鈍いから気付かないかもしれないけど、玲人の求愛は俺たちから見たらとてもわかりやすい」

「きゅ、求愛って……！！」

　恥ずかしすぎるせりふに、全身が真っ赤に染まりそうだ。

　ぐるぐると健司の言葉が頭を駆け巡り、思考能力はキャパオーバーだ。

「まだ、信じられない？」

「えっ……？」

「なっちゃんも、玲人のこと嫌いになったわけじゃないんだろ？　だったら、もう１回玲人に会って確かめてみなよ。俺が言ったことは嘘じゃないから」

「ちょっ……ちょっと待って……」

　そんな、いきなりそんなこと言われても、心の準備ってものが……。

　それに、信じる信じないというより……。

　本当に、私が会いに行ったところで、久世玲人は受け入れてくれるんだろうか……。

「健司君は……その……ヨリを戻せって言いたいの……？」

　確認するようにつぶやくと、健司はまたニコリと笑った。

「まぁ、正直それもあるけど、さすがにそこまで強要できないし。……俺たちはただ、アイツにもう1回チャンスをやりたいんだ」

「……チャンス？」

「そ。それをモノにするか、フイにするかはアイツ次第。それでも、アイツがまだやっぱり意地を張るようなら、俺ももう何も言わない」

「それって……」

「だから、玲人を想う気持ちがまだ少しでもあるなら、会ってやってほしい」

「……」

　それって……、久世玲人がヨリを戻そうとするかもしれないってこと……？

　そんなまさか……。

　でも、健司が冗談を言ってるようにも見えないし……。

　……私は、どうしたらいい……？

　困惑しながら、健司を見つめ返して考えていた。

　でも、どちらにせよ、健司が言っていることは憶測（おくそく）にすぎないと思う。

　久世玲人が私に対して、本当にそんな想いを抱いている

かはわからない。

　私をもう一度受け入れようとするかはわからない。

　でも、どこか確信を持っているような、私たちを見透か
しているような健司の目に、心がゆらぎ始めている。

「どう？　会ってくれる気になった？」

「……」

　会うのは恐いけど……苦しいけど……。

　このまま何もせず辛い想いのままでいるより、きちんと
決着をつけてすっきりしたいという思いもある。

　いつまでも恐がってたら、確実に後悔する……。

　何もできない、何も言えない、流されるままで、自分か
ら行動を起こせない、そんな弱い自分を変えたい。

　動かなきゃ、何も始まらない……。

「……あ、会いに……行く……」

　気が付いたら、言葉が出ていた。

　その瞬間、ホッと安堵の息を吐き出しながら「よかった」
と小さくつぶやく健司の声が聞こえた。

「よしっ、じゃあ早速行こう」

「え？」

「たぶん玲人、家に帰ってると思うし」

「え……ええっ!?　い、今からっ!?」

　ギョッと目を見開いて驚いていると、健司は何やらスマ
ホを確認している様子。

「こういうのは、早い方がいいだろ。もしかして、これか
らどっか行く可能性もあるし。家にいろ、って連絡してお

くから」

「まままってっ……!! ちょっと待ってっ!! ムリっ!!
もういきなり会うなんて、そんなのムリっ!!」

「……なんで？」

「なんでって、心の準備ってもんが……!!」

　会う、って決めたのはたった今。

　それなりに覚悟を決める時間の余裕がほしい。

「じゃあ、いつ？　いつなら会う？」

「いつって突然言われても……えっと……１週間後くらい、
とか……？」

「はぁ？　１週間っ!?　そんなに待てるか！」

「ま、待てるかって……、健司君の都合は関係ないじゃな
い……！」

　無茶な要求に弱々しく抗議すると、健司はやれやれと
いった様子で大きなため息を吐き出した。

「……あのさ、なっちゃん。今の玲人がどんなか、知って
る？」

「……？　どういう意味……？」

「史上最高に機嫌が悪い。そりゃあもう、ひどいったらな
いよ」

「そ、そんなに……？」

　恐る恐る聞くと、健司は大きくうなずいた。

　……そんな時に私がのこのこ会いに行ったら、逆効果
なんじゃ……。

　そんな不安が頭をよぎる。

「本当に正直なところは、なっちゃんに今の玲人をしずめ
てほしい。さすがに、玲人の恋愛事情のためだけにここま
でしない」

「しずめる、って……、わ、私が……!?」

「もうなっちゃんしかいないんだって！　助けてよ！　1
週間待ってる間に、玲人の機嫌に振り回される俺たちのこ
とも考えて？」

　助けて、と健司に懇願され。

　……そんな大役、私につとまるはずがない。

　しかし、そこは私の性格。

　口で勝つなんてことはできなくて……。

　「待って」「待てない」の攻防を繰り返した結果、結局、
健司に強引に連れられて、久世玲人のマンションに向かう
ハメになってしまったのだった。

対峙

「ほ、ほんとに、大丈夫なの……？」

　早くも目的地に到着し、目の前のマンションを見上げながら、ポツリとつぶやいた。

　ここに来るのは、あの日以来。

　そんなに前のことじゃないけど、ずい分昔のよう。

　あの時よりも、今の方がかなり緊張している。

　マンションを見上げたまま足が動かない私に、健司は「大丈夫、大丈夫」と、気楽に言ってのける。

　……他人事だと思って……。

　会う、とは言ったものの、まさか今日ここへ来るとは思わなかった。

　どんな顔して会えばいいのか。

　何を話したらいいのか。

　しかも、健司もいるとはいえ、勝手に家に上がり込むなんて失礼極まりないんじゃ……。

　ああぁ……どうしよう……。

　予想通り弱気になり、その場へへたり込みそうになるけれど。

「なっちゃん、行くよー」

　合鍵を持った健司が、のん気に声をかけてくる。

「け、健司君……、やっぱり日を改めたい……」

「ここまで来て何言ってんの？」

　訴えてみるけど、もちろん聞き入れてくれるはずもなく、健司は私の腕を引きながらズンズンと進んでいく。

　やっぱり、早まったような気もするけど……。

　でも、これくらいの行動力がないと、私の性格じゃ会いに行くことなんて絶対できなかった。

　ある意味、心強い味方だと、健司に感謝しないといけないのかもしれない。

　なんの迷いもなく、健司は慣れた様子でオートロックを解除した。

　そして、久世玲人の自宅がある階までスタスタ進み、まるで自分の家かのように玄関の鍵を開けている。

　ほ、ほんとに来ちゃったんだ……。

　どどどどうしよう……！

「ま、待ってよ……」

　玄関でおろおろととまどっているけど、健司は待ってくれる様子もなく、さっさと靴を脱ぎ廊下へと足を進める。

　ちょ、ちょっと待って……！

　と、とりあえず靴、靴脱がなきゃ……。

　震える手でもたもたしながら靴を脱いでいると、いつの間にか健司は私を置いたまま部屋に入ってしまったようで、部屋の中からふたりの会話が聞こえてきた。

「よお、玲人」

「……お前さ、勝手に上がってくんなって言ってんだろ」

　健司に答える久世玲人の声が聞こえ、心臓がドクンと跳ねた。

　カッチーンと体が固まる。
　……私って、もしかして、ものすごいことしようとしてるんじゃ…？
　冷や汗をかきながらあせっていると、また久世玲人の声が聞こえてきた。
「で？　いきなりなんなんだよ。用件がないならさっさと帰れ」
「まぁまぁ、怒るなって。今日は玲人にプレゼントを持ってきたんだって」
「……プレゼント？」
　健司の楽しそうな声に、ギョッと目が見開いた。
　もしかして、もしかして。
　プレゼントって、……私のことじゃ……。
　な、なんてこと言うのっ……!!
　ふざけた調子で言う健司にさらにあせっていると、部屋の扉が少し開き、健司がひょこっと顔をのぞかせた。
「何してんの？　早く入ってきなよ」
　……っ!!
　まだ玄関から動けずにいる私に、健司が早く早くと手招きをする。
「おい、誰連れて来た。勝手なことするな」
　中から機嫌が悪そうな久世玲人の低い声も聞こえ、ますます動けない。
　やっぱり、……ムリ!!
　極度の緊張から逃げたくなり、回れ右をして玄関の扉に

手をかけたところで、「あっ！」という声が聞こえ、健司が慌てた様子でやってきた。

逃げようとする私の腕をグッとつかむ。

「逃げるな！」

「まままま待って……やっぱりムリだよっ……」

ヒソヒソと小声で話していると、このおかしな様子に気付いた久世玲人が部屋から出てきた。

「おい健司、何やって……」

眉を寄せながらこちらに顔を向けた久世玲人の目にとらえられてその足を止めた。

突然視界に入った私の姿に、大きく目を見開いている。

「菜都……？」

確認するようにつぶやいた久世玲人の言葉に、健司が反応した。

「そ。なっちゃんだよ。連れて来ちゃった」

しかし、おどけた調子で言う健司の言葉には、何も答えない。

久世玲人は、切れ長のその瞳をゆらし、ただまっすぐ私を見つめていた。

その視線に、体が固まる。

お互い視線を交わしたままのこの微妙な空気に、唯一健司だけが動じていない。

相変わらず明るい口調のまま、私に向いた。

「まあこんなとこに突っ立ってないで、中に入ろうよ」

そう言って、私の腕を引きながら、部屋の中へとズンズ

ン入っていく。

「ほら、玲人も」

　同じく突っ立ったままの久世玲人にも声をかけている。

　ど、どうしたらいいのっ……!!

　体中に冷や汗をかきながらパニックになっている。

　どうしたらいいかわからない。

　困り顔で健司を見つめると、ニコリと微笑まれた。

「じゃあ、俺は帰るから。あとはふたりでごゆっくり」

　……え?

「かかか帰っちゃうのっ!?」

「うん」

　な、なんてことっ……!!

　とっさに、健司の制服のシャツをギュッとつかんだ。

　帰らないでよっ……!!

「あとよろしくね、なっちゃん」

「ちょ、ちょっと……待ってよっ……」

「大丈夫だって。……それより、離して?　玲人が恐いから」

　健司のその言葉にチラリと振り返ると、シャツを握り締める私の手を、眉間にシワを寄せながらジーっとにらむ久世玲人の姿があった。

　ううっ……恐い……!

　思わずパッと手を離すと、その隙に健司は「じゃあね!」と逃げるように部屋から出て行く。

「ま、待ってよっ……」

　呼び止めたところで待ってくれるはずもなく、情けない

私の声がむなしく響くだけ。

　そして、あっという間に健司は帰ってしまい、久世玲人の前にひとり取り残されたのだった。

「……なんで、いんの？」

　ビクッと体がゆれる。

　そろーりとゆっくり振り返ると、久世玲人は眉を寄せたままこちらを鋭く見すえていた。

　そのまっすぐな視線と、久しぶりに話しかけられたことで、体がおかしくなるくらい緊張する。

　どうしよう……どうしよう……。

「ご、ごめんなさいっ……、あ、あのっ……そのっ……」

　ここへ来た理由も、うまく説明できない。

　なんでいるのか、って言われても自分でもよくわかっていない。

　せめて、そのあたりだけでも、健司からちゃんと説明してほしかった。

　おろおろとあせることしかできない私に、久世玲人は小さく息を吐き出した。

「……とりあえず、座れば？」

「……は、はい……」

　その言葉に、少しだけ涙が出そうになる。

　「帰れ」と言われることを覚悟していたけど、久世玲人の口から出たのは逆の言葉。

　拒絶されなかったことに安堵し、それだけでもう、泣きそうになってしまう。

「適当に座っていいから。……何か飲むか？」

「あ、ありがと……」

　あの日と同じ、黒いソファに腰かけた。

　前のような優しさに触れ、心臓がまた違う意味で騒ぎ始める。

　しばらくすると、久世玲人は私のために紅茶のペットボトルをひとつ持ってきて、テーブルに置いた。

　そして、前と同じように、少し離れた椅子に座る。

　ドクン、ドクン、と心臓の音が聞こえるほど静かで、逃げ出したい思いを必死に耐えていた。

　しばらくの沈黙のあと、先に切り出したのはやはり久世玲人だった。

「……で、何しに来た？」

　抑揚のない静かな声が、心に突き刺さる。

「ご、ごめん、なさい……、突然……」

「ここへ来たってことは、どうしても聞きたいことがあるんだろ？　前みたいに」

「……え、と……その……」

　久世玲人に問われ、自分の中でもう一度よく考えてみた。

　ここへ来た目的。

　会うだけでいい、と健司に説得されたのがきっかけだけど、最終的に決めたのは私。

　もちろん、責めようなんて思いは一切ない。

　ただ会いたい、という思いもあったけど、それよりも、とにかくもう終わりにしたかったんだ。

今のこの状態を。

いつまでもウジウジと悩みたくない。

決着をつけて、次へと進みたい。

ヨリを戻すとか、戻さないという話じゃなくて。

久世玲人とちゃんと向き合いたい。

聞きたかったことをちゃんと聞いて、言いたかったことをちゃんと言って。

……彼がそれを望んでいなくても。

だから、勇気を出してここへ来たんだ……。

「久世君……」

つぶやくように話しかけると、久世玲人はこちらにまっすぐ視線を向けた。

「どうして……、──なんで、突然解消したの……？」

私の唐突な質問に、久世玲人は少し眉をひそめた。

その表情に早くもひるんでしまいそうになるけど、グッと耐えた。

「い、いきなり、ごめんなさい……。でも、ちゃんと聞きたくて……」

「……」

「……ほら、……あの時、あまりにも突然だったから、ちゃんと、理由を聞きたくて……」

久世玲人は黙ったまま私を見ていたけど、一生懸命伝えた。じゃないと、ここへ来たことがムダになってしまう。

そして、しばらくの沈黙が続き、久世玲人は小さな息をひとつ吐いた。

「……そんなこと聞きにわざわざ？」

　冷たく吐かれたその言葉に、胸がえぐられそうになる。

　久世玲人にとっては「そんなこと」かもしれないけど、私にとっては、一言で片付けられるような、そんな軽いものじゃない。

　久世玲人との想いの差に、また泣いてしまいそうになる。

「そんなことってっ……」

「言っただろ、そろそろ解放してやらねえとって思ったからって」

「だからっ……、そうじゃなくてっ、私が聞きたいのはその理由をっ……」

「別に理由なんてない。ただあの時、そう思っただけだ」

「……理由は……ない……？」

「ああ……」

　理由はなかったの……？

　ただの思いつきだった……？

　そこに理由なんてない。

　いつわりの関係にすぎないんだから。

　わかっていたとはいえ、その事実を突きつけられたようで涙が溢れてくる。

「ぜんぶ、ぜんぶ、嘘だったのっ……？」

「何を言って……」

「俺から離れるなって言ったことも、菜都は俺のって言ったことも、全部嘘だったっ……？」

「ちょっと待っ……」

「抱き締めたこともっ……、キスしたこともっ……、全部
理由なんてなかったっ……？　単なる思いつきっ……？」
「違うっ！」
　涙目で訴える私の言葉を、久世玲人が苦しげな表情で否
定する。
「だってっ……、理由もなくとにかく別れようと思ったん
でしょっ……!?　だったらっ、今までのことも全部っ、何
も意味なんてなかったんでしょっ……!?」
「違うって言ってんだろっ！」
「だったらなんでっ！」
　ポロポロと、涙が溢れて止まらない。
　拭うことすらできなくて、涙がほおを伝っていく。
「なんでっ……、なんであんなこと言ったのっ……？　な
んで、あんなことしたのっ……？　なんで何も説明してく
れないのっ……？」
「……」
「わかんないよっ……言ってくれなきゃっ……」
　震える声でしぼり出すように訴えると、久世玲人は私を
見つめながらゆっくりと口を開いた。
「……全然だな」
「え……」
「あれだけ一緒にいたのに、やっぱり菜都は何もわかって
なかったんだな」
　そう言って久世玲人は、あざ笑うかのように小さな笑み
を見せた。

「な、に……」

　何もわかってなかったってどういうこと……。

　まるで、私の方に非があるかのような言い方。

「わかってなかったって、何がっ……」

「菜都に言ったことも嘘じゃねえし、思いつきのキスでも
ない」

「え……」

「そりゃ、最初は俺の都合で無理やり彼女にしたのは認め
るけど、でも、俺は菜都のことを本当の彼女だと思ってた」

「……」

　まっすぐ言い放たれた久世玲人の言葉に、心臓がドクン
とゆれた。

　本当の彼女だと思ってた……？

　久世玲人は、そう思ってくれてたってことなのっ……？

　……だったら……、だったらなんで……。

「じゃあっ、なんで別れようって言ったのっ……？」

「それを望んでたのは菜都だろ」

「私っ……？」

「受け入れようとしなかったのは菜都だろ。だから、俺の
言動がいちいち信用できねえんだろ？」

　そうきっぱりと言い切る久世玲人に、違う、と伝えたい
けど、首を振ることしかできない。

「……俺は菜都を求めたけど、菜都は違った」

「違った……？」

「菜都が求めてたのは、俺じゃなかった……だから、終わ

りにした」

　久世玲人の声が、静かに響いた。

　何を言ってるのっ……？

　私が久世玲人を求めてなかった……？

　だから、終わりにした……？

　ちょっと待って……。

「私が求めてなかったってっ……何っ……」

「それは俺が言わなくても自分でわかるだろ」

「わかんないよっ……！」

　久世玲人が何を言ってるのかわからない。

　私の知らないところで、勝手に進んでいる。

　心が、すれ違っている。

「全然わかんないっ……、久世君の言ってることがっ……わかんないっ……」

　涙ながらにしぼり出す私を、久世玲人はまっすぐ見つめ返してきた。

「私ってなんだったのっ……？　付き合ってるっていっても、とりあえずの関係だったしっ……。彼女だって言われてもっ、久世君がっ、どういうつもりで言ってるのかわからなかったっ……」

「……」

　私が一方的に言葉を綴るたび、久世玲人はイラついているかのように表情をゆがませる。

「今までもっ、……今もっ、久世君が何を考えてるのか、わかんないよっ……」

　溢れる想いと比例して、涙がボロボロとほおを伝う。

　もしかしたら、すごく面倒な女って思われているかもしれない。

　それでも、このどうしようもない感情をぶつけずにはいられなかった。

本当のキモチ

　窓から差しこむ茜色（あかねいろ）の夕陽が、部屋の中を赤く染めて
いく。

　シン、と静まり返るふたりきりのこの部屋で、私のしゃ
くり上げる声だけが響いていた。

　久世玲人は何も言わないまま、私に視線を向けている。

　その表情は、やはり何を考えているのか読み取れない。

　ただ、不機嫌そうなのはあきらかだった。

　……もう、帰った方がいいのかも……。

　聞きたいことは聞けなかったけど……、たぶんきっと、
これ以上は聞けない気がする。

　健司には悪いけど、やはり私には何もできなかった。

　怒らせただけ。

　……でも、これで、いい加減私の想いを終わらせること
ができるかもしれない。

　……もう、帰ろう……。

　そう思って立ち上がろうとしたその時……。

　久世玲人が静かに立ち上がり、こちらに歩み寄ってきた。

　何……？

　立ち上がるタイミングを失った。

　その姿を見つめていると、久世玲人は座っている私の前
に立ちはだかり、やや怒ったような表情で見すえてくる。

「な、何……？」

「なんで、わかんねえんだよ……」

「え……」

「……だったら、教えてやるよ……」

　そう言って久世玲人は手を伸ばし、私の体をドサッとソファへ押し倒した。

「きゃっ……」

　突然の出来事で驚いた瞬間、久世玲人はソファへ乗り上げ、馬乗りになって私を見下ろした。

「教えてやるよ。俺が何を考えてるか」

「な、何……」

　突然のこの状況と久世玲人の様子にとまどってしまい、とっさに体が動かない。

　な、何が起こってるの……？

　おびえながら見上げると……。

「知りたいんだろ？　俺が何考えてるか」

　まっすぐと射抜くように見つめられ、不整脈みたいに胸がうずく。

「……ずっと考えてた。どうすれば菜都を忘れられるか」

「え……」

「でも、さっきから考えるのは、……なんで菜都がここにいるのか。なんで健司と一緒にいたのか」

「く、久世君……？」

「どうすれば菜都が俺のものになるか、どうすれば俺から離れないか、どうやって気を引こうか、そればっかり考えてる」

「……あ……あのっ……」

　かあぁっ、と顔が熱くなる。

　ためらいなく続けられる久世玲人の言葉に、心臓が跳ね上がり激しく鼓動を刻む。

「……菜都が求めてるのは俺じゃないって、菜都が選んだのはアイツってわかってても」

「……え？　……アイツって……」

「それでも、渡したくない。どうすれば奪えるか、……そればっかり考えてる」

「ま、待ってっ……」

「どうせ信じないだろうけど」

　そう言うと、久世玲人は小さく息を吐いた。

「待ってよっ……！」

　引っかかる言葉。

　身に覚えのない言葉。

「アイツって何っ……？　私がアイツを選んだってなんのことっ……」

　ものすごいことを言われたというのに、久世玲人が発した「アイツ」という言葉にとらわれた。

　アイツって誰……？

　私が、選んだ……？

「誰っ……？　なんのこと……？」

「そこまで俺に言わせる気？」

「だってっ、わからないっ……」

　わからない。

　さっきからその言葉ばかりの私に、久世玲人はあきれたような息を吐く。

「別に、ごまかさなくていい。見たんだし」

「見たって……」

「だから……、あの日、菜都が抱き締められてたの」

「……え……？」

　もしかしたら、とイヤな勘が働く。

　心当たりがあるのは……、思い出すのは、あの時……文化祭の時しかない。

　……ということは、アイツって……、もしかして佐山君のこと……？

「アイツのことが好きだったんだろ？　……まぁ、アイツも菜都に惚れてたしな」

　まさか……。

　勘が、確信へと近づいていく。

　まさか、あの時のことを見られてたのっ……!?

「み、み、見てたのっ……!?」

「見たっつったろ」

「ちょっ……ちょ、ちょっと待ってっ……!!　ち、違うっ!!　あれは違うっ!!」

　ここでようやく、久世玲人の言っていたことが理解できはじめた。

　アイツとは、間違いなく佐山君のことだ。

　心臓がつかまれたようにギュッと苦しくなり、イヤなあせりが広がる。

　久世玲人は、大きな誤解をしている。

　私が、佐山君に想いを寄せているのだと……。

　……いや、あの場面だけを見たら、誤解だとは思わないかもしれないけど。

　とにかく、誤解を解かないとっ……!!

「あれはっ、違うのっ……!」

「違う?　抱き合ってたのが、何が違うって言うんだよ」

　必死に誤解を解こうとする私を、久世玲人は不信そうに眉を寄せながら見下ろす。

「それは違うっ……!　そりゃ、抱き締められたのは事実だけどっ……」

「……やっぱり」

「ち、違うっ……!!　あれは不意打ちっていうかっ……」

　どう言えばわかってもらえるのか、誤解が解けるのか。

　口下手な私には、ちゃんと説明することが難しい。

「どっちにしろ、抱き締められる状況を作ったってことだろ」

「そ、そんなことっ……!!」

　そう冷たく言い放つ久世玲人に、必死にすがった。

　押し倒されたままのこの状況すら、気にする余裕もない。

「聞いてよっ……、あれは、違うのっ……」

「わざわざ聞きたくねえよ……他の男との話なんて」

「いいから聞いてよっ……!!」

　いつになくゆずらない私に、久世玲人の眉間のシワがグッと深まる。ムカムカとしたオーラが漂っており、いか

にも、不快感丸出しといった感じだ。

「とにかくっ、誤解なのっ……私はっ、佐山君を選んだわけじゃないっ……」

「だから、今さら言い訳なんて……」

「聞いてよっ……！」

　なかなか聞こうとしない久世玲人に強く言うと、不機嫌ながらも渋々といった感じになった。

「あの時っ、佐山君と一緒にいたのは理由があってっ……」

「……理由？」

「実はっ……、少し前に、佐山君から……そのっ……こっ、告白をされて……」

　そう言うと、久世玲人はますます不快そうに眉を寄せる。

「……なんでその時、俺に言わねぇんだよ……」

「い、言いにくくてっ……！　そ、それに、その時はすぐ断るつもりだったのっ……、仮にも、久世君と付き合ってたんだしっ」

「……で？」

「で、断ろうとしたらっ、……もう一度ちゃんと考えてほしいって」

　弱々しい声であの時のことを話すと、久世玲人はチッと舌打ちをする。

「そう言われてっ、正直なところっ……、少しだけゆらいだこともあった……。久世君と出会う前、私は佐山君に憧れてたから……」

　正直にあの時の気持ちを打ち明けると、久世玲人は少し

の間黙り込み、冷たい視線を向けながら小さく笑った。

「……じゃあ、良かったじゃねえか。お互い想いが叶って」

「そうじゃないっ……！　……だって、私はっ、久世君のことがっ……、久世君への気持ちに気付いてっ、……自覚しちゃったからっ……」

「……は？」

　今、勢いにまかせてサラリと言ってしまったけど、今さら止められるはずもなかった。

　久世玲人も、私を見つめたまま固まっている。

「久世君が好きって、気付いちゃったからっ……、だからっ、佐山君を受け入れるなんてできなくてっ……、ちゃんと断ろうって、ずっと思ってて、……それで、文化祭のあの日、佐山君に断ったのっ……」

「……」

「佐山君も納得してくれたんだけどっ、そのあとっ、……突然抱き締められてっ」

「……」

「ビックリしてっ、恐くてっ……、でもっ、振りほどけなくてっ……。受け入れたわけじゃないのっ……、選んだわけでもないっ……」

　溢れそうな涙を抑えながら必死に言葉をつづる私に、久世玲人は何も言わず、固まったままだった。

「私が求めてたのはっ、佐山君じゃないっ……、久世君だったっ……」

　最後にそうつぶやくと、久世玲人の目が見開いた。

　まばたきひとつせず、ジッと穴が開きそうなほど見つめている。

　何も言われないこの沈黙の間に耐え切れず、とうとう涙がポロリとこぼれると、久世玲人は突然ガバッと身を起こし、ソファから降りた。

「え……、ちょ、ちょっと、待て……」

　混乱しているのか、あきらかにうろたえてる感じ。

「……アイツじゃ、ない？」

　確認するような久世玲人のつぶやきに、コクリと小さくうなずき返した。

「……俺？」

　もう一度つぶやく久世玲人に、もう一度コクリとうなずいて返した。

「はぁぁあっ!?　ちょっと待てっ!!」

　そんな怒声が響き渡り、思わず体がビクッと縮こまる。

　……え、怒られてる……？

　ある意味、自分の想いも告白したというのに、怒られるとは何事だろうか。

「アイツのことを選んだんじゃなかったのかよっ!!」

「……う、うん……」

　そう答えると、久世玲人は頭をかかえる。

「じゃあ今までのあの態度はなんだったんだよっ!!　俺の前じゃ全然笑わねえし、いっつも困った顔で離れてたじゃねえか!!」

「そ、それは、……そのっ、……す、好きだったからっ、

どうしたらいいかわかんなくてっ……」

　そんな私の答えに、久世玲人は、またしてもピタリと固まる。

　私だってこんな恥ずかしいこと何度も言いたくない。

　極度の緊張感と羞恥心で、またもや泣いてしまいそうになる。

　体を小さく震わせながら涙をこらえていると、久世玲人はこちらに近づき私の顔を見つめてきた。

「……マジで言ってんの？」

　真剣な声でそう問われ、私も再びコクリとうなずいた。

　私の想いが伝わるように、ちゃんと目を見つめ返して。

「……もう１回言って」

「え？」

　……もう１回？

　パチクリとまばたいて見つめ返すと、やはり久世玲人は真剣な眼差しのまま。

「俺のこと好きなんだろ？　じゃあ、もう１回言って」

「……なっ！」

　そうだけどっ、そういうこと普通もう１回言わせるっ!?

　しかも、じゃあ、って何っ!?

　な、なんでこんなことに……。

　うぅっ……言わされるなんて恥ずかしすぎるけど……勝てないのはわかっている……。

　それに、今さらごまかすことでもない……。

　意を決してもう一度口を開いた。

「……す、……好き……です……」

　真っ赤な顔で弱々しくつぶやくと、久世玲人は私の手をつかみ、グッと引き寄せた。

「もう1回」

「ええっ……!?」

「いいから、もう1回」

　その顔は満足そうに微笑み、そして、私の全身を包み込むようにギュッと抱き締めてくる。

「……す、好き……」

「もう1回」

「好き……」

「……もう1回」

　そうやって何度も「好き」を求められ、私も、まるで熱に浮かされたように何度も繰り返す。

　そして、何度目かの「好き」のあと、気が付いたら私の口は久世玲人の唇にふさがれ、その言葉は、キスに飲み込まれた。

　優しく、ついばむようなキスを何度も繰り返され、脳天からトロトロととろけてしまいそうになる。

　ギューッと久世玲人のシャツを握り締めて必死にすがっていると、久世玲人もまた、抱き締める腕の力を強める。

　い、意識が飛んでいきそう……。

　されるがまま、そのキスを受けていると、久世玲人は唇を離し間近で私を見つめてきた。

　熱いその眼差しに、体の力が奪われそうになる。

「菜都、口、開けて」

「く、ち……？」

　なんで、と聞き返す前に、再び久世玲人は唇を重ねる。

　そして、どうしてか理解する前に舌を差し込まれた。

「んっ……！」

　ガッチリと後頭部を支えられ、逃げる隙を与えられない。

　深い、深い、キス。

　い、いきなりこんなっ……!!

　とんでもないキスにパニックを起こしそうになるけど、久世玲人にはやめる気配がない。

　角度を変えながら、深く深く、飽くことなく続けられる。

　舌がからまり、舐められ、その刺激が全身に伝わっているかのようにビクビクと震える。

　まるで、食べられているかのようなキス。

　そんな難易度の高いキスに対応できるはずもなく、ただただ久世玲人に身を任せているだけ。

　く、苦しいっ……。

　呼吸もうまくできなくて、酸欠になりそうなところで、ようやくその唇が少し離された。

　ゼェハァと息を乱す私を、久世玲人はおかしそうに笑う。

「菜都、顔真っ赤」

「……っ」

　何も言い返せないでいると、久世玲人はまた優しく笑い、ペロリと私の唇を舐めてきた。

　その瞬間何かが爆発し、顔から火が出る勢いで、か

あぁっ！　と顔が赤く染まった。

「な、な、何するのっ……！！」

　思わず声を上げると、久世玲人はやっぱりおかしそうに笑いながら私を抱き締め直す。

「何って……。わかんねえなら、もう１回する？」

　なんてことを言われ、私の顔はまたさらに赤くなる。

　しかも、想いを告白した直後。

　本来なら、顔を見るだけでも心臓がバクバクするのに。

　どうしたらいいのかわからず、あわあわとパニックになっていると、久世玲人は抱き締めたまま、私の顔をのぞき込む。

「なぁ、……俺のこと、マジで好き？」

「……っ！！」

　またっ!?

　さっき、散々言わせたのにっ!?

　何度も言えるほど、そんな軽いノリで言えるわけないよっ……！

「な、な、なんでまた確認するのっ……!?」

「聞きたいから」

「だ、だからって……！」

　私ばかり好きだ好きだと言わされて、不公平じゃないっ!?

　しかも、久世玲人からは何の返事も聞かされてないというのに。

　ただ、キスをされただけ。

「うぅー……また言うの……？」

　悔しいやら恥ずかしいやら、泣きそうなほど真っ赤な顔で久世玲人の腕をギューっとつかむと、久世玲人は「ぶはっ」と噴き出す。

「ああ、実感湧いてきたかも」

「じ、実感って……」

「俺のこと好きだっていう」

「……っ!!」

　いや、だからっ、そんな恥ずかしいこと平然と言わないでよっ……!!

　数分前までの不機嫌さはどこへやら、久世玲人はとても上機嫌にぎゅうぎゅうと私を抱き締め、離そうとしない。

　あの冷たい雰囲気がなくなって安堵するけど、それと同時に、どうしても気になってしまうことがひとつ。

　久世玲人は、私のこと、どう思ってるのか……。

　……おそらく、好かれていると思う。

　気に入ってる程度じゃなくて、恋愛感情として。

　さすがに、いくら鈍感な私でも今のキスで確信していた。

　でも、……久世玲人の口から、ちゃんと聞きたい……。

「あ、あの……、久世君？」

「ん？」

「久世君はっ……、そのっ、……私のこと、す、好き、なの……？」

　自分から聞くなんて……。

　勇気をふりしぼって聞いた私を、久世玲人は「……は？」

と見つめ返した。

「……わかるだろ？」

「いや、でもっ、……ちゃんと聞きたい」

「言わなくても、わかるだろ」

　　……。

　　いやいやいや。

　　そこは言ってくれなきゃ。

「私ばっかりズルイよっ……」

「つーか、今まで何もわかってなかった菜都が鈍感すぎる」

「そ、そうだけどっ……、でもっ、言ってくれなきゃわかんないしっ……」

「あれだけ言わせたら、フツーわかるだろ」

　　……なぜ言わない……。

　　そんなかたくなに嫌がらなくても……。

　　どうしても言わない気だろうか……。

　　ここまで言ってくれないと、どうしても聞きたくなってしまうのが女心。

「私のこと、……好きじゃないの？」

「なんでそうなる」

「じゃあ、……好き？」

「だから、言わなくてもわかるだろ」

「……」

　　……言ってよ！

　　むむ、と眉を寄せるけど、久世玲人はフイッと視線をそらす。

　なんでっ……、なんで、言ってくれないのっ……!?

　今まで、「好き」の2文字よりも散々すごいことを言われた気がする。

　散々すごいことをされた気がする。

　つい、さっきまで。

「なんでっ、言ってくれないのっ……？」

「……そんな簡単に言えるかよ」

　そんなっ！

　私にはあんなにいっぱい言わせたのに……！

　1回も言ってくれないのっ……？

　あまりにも理不尽すぎて、じんわりと涙が浮かんだ。

「言ってくれなきゃっ、……ちゃんと、言葉にしてくれなきゃわかんないっ……」

「……わかれよ」

「ちゃんと言ってくれなきゃっ……、自信なんて絶対に持てないっ……」

「……」

「聞きたいっ……」

「……」

　久世玲人は、困ったように眉を寄せながらグッと言葉に詰まっている。

　口を固く閉じたまま、なかなか開こうとしない。

　……そんなにイヤなわけ？

　そんなに私ってワガママ？

「久世く……」

「ああっもうっ、わかったってっ!!」

「……え」

「言えばいいんだろっ!!　ったく……」

　まるで逆ギレしたかのように荒っぽく言い放ち、そして、不本意そうな表情で乱暴に私の肩を引き、耳元に顔を寄せてきた。

「……1回しか言わねえから」

　耳をかすめる吐息。

　伝わる熱。

　ドキドキしながらわずかにコクリとうなずくと、久世玲人は私をさらにギュッと抱き寄せ耳元でささやいた。

「……菜都、好きだ」

　その瞬間、心臓がキューッとつかまれた。

　それと同時に、体中の血液がぶわっと沸騰して、逆流してしまいそうな勢い。

　耳元で響くその声はとんでもなく甘く、脳内を駆け巡る。

　……好き、って……、私のこと、好きって……!

　自分から言えとせがんだくせに、いざ聞くと、その威力はすさまじい。

「……これで、満足?」

　真っ赤な顔して硬直する私に、久世玲人が憮然とした表情で声をかけてくる。

　照れくさいのか、それとも夕陽のせいか、少しだけ耳が赤い気がする。

　嘘じゃないんだ……。

　夢じゃないんだ……。

　これは、本当なんだ――。

「うぅ……」

「ちょっ……!!　おいっ!　なんで泣くんだよっ!!」

「だっ……、だってっ……、う、うれしくてっ……」

　そう言うと、久世玲人は困ったように笑いながら、ほお
を伝う涙を拭ってくれた。

「もっ、もう1回っ……」

「……1回しか言わねえって言ったろ」

「うー……」

　そんなぁ、と眉をふにゃっと下げると、久世玲人は優し
く笑いながら再び私の唇をふさいだ。

　そっと重ねるだけの、優しいキス。

　言葉の代わりと伝えるかのように、何度も何度もキスを
降らせた。

いつわりから本物へ

　"すったもんだ" とはこういうことを言うのかもしれない。

　結局、お互いちゃんと「好き」だったのに、変な勘違いや思い込みのせいで遠回りしたのだ。

　……私の鈍感さが大半の原因だと久世玲人は言い切るけれど。

　あの日、私と久世玲人は、世間で言うところの「元サヤ」に戻った。

　健司たち仲間は安堵したように喜び、春奈はやっぱりねと笑って祝福してくれた。

　佐山君も苦笑しながらも祝福してくれた、……と思う。

　その他周囲の反応は予想通りというか……。

　驚いている人やあきれている人、中には、はやし立てる男子や激しく落胆している女子もいた。

　久しぶりに見かけたサエコにも、舌打ちされてからにらまれた。

　とにかく、しばらくの間は、また見世物か何かのように注目を集めてしまった。

　みんな、久世玲人の恋愛事情に敏感だ。

　周りからは、ただ元に戻っただけだと思われているけど、今度は事情が違う。

　私たちの関係性は、今までとはあきらかに違うものだっ

た。それはきっと、ふたりにしかわからない。

　心の距離感というか、流れる空気というか。

　見た目には何も変わらないけど、不安定でふらふらしていたものが、確かなものへと変わった。

　気持ちが通じ合っているとは、なんとすごいことか。

「菜都、大丈夫か？」

「う、うん………イっ、イタイよっ！」

「我慢しろ」

　すりむいたヒザに、ペタペタと消毒液を塗られている。

　体育の時間、グラウンドでドテッと思いっきり転んでしまい、それを見ていた久世玲人が保健室まで付き添ってくれたのだ。

「普通何もないところで転ぶか？」

「そ、そんなこと言われても……」

「ったく、どんくせえ」

　……時々、本当に気持ちが通じ合ってるのか疑うこともあるけれど。

「この歳で転ぶとか、マジでありえねえんだけど」

「……うっ……」

「一体何やってたんだよ」

「うぅ……、さ、サボってた人に言われたくないよ……」

　……時々、本当に疑いたくなるけど。

　チクチクと小言を言いながら消毒をする久世玲人を見下ろした。

　好きだと言われたのは、あの日、あの1回だけ。

　宣言通り二度と言わなかったし、それ以来、今までも一度も言われない。

　どうやら相当照れくさいらしく、本当に言いたくないらしい。

「他に痛いところは？」

「……ない」

「本当に？　腕も見せろ」

「……大丈夫だよ」

　と言っても聞き入れてくれるはずもなく、もうすでに体操服をまくり上げて腕を確認している。

　こういう、過剰に心配性なのは相変わらずだ。

「傷は……ないみたいだな」

「ね、大丈夫って言ったでしょ」

「……ったく、心配させんなよ。こっちの身にもなってみろ」

「……心配なの？」

「当たり前だろ」

　当然のように言い放たれ、少しだけポッとほおが染まる。

　転んだだけなのに。

　こんなに気にかけてくれるのは、やっぱり愛されてるからかなぁ、なんて思っちゃったり。

　うぬぼれたくて、にへら、とほおがゆるんでしまう。

「ふふ……ありがとう」

「何笑ってんだよ」

「ううん」

「……変な奴」

　それでもへらへらと微笑む私に、久世玲人も小さく苦笑する。

　そして、少しだけ腕を引き寄せられ、ほおにかすめるようなキスを落とされた。

　ポーッと脳内がピンク色に染まっているうちに、「よし、終わり」と久世玲人が消毒液を片付け始めた。

　こっちはこんなにほんろうされているというのに、平然とした様子だ。

　……まぁ、いいけど。

　丁寧（ていねい）に手当てされたヒザを見てひとりでニタニタと微笑んでいると、久世玲人は大きなアクビをひとつしてベッドに向かっていた。

　もしや……。

「……サボるの？」

「ああ、もちろん」

「もう……、ちゃんと授業出なよ。出席日数、あぶないんでしょ？」

「大丈夫だって」

　まったくもう……。

　全然聞き入れる様子がない久世玲人に、ため息が出そうになる。

　こういうところも、相変わらずだ。

　はぁ……、じゃあ、私ももう授業に戻ろ……。

　椅子から立ち上がり、それじゃ、と声をかけようとしたところで、久世玲人がこちらに振り向いた。

「どこ行くんだよ」

「どこって……、体育の授業に戻るんだけど……」

「また戻るの!? もう少しで授業終わるじゃねーか」

「うん、でもまだ時間あるし」

「……どんだけマジメなんだよ」

　あきれたように久世玲人がつぶやく。

　……ていうか、戻るのが普通だと思ってしまう私の思考はおかしいの……？

　いやいやそんなはずは……、と考えていると、ベッドに座る久世玲人が「菜都」と、クイクイッとこちらに手招きしてきた。

「何？」

　素直に近づくと、久世玲人はニヤリと不敵に微笑み、私の腰に腕を回してギュッと抱き付いた。

「どっ、どっ、どうしたのっ……!?」

　突然の密着に、真っ赤な顔して慌てふためいた。

「もう少しここにいろよ」

「で、でもっ……！」

「俺はまだ菜都とふたりでいたい」

「……っ!!」

　そんなことを言われたら、絶句してしまう。

　ある意味、「好き」と言われるより恥ずかしいかもしれない。

　ただ硬直しているだけの私に、久世玲人はおかまいなしにグイッと思いきり体を引き寄せる。

「きゃっ……！」

　あっという間に、背中にはシーツの感触。

　視界に入る保健室の天井。

　ベッドに押し倒されたと理解した瞬間、久世玲人はシャッとカーテンを閉めて隣にドサッと寝転んだ。

「ちょ……!!　なっ、何するのっ……!?」

「何も。ただこうしてるだけ」

　そう言って、腕の中に閉じ込めるかのように抱き締めてくる。

「ひゃっ……!!　ちょっ……、せ、先生が帰って来たらどうするのっ！」

「その時考える」

「ちょっとっ……!!　久世君っ離して……!!」

「……『久世君』？」

「うっ……」

　ジロリ、とにらまれた。

　いい加減やめろって言われてるのに、いつまでたっても名前に慣れないのだ。違う意味で心臓がドキドキする。

「れ……、れ、玲人君、離して……」

「君付けされる柄じゃねえんだけど」

「ううっ……。れ、……玲人、離して……」

　ゴニョゴニョとためらいがちに言うと、久世玲人は苦笑しながら「離さない」とつぶやいて一層力を込めて抱き締めた……。

　望んでいたのは、平淡〔へいたん〕な毎日。

　特別なことなんて何も起こらない、平穏で平凡な生活。

　彼と、久世玲人と出会う前は、それが、私の理想だと思っていた。

　……いや、今でもそれが理想なのかもしれないけど。

　なるべくなら、そうでありたいと願うけど、久世玲人と一緒にいるとそれは叶わない。

　思い返すと、ありえないことの連続だった。

　もちろん、平和な時なんてちっともなかった気がする。

　ある日突然出会い、なりゆきで彼女にされ、相手の真意がわからないまま振り回され……。

　それなのに、いつしか私の心はとらわれ、染まっていった。苦しくて苦しくて、恋をすることが、こんなにも苦しくて。

　とまどいと不安ばかりだった。

　だから、いつわりの関係だったあの頃を思い出すと、「今」が信じられない。

　本当の恋人になれたことが、信じられない時がある。

　うれしくて、幸せで、溶けてしまいそうになるけど、それが実は夢なのではないかと。

　実はやっぱりいつわりなのではないかと。

　本当か嘘か、わからなくなってしまう。

　でも、……そんな時、久世玲人は教えてくれる。

　私の目を見ながら、笑ってくれる。

　ギュッと抱き締めてくれる。

優しくて、甘いキスをしてくれる。

相変わらず、「好き」とは言ってくれないけど、それを感じさせてくれる言葉を、気持ちをくれる。

疑いようもないほど、態度で示してくれるのだ。

久世玲人によって、私の毎日は平穏とは言えなくなったけど、私はそれを望んだ。

彼がいないと、心の平穏が保てないことに気付いた。

こんなはずでは、とあの頃の私が見たらなげくかもしれない。

今でも、笑ってしまいそうになる時がある。

それでも、やっぱり戻りたいとは思わなかった。

だって、彼と過ごす毎日はドキドキと騒がしいけど、いつもキラキラと輝いているから――。

[完]

あとがき

☆afterword

こんにちは、香乃子です。

この本をお手にとっていただき、そして、最後まで読んでいただき、ありがとうございます。

『野いちご』のウェブサイトにて約10年前に公開したこの作品ですが、時を経て、こうして新装版として再び皆さまの目に触れられることとなり、とてもうれしく思います。

更新していた当時は、鈍感な菜都と口数少ない玲人が果たして本当のカレカノになれるのか……、早く気持ちを通じ合わせたいのになかなか進まない！ と、書きながらとても不安で、完結できなかったらどうしようかと焦っていました。無事完結した際にはホッとしましたが、ふたりのその後のラブラブ話も、もっと書きたかったな〜と今さらながら思っています。

想定以上にジレジレとしたラブストーリーになっていますが、胸キュンシーンもたくさんあり、また、キャラクターのイメージにぴったりなイラストも物語を盛り上げてくれているので、楽しんでいただけたならうれしいです。

　最後になりましたが、読者の皆さまをはじめ、この本の出版に関わってくださったすべての方々に感謝いたします。

　本当にありがとうございました！

2021年1月25日　香乃子

作・香乃子（かのこ）

夏生まれ。獅子座のO型。「まあ、いいや」が口ぐせの、のんびり＆マイペースを貫くお気楽女子。最近はもっぱらゴルフに夢中★　理想のタイプはカレーパンマン。

絵・カトウロカ

11月24日生まれのO型。宮城県出身の漫画家。好きなものはミッフィー。

ファンレターのあて先

〒104-0031

東京都中央区京橋1-3-1

八重洲口大栄ビル7F

スターツ出版（株）書籍編集部　気付

香 乃 子 先生

本作はケータイ小説文庫（小社刊）より
2012年1月に刊行された「いつわり彼氏は最強ヤンキー　上」と、
2012年2月に刊行された「いつわり彼氏は最強ヤンキー　下」の
2冊を1冊にまとめた新装版です。

KEITAI
SHOUSETSU
BUNKO
野いちご SINCE 2009

モテすぎ不良男子と、ヒミツの恋人ごっこ♡
～新装版　いつわり彼氏は最強ヤンキー～

2021年1月25日　初版第1刷発行

著　　者　　香乃子
　　　　　　©Kanoko 2021

発 行 人　　菊地修一

デザイン　　カバー　ナルティス（粟村佳苗＋稲見麗）
　　　　　　フォーマット　黒門ビリー＆フラミンゴスタジオ
　　　　　　人物ページ　久保田祐子

DTP　　　　朝日メディアインターナショナル株式会社

編　　集　　黒田麻希
編集協力　　ミケハラ編集室

発 行 所　　スターツ出版株式会社
　　　　　　〒104-0031 東京都中央区京橋1-3-1　八重洲口大栄ビル7F
　　　　　　出版マーケティンググループ　TEL03-6202-0386
　　　　　　（ご注文等に関するお問い合わせ）
　　　　　　https://starts-pub.jp/
印 刷 所　　共同印刷株式会社
Printed in Japan

ISBN 978-4-8137-1035-6　C0193